KB002292

청하만필

사이공의 추억

青霞 박대우

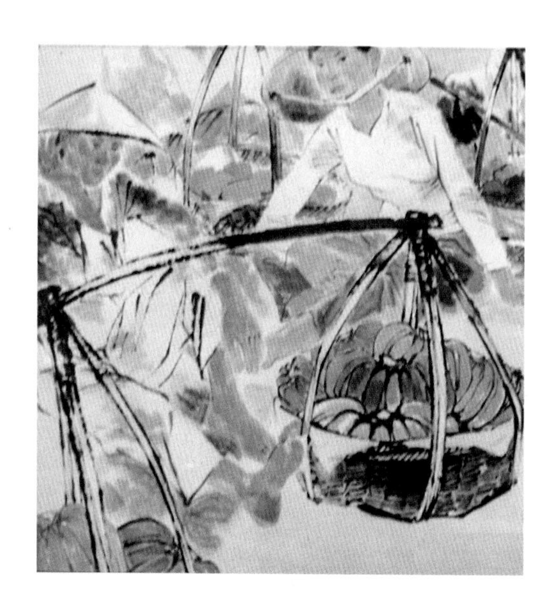

明文堂

차례

보훈병원에서

2023년 6월 24일, 대한민국 윤석열 대통령과 보 반 트엉(Vo Van Thuong) 베트남 국가주석이 하노이 'Luc Thuy' 식당에서 아침식사를 한 뒤 호안끼엠 호숫가를 산책하는 장면을 보면서,

50년 전 베트남 전쟁에서 적대적敵對的이었던 파월장병의 한 사람으로서 격세지감隔世之感을 느낍니다.

베트남과 한반도는 위도緯度는 약간의 차이가 있으나 중국 대륙의 동·서에 위치하여 조포粗暴한 중국에 조공朝貢을 바치고 사절使節에 굴욕을 당하였던 과거의 뼈아픈 역사를 지니고 있습니다.

베트남은 결코 약한 민족이 아니었습니다. 유라시아에 강대한 제국帝國을 건설한 몽골의 쿠빌라이 칸이 중국의 송나라를 침공하여 원나라를 세웠으며, 고려는 1231년부터 1270년까지 6차례의 침공으로 원나라에 정복당했으나, 베트남은 1257년부터 1287년까지 3차례의 몽골의 침공을 모두 격퇴한 강한 민족입니다.

19세기의 응우옌 왕조(阮朝, Nguyễn triều)는 중부의 후에(Phố Huế)를 수도로 정하고 남부의 참파, 캄보디아, 라오스 지방을 정벌하여 오랫동안 크메르 제국의 영토였던 사이공을 비롯한 메콩 삼각주 지역을 차지한 인도차이나 반도의 최강국이었습니다.

베트남과 대한민국은 강대국에 의한 남·북 분단의 동병상련의 역사가 있습니다. 조선은 청일전쟁 이후 일제에 수탈당하였으며, 베트남은 1862년 이후 사이공에 기반을 둔 베트남 남부지역을 점령한 프랑스의 괴뢰정부 코친차이나(Cochinchine)의 경제수탈에 시달렸습니다.

1945년 베트남에 진주한 일본의 지배를 받게 되었으나, 대한민국이 38도선으로 남·북이 분단될 때, 베트남 북부에는 중국 국민당 군대가 진주하고 17도선 남부에는 영국군에 이어서 프랑스 군대가 점령하였습니다.

베트남 민족은 강한 민족입니다. 프랑스군의 무차별 학살에 게릴라전으로 대항하여 1954년 디엔비엔푸(Điện Biên Phủ) 전투에서 지압(Giáp) 장군의 메뚜기(베트남군)가 코끼리(프랑스군)를 격퇴하여 제1차 인도차이나 전쟁은 끝났으나, 베트남 총선거가 이뤄지지 못했습니다.

미국 뉴욕 리버티 섬에는 '세계를 밝히는(Liberty Enlightening the World)' 9.3m의 자유여신상이 횃불을 들고 온 세계를 밝히고 있습니다.

너의 지치고 가난한, 자유를 갈망하는 이들,
너의 풍요의 기슭에서 버림받은 가련한 이들을 내게 보내라.
세파에 시달려 갈 곳 없는 이들 내게 오거든
나 황금의 문 곁에서 높이 등불을 들리니!

1955년 미국은 부정선거로 남베트남에 친미 정부를 세웠으나, 부정부패와 종교·인권탄압이 심각해지면서 민중은 남베트남 민족해방전선(Việt Cộng)을 결성하고 무장투쟁에 나섰습니다.

마르크스-레닌주의 게릴라 비엣콩(Việt Cộng)이 베트남 전역을 공산화할 것을 우려한 미국은 이른바 아이젠하워의 도미노 이론(Domino Theory)을 염려하여, 1964년 8월 4일에 통킹만 사건을 조작하여 북베트남을 침공할 구실을 만들었습니다.

베트남 전쟁 이후 베트남, 라오스, 캄보디아 등이 잇달아 공산화되면서 도미노 이론이 입증되었으나, 미국이 각국의 실정을 제대로 헤아리지 않고 무차별적으로 공세를 퍼부은 게 오히려 공산화를 조장하는 결과를 가져왔다고 보는 시각도 있습니다.

비엣콩은 총연장 230km에 달하는 구찌터널을 뚫어서 미군에 대항했습니다. 미군은 육해공군 전폭기를 동원하여 '땅속의 두더지'를 잡기 위해 8백만t의 폭탄을 투하하고 7백만t의 각종 포탄과 로켓탄을 발사하고 고엽제를 뿌렸습니다.

당시 베트남, 캄보디아, 라오스는 가난한 신생 독립국이었으며 영농국가 전역에 투하한 폭탄 대신 링컨의 달러(Greenbacks)가 뿌려졌다면 오히려 자유민주주의 국가로 돌아서지 않았을까?

'세계를 밝히는(Liberty Enlightening the World)' 자유의 정신은 어디에 있는가? 횃불을 들고 세상을 밝히는 유랑민들의 어머니는 사라지고, 땅에서 사지 펼친 청동 거인만 군림하였습니다.

미국의 존슨 대통령은 '더 많은 깃발(more flags)'을 흔들어서 한국측에 베트남전 파병을 강요하였습니다.

대한민국 정부는 1964년 의무중대와 건설공병단 파견을 시작으로, 1965년부터 맹호, 청룡부대, 백마부대의 파병으로 32만 명을 파병하여, 5,099명의 사망자와 11,232명의 전상자가 생겼으며, 참전용사 중 16만 명이 고엽제 후유증을 앓고 있습니다.

파월 한국군은 용감하게 싸웠는가? 파월 초기에 파월의 정당성을 부각시키기 위하여 홍보하거나, 장교들 중에는 전과를 부풀려서 상훈을 받는 사례도 있었으나, M부대 병참부 병사들이 창고에서 용접작업 중에 개인화기가 폭발하는 등 안전사고도 많았습니다.

나는 파병 2년 동안 본국에서 보내온 위문품과 위문편지를 전방부대에 전달하고, 연예인 특별위문단 및 군예대를 기획한 비전투요원으로서 한국군의 작전 전부를 안다고 할 수 없습니다.

내가 본 미군은 동양 최대의 캄란베이 보급기지, 롱빈보급창 등에서 무제한으로 군수품을 공급하고 B-52 폭격기와 F-4전투기 등으로 북베트남, 캄보디아, 라오스에 융단폭격하였으며, 대형 수송기 C-130기는 베트남 국내는 물론, 필리핀, 괌, 하와이, 미국 본토를 정기적으로 운행하였으나, 한국군은 고작 4대의 공군 수송기로 위문편지나 전상자를 수송하였으며, 전투부대는 비엣콩(Việt Cộng)으로부터 남베트남 농민들을 보호하는데 주력하였습니다.

'백 명의 적을 놓치더라도, 한 명의 양민을 보호해야 한다.'

주월 한국군사령부의 지침에 따라 한국군은 비엣콩의 게릴라전에 대비하여 공격보다 방어 위주의 중대전술을 펼쳤습니다.

중대전술기지를 원형으로 둘러싼 철조망에 별 모양의 철조망을 같이 배치하여 그 안에 미로 같은 참호에 박격포가 들어간 축성물을 쌓은 전략촌을 구축하여 비엣콩에게 시달리던 남베트남 농민들을 보호하는데 주력하였습니다.

귀신 잡는 해병이 되레 귀신에 홀린 어처구니없는 사건이 발생했습니다. 해병 제2여단(청룡부대) 소속의 한 중대가 민간인 74명을 집단으로 살해했다는 '퐁니·퐁넛 마을 학살 사건'의 생존자인 응우옌 티탄 씨가 원고 일부 승소 판결을 받았습니다.

민간인 학살은 한국전쟁 당시에도 있었고, 베트남 사회주의 공화국 수립 시기에도 남베트남 정부에 협력한 민간인들을 처형하였으며, 비엣콩이 나짱의 십자성 102 병원에 박격포를 쏘아 환자와 간호원들을 상하게 한 것은 전쟁 상황이라 정당화할 수 없습니다.

'퐁니·퐁넛 마을 학살 사건'뿐 아니라, 유사한 사건에 대해서도 한국 정부는 무한책임을 져야 하고, 전쟁의 참화는 잊어서는 안 되지만, 사실과 다르게 침소봉대針小棒大하여 파월 장병 모두를 폄훼貶毁하는 것은 한국과 베트남의 미래에 도움이 되지 못합니다.

우리는 35년간의 일제의 수탈을 지금까지 못 잊고 있습니다.

일본 순사가 청소 검열을 구실로 안채까지 헤집고 다니자, 도산서원 원장이셨던 나의 외증조께서 호통쳐 쫓아 보내고 봉화 태자산으로 솔가率家하여 나의 어머니는 위안부 징집을 면할 수 있었고, 나의 아버지는 징용을 피해 가족을 데리고 만주로 갔습니다. 송화강물을 끌어들여 벼농사를 개척하였으나, 광복 후 중국인 마적단이 살인과 약탈을 자행하자, 첫돌이 지난 나를 업고 압록강을 건너고 삼팔선을 넘어서 살얼음이 흐르는 예성강을 건너서 토성역에서 미군이 살포하는 DDT를 덮어쓰고 겨우 남행 열차에 올랐습니다.

일제 침탈의 여파로 두 동강 난 한반도에 일어난 6·25 전란에서 갓 결혼한 큰 형이 전사하여 집안이 풍비박산風飛雹散이 나서 우리 형제는 교육도 제대로 받을 수 없을 지경에 이르렀으니, 일본은 우리 집안에 영원히 잊을 수 없는 원수임에 틀림없습니다.

그러나 세상이 바뀌어 한·일 문화교류의 일환으로 나의 조카가 오사카대학(大阪大学)에 국가장학생으로 유학하여 고고학 박사가 되었으니, 역사의 아이러니(irony)가 아니겠습니까.

한국 농어촌 청년들의 국제결혼이 성행하면서, 베트남 여성들이 한국 농촌사회의 새로운 구성원으로 자리 잡게 되었습니다.

베트남 여성이 한국 남성과 결혼하게 된 것은, 베트남 농촌의 청년들이 대도시로 이주하면서 한국과 정반대로 베트남 농촌지역이 남자가 부족한 것도 한 원인이었습니다.

베트남은 유교문화 국가로서 결혼문화가 한국과 비슷합니다. 신랑신부가 결혼 전까지 서로 알지 못하는 상태에서 양가 부모끼리 만나서 약혼을 하고 결혼 예식을 마치고, 3일이 지나면 신부는 더 이상 친정에 가지 않는 점에서 한국의 출가외인出嫁外人 문화와 같습니다.

베트남 여성들 대부분은 농촌 출신이어서 한국의 농촌지역에 잘 적응하고 있으며, 베트남 여성들은 연령이 낮기 때문에 가임可姙율이 높아서 농촌 인구의 노령화와 폐교 위기의 유치원 초등학교의 당면 문제에 순기능으로 작용하고 있습니다.

오늘날 공장이나 건설 현장에서 베트남인 근로자들을 흔히 볼 수 있으며, 베트남에서 가공된 의류나 전자제품을 수입하고 있습니다.

베트남 하노이에서 열린 '조선 및 뿌리산업 양성 대학교 연합 입시 박람회'에서 베트남 청년들은 한국 대학에 합격한다면 열심히 기술을 배워서 한국 조선造船 회사에서 일하고 싶다고 했습니다.

나의 조카가 일본에 유학하고, 베트남 청년이 한국에 유학하는 시대가 되었습니다. 미래는 청년들의 세상입니다.

호치민 주석이 중국과 미국을 상대로 싸우기 위해서 과거 적대적 점령국이었던 프랑스와 협정을 맺으면서 했던 말이 있습니다.

"지벗비엔 응번비엔〔以不變 應萬變〕"

변하지 않는 것으로 모든 변화에 대응한다는 뜻입니다.

역사는 추회追悔가 아니라 미래를 탐색하는 나침반이니, 일본을 이기는 길〔克日〕은 증오가 아니라 망각이나 무시가 어떨까요?

누구나 폭포를 거슬러 오르는 송어처럼 모험에 도전하던 젊은 날이 있습니다. 우리 베트남 참전 용사들은 전쟁영화를 본 것이 아니라, 전쟁영화의 배우들이었습니다.

월남에서 돌아온 김상사는 선망선旋網船을 타고 대서양의 섬 라스팔마스에서 참치를 잡았으며, 아프리카의 리비아 사막 대수로 공사장에서 따가운 햇볕과 모래바람을 견뎌야 했으며, 트롤어선을 타고 북풍 한파에 살이 금방 얼어붙는 북태평양의 캄차카 반도의 베링해(Bering Sea)에서 명태를 잡았습니다.

"왜 갔냐고? 글쎄 그땐…"

나는 보훈병원에 입원했습니다. 병실마다 환자들이 침대에 앉거나 누웠는데, 머리가 하얀 노인들입니다. 휠체어에 링거를 매단 환자들이 복도를 오가는 것이, 마치 베트남의 꾸이넌 106 야전병원에 온 기분입니다. 전쟁은 끝났으나 이곳은 아직 전쟁 중입니다.

신필영 시인이 읊은 〈보훈병원〉을 보는 것 같습니다.

휠체어 떠다니는 무성영화 뒷마당은
버티고 선 나무들도 유공자 반열이다.
안부는 시큰둥한지 비어 있는 벤치 두 줄
훈장도 부질없는 무지근한 양어깨 위
쓴 약에 입가심하듯 번지는 저 노을빛
링거액 거꾸로 매달려 한 눈금씩 줄고 있다.

해 질 녘 보훈병원에서 만난 늙은 전우들의 이야기입니다.

나는 악성종양 판정을 받았고, 6·25참전 L장군은 호스피스 병동 대기 중이며, 프랑스 외인부대 참전 S병장은 '강직성 척추염'을 앓고 있고, 맹호 김상사, 해군 L준위, 청룡 P병장은 검사 중입니다.

발목이 절단된 맹호 P중사는 인공투석실로 가는 휠체어에서 콧노래를 부릅니다.

"바람 부는 세상이라 흔들거려도 꽃이 피고 새 울듯이 바람부는 인생이라 슬프긴해도~ 흘러흘러흘러가지만 산다는건 즐거운 여행…"

조조의 나라 위지魏誌 변진전弁辰傳에, 낙동강 하구의 옛 가락국 사람들은 철새가 날아가는 것을 보고, '큰 새의 깃털로 장례를 치르면, 죽은 자가 날아오를 수 있게 하기 위함.〔以大鳥羽送死, 其意欲使死者飛揚.〕'이라는 기록이 있습니다.

모래시계의 OST곡으로 알려진 '백학(The Cranes)'은 2차대전 때 러시아와의 전투에서 죽은 체첸 유목민 전사들의 영혼이 하얀 학이 되어 돌아온다는 전쟁의 아픔을 간직한 슬픈 노래입니다.

우우우우우 우우우우우 우우우우우 우우우~
나는 가끔 병사들을 생각하지.
피로 물든 전쟁터에서 돌아오지 못한 병사들이
그 언젠가 모국 땅에 묻히지도 못하고
그들은 아마도 백학이 된 듯하여
그들은 먼 옛날부터 이제까지 하얀 학으로 날아갔어.
그 하얀 학들이 우리를 부르는 듯하여
그 때문에 우리가 자주 슬픔에 잠긴 채
멍하니 하늘을 바라보는 것이 아닐지.

보훈병원, 병실마다 노병들이 침대에 앉거나 누웠는데, 머리가 하얀 '백학(The Cranes)'들입니다. 모래시계의 모래가 한 눈금도 채 남지 않은듯합니다.

노병은 결코 죽지 않고 백학이 되어 사라질 것입니다.

2023년 6월 25일 보훈병원에서

靑霞 박대우

1. 허리통, 아포리아

과학실의 사람 전신 뼈 모형은 호기심 많던 까까머리 중학생 시절에 공포의 대상이기도 하였다. 죽은 사람의 뼈(진신사리)로 만들어서 밤이면 학교 안에서 돌아다니는 걸 보았다는 놈도 있었다.

플라스틱이 생활용품으로 일반화 된 후 플라스틱 주형鑄型인 것을 알고나서, 소크라테스의 '무지의 지(無知의 知)'가 생각나서, 실소失笑한 적이 있다.

'나도 내가 아무것도 모르는 것을 안다.'

2015년에 밝혀진 영국 리버풀의 한 고등학교 과학실 뼈 모형이 실제 100년 전에 살았던 20~30세가량의 인도 남성의 뼈인 것으로 추정되면서 교사와 학생들이 충격을 받았다고 한다.

척추동물 중 실제로 뼈대가 있는 동물은 전체 동물의 3퍼센트에 불과하며, 뼈대가 없는 곤충은 뼈 대신 단단한 껍질이 있어서 몸을 키우기 위해서는 변신(껍질 탈피)을 해서 외골격을 바꿔야 한다.

야생동물은 태어나자마자 네 발로 일어서서 걸을 수 있으나, 직립 보행의 인류는 골반과 산도가 좁아서 다 자란 아기를 낳을 수 없다.

산모의 좁은 산도를 미성숙한 영아가 유연하게 나올 수 있도록 아기의 머리뼈는 숨골(anterior fontanell)이 여러 개의 연골軟骨로 짜 맞추어져 있어서 머리가 압박을 받으면 머리뼈가 숨골 안으로 조여들었다가〔伸縮〕 원래대로 되돌려지며, 자라면서 점차 숨골이 메워지고 머리뼈가 굳어진다. 인체 중에서 아기 머리의 숨골은 '신의 한 수'가 틀림없다.

아기의 뼈는 270개의 뼈로 태어나지만, 척추 아래쪽의 엉치뼈와 꼬리뼈가 각각 융합하여 성인의 뼈는 206개로 줄어든다. 골격상의 뼈들은 인체의 기능이 정지하는 순간까지 계속해서 생장하는데, 골절이 되어도 재생 접합되거나 지속적인 사용에 따라서 뼈와 관절부위가 변형된다.*

인간의 척추脊椎(spine)는 몸통의 뒤쪽에서 몸을 지지하는 기둥 구조물인 등뼈가 33개의 마디로 연결되어서 허리를 앞으로 굽히는 굴곡운동, 상체를 뒤로 젖히고 허리를 앞으로 내미는 신전운동, 몸통을 좌우로 방향을 트는 회전운동, 옆구리를 양방향으로 굽히는 측면굴곡운동 등 네 방향으로 움직일 수 있다. 척추의 네 가지 움직임은 오래 지속하거나 역행 동작이 어렵기 때문에 운동 경기에서 개인차

---

*울프의 법칙(Wolf's law), 뼈는 가해지는 부담이나 충격에 따라 변형된다.

가 나타나게 된다.

피겨스케이팅 퀸, 김연아의 트리플 러츠-트리플 토룹 콤비네이션 점프는 마치 은반 위를 춤추는 발레리나처럼 가볍게 날아올라서 팽이처럼 돌기도 하고, 전진하면서 몸을 날리듯이 뛰는 악셀 점프, 앉아서 회전하는 플라잉 싯 스핀(flying sit spin), 한쪽 다리를 엉덩이 높이 위로 들어 올리고 두 팔을 벌린 채 우아한 자세로 때로는 애절한 표정으로 드레스를 뒤로 흩날리며 빙판을 가로질러 활주하는 스파이럴(spiral) 등 빙판 위의 요정인 김연아는 팔·다리·허리의 콤비네이션을 연출하는 마술사가 분명하다.

"아이고, 허리야."

준雋은 움직일 때마다 자신도 모르게 신음소리가 나왔고, 심한 허리 통증으로 정상적인 생활을 할 수 없게 되었다.

세수하기, 양치질하기, 양말이나 신발 신기뿐 아니라, 방바닥에 눕기 앉기 일어나기 걷기 등 첫돌 지난 유아들도 할 수 있는 기본적인 움직임이 쉬운 일이 아니었다.

준雋은 언제부터 어떤 원인으로 허리 통증이 생겨났는지 콕 집어서 정확히 알 수 없으나, 허리와 팔다리의 콤비네이션에 이상이 생긴 것은 확실하다.

준雋은 하얼빈에서 태어나 첫돌이 막 지나서 어머니 등에 업혀서 러시아병정의 감시를 피해 밤중에 삼팔선을 넘었다. 삼팔선은 우리

국토의 허리이다. 훗날 국토의 허리가 터져서 휴전선이 되었지만, 당시 어머니의 허리가 아팠을지 몰라도 자신은 아니었다.

피난 시절, 초등학생인 준雋은 제재소에서 피쪽이나 톱밥을 긁어 모아 손수레에 싣고 10리 길을 끌고 왔다. 수레바퀴의 삐걱거리는 소리가 동네 사람들의 새벽잠을 깨웠지만 허리는 멀쩡하였다.

준雋은 소설 《야간비행》의 생텍쥐페리(Saint-Exupéry)처럼 비행기를 타고 위문품을 매주 화, 금요일 2회씩 운송했다.

백구부대(해군수송대)가 사이공 뉴포트에 하역한 위문품을 트럭에 싣고 부대로 돌아와서 트럭에서 하차하여 창고까지 수레로 이동하였다. 창고 안에서 부대·지역별로 분류·포장하여 수레로 옮겨서 트럭에 싣고 공항에서 C-46 수송기에 실었다.

수송기는 사이공의 떤선녓 공항에서 이륙하여 낫짱(백마, 십자성), 꾸이년(맹호), 다낭(청룡)까지 차례로 이동하면서 각 지역의 원호근무대 파견대에 위문품을 인계하고 다시 베트남의 정글 위를 비행하여 사이공의 떤선녓 공항으로 돌아올 때까지 온전히 혼자 감당했다.

그날, 사이공 떤선녓(Tân Sơn Nhất) 공항에서 위문품을 잔뜩 싣고 이륙한 C-46 수송기가 정비整備를 위해 캄란 베이(Cam Ranh Bay) 미군기지에 착륙하였다.

C-46 수송기는 1937년 미국 Curtiss-Wright 사에서 제작한 쌍발 터보프롭(Turboprop) 엔진 수송기이다. 터보프롭 엔진은 가스터빈을

이용하여 프로펠러를 돌려 프로펠러가 공기를 밀어내면서 추진력을 얻는 구조이다. 순항속도 278km/h, 항속거리 5,070km의 C-46 수송기는 원래 민항기로 제작되었으나, 군용으로 전용된 기체로는 C-130 수송기 이전에 가장 크고 무거운 쌍발 엔진 항공기이었다. 1941년 실전에 배치되었으며 제2차 세계대전 동안 항공수송 및 공수부대 투하 등의 임무를 수행하였다.

캄란 베이는 외항의 수심이 30m 이상이어서 항공모함이 정박할 수 있을 만큼 수심이 깊은데다 태평양과 인도양을 연결하는 전략적 가치가 높은 항구이다. 프랑스령 인도차이나 시대부터 군사기지로 사용되면서, 러일전쟁 때는 희망봉을 돌아오는 긴 항해에 지친 발틱 함대가 정박했으며, 태평양전쟁 당시 일본 해군기지이었으며, 1960년대 베트남전쟁 당시 비행장, 보급창, 탄약고, 해군기지 및 컨테이너 부두 등 동양 최대의 미군 병참기지가 있는 천혜天惠의 만灣이다.

미 공군 제483 통합 정비 비행대에서 C-46 수송기의 기체를 정비하는 동안, 준雋은 야자수 늘어선 해안도로를 걸어서 다음 기착지 냐짱(Nha Trang)에서 스텐바이(Stand-by) 하기로 C-46 수송기 조종사 C소령과 약속했다.

고막을 찢는 듯한 제트엔진 테스트의 굉음에서 벗어나, 시원한 해풍이 불어오는 캄란 베이 연육교를 건널 때에는 당시 유행하던 밥 딜런의 〈바람만이 아는 대답(Blowin' in the Wind)〉을 흥얼거리며 걸어갔다.

How many roads must a man walk down

사람은 얼마나 많은 길을 걸어봐야

Before you call him a man?

사람이라 불리게 될까?

How many seas must a white dove sail

흰 비둘기는 얼마나 많이 바다 위를 날아봐야

Before she sleeps in the sand?

백사장에 편안히 쉴 수 있을까?

Yes, and how many times must the cannon balls fly

그래, 포탄은 얼마나 많이 날아가야

Before they're forever banned?

그것들이 영원히 금지가 될까?

The answer, my friend, is blowin' in the wind

친구여, 그 대답은 바람 속에 있다네.

The answer is blowin' in the wind.

바람 속에서 날아가고 있다네.

1965년 청룡부대가 상륙했던 곳이며, 청룡이 투이호아로 이동한 후 캄란 베이의 경계를 맡은 백마 30연대의 주둔지이었으며, 당시 미국 회사에 근무하던 한국인 파월 기술자들이 향수를 달래던 유흥업소가 많은 곳이다.

수진(쏘진)마을의 시가지로 들어서자, '서울사진관', '아리랑식당', '김하식당', '인도상회', '현숙 빠' 등 야자수들 사이로 간판들이 스쳐 지나갔다. 전쟁터에서 세종대왕을 만난 기분이 묘했다.

수진마을을 지나서부터 한낮의 태양이 점점 따갑기도 하고, 판랑(Phan Rang)을 지날 때 검은 옷을 입은 민병대들이 몰려다니는 것이 눈에 띄면서, 준雋은 자신의 무모한 행동에 스스로 놀랐다.

'비엣콩이 사방에 깔려 있는 전쟁터 한가운데에서 비무장 군인이 혼자서 활보하다니…'

지나가는 람브레타(Lambretta)에 올라탔다. 열 살 정도의 소년이 어머니인듯한 여인과 단둘이 타고 있었다. 겨우 안도의 숨을 쉬는 준雋에게 그 소년이 눈인사를 했다.

"chào(안녕)"

준雋은 베트남어로 인사를 하면서, 잊고 있었던 어릴 때의 기억을 떠올렸다. 피난지의 기차역 구내에 주둔한 미군들이 가끔 내성천 다리를 건너서 시내로 들어왔다. 백인이든 흑인이든 처음 보는 키다리 외국인이 신기하기도 하고, 간식이란 생각도 못하던 배고픈 처지에 초콜릿과 츄잉껌을 얻어먹는 재미가 쏠쏠했다.

"헤이, 초콜릿 김 미!"

준雋의 첫 영어는 신기할 정도로 유창했던 기억을 떠올리고 혼자서 씩 웃었더니, 그 소년은 영문도 모르면서 따라서 웃었다.

나짱 해변에서 람브레타에서 내렸다. 그 소년이 탄 람프레타는 신기루 같은 아지랑이 속으로 사라져 갔다.

코코넛 나무가 늘어선 백사장 너머 비취색 바다가 일렁이며 밀려오고 또 밀려오는 멍석말이 파도가 모래 해변에 닿았다가 하얀 포말을 남기고 쓸려나가는 해변을 걸었다.

'저 수평선 너머 대한의 바다와 잇닿아 있으니, 나짱의 바닷물도 대한의 바닷물이 아니랴.…'

걸음을 멈추고 두 손을 모아 하얀 포말을 손 안에 담아서 코로 냄새를 맡고 혀로 맛을 보았다.

낫짱에는 한국군 야전사령부와 100군수사령부(십자성)가 주둔해 있었다. 야전사령부 비행장에서 정비를 마치고 낫짱 공항에서 대기하고 있었다. 준雋은 그 C-46 수송기에 탑승하였다. 다음 기착지 꾸이년 공항에서 위문품을 인계하고 다시 이륙하여 다낭으로 비행하던 중이었다. 오른쪽 프로펠러가 연기를 뿜으며 '푸더덕 푸더덕' 수송기가 아픈 소리를 질러대었다.

캄란에서 정비 받은 부분이 또 문제가 생긴 것이다. 제2차 세계대전 때 미군의 주력기였으나, 전기계통의 고장이 잦았다고 한다.

프로펠러가 검은 연기와 시뻘건 불꽃을 뿜으며 갑자기 멈췄다.

'Oh My God.'

낙하산도 없이 추락하는 비행기에서 뛰어내릴 수도 없으니, 비행기에 운명을 맡기는 수밖에 없었다. 준雋이 할 수 있는 것이라고는 눈을 감고 운명의 순간을 기다릴 뿐이었다. 큰형의 순직 소식을 청상青孀의 며느리에게 도저히 말할 수 없어 혼자서 고민하다가 미쳐 버린 아버지의 얼굴이 떠올랐다. 아버지는 준雋이 파월한 것도 모르고 있었다. 자신이 비행기와 함께 산화散花한다면, 맏아들에 이어서 또 막내아들의 죽음을 견뎌낼지 그것이 문제였다.

준雋은 흔들리는 기체를 붙들고 이를 악물었다. 짐짝들이 이리저리 쏠리고, 상하좌우로 요동치던 기체機體가 어느 순간에 차츰 안정되어 갔다. 왼쪽 프로펠러와 두 날개만을 이용하여 중심을 잡은 기체는 고도를 아래로 서서히 미끄러져 새처럼 활공滑空하여, 가까운 다낭공항에 안전하게 착륙할 수 있었다.

다낭공항에 착륙하는 순간, 어린 준雋이 아플 때면, 자신이 아픈 것처럼 고통스런 어머니의 얼굴이 순간적으로 뇌리를 스쳤다.

'아마도 어머니의 기도가 통한가 보다.'

다낭공항에는 C-46 수송기의 불시착에 대비하여 소방차 여러 대와 수십 명의 공항 경비병들이 대기하고 있었다.

다낭공항에서 그 프로펠러의 정비를 마치고 사이공으로 회항할 때는 이미 파란 하늘에 별이 초롱초롱한 늦은 밤이었다. 남서계절풍이 스콜을 몰고 지나간 뒤, 5월의 맑고 청명한 하늘에는 무수한 별들이 반짝였다. 추락할 때 온몸으로 느꼈던 공포가 아직인데, 작전 지역 상공을 지날 때, 총탄이 반딧불이 되어 어지럽게 날아다녔다.

항공기 아래에 별들이 반짝이는 또 다른 하늘이었다. 혹시 목표물을 벗어난 유탄流彈이 비행기 유리창을 뚫고 들어올 것 같은 전율

戰慄을 느끼며 긴장하였으나, 점차 밤하늘의 불꽃놀이가 흥미롭고 환상적이어서 추락할 때의 공포를 잊을 만큼 빠져들면서 윤동주 시인의 '별 헤는 밤'을 떠올렸다.

별 하나에 追憶과
별 하나에 사랑과
별 하나에 쓸쓸함과
별 하나에 憧憬과
별 하나에 詩와
별 하나에 어머니.

지금부터 20여 년 전, 준雋은 용산 전쟁기념관에 간 적이 있다. 전쟁기념관 야외 전시장에 B-52 폭격기를 비롯해 19대의 항공기가 전시되어 있었다. 혹시나 하는 생각으로 살펴보았더니, 커다란 폭격기 옆에 C-46D 수송기(ROKAF541)도 있었다. 옛 전우를 다시 만난 듯 손을 흔들었더니 조종석 유리창이 햇살에 반짝였다.

C-46D 수송기는 미군 공수부대원들을 태우고 노르망디 상공을 날았으며, 태평양 전쟁에서는 남태평양의 작은 섬에 고립된 병사들에게 보급품을 수송하였고, 베트남 전쟁에서는 정글에서 고생하는 한국군 장병들을 위해 위문품을 싣고 매주 2회씩 1,600km를 비행하였다.

준雋은 조종석에 앉아도 보고 화물칸을 둘러보면서, 위문품을 가득 싣고 화물칸 한편에 앉아서 베트남의 하늘을 날던 50여 년 전 젊은 날의 땀에 찌든 한 군인을 회상하였다.

그날의 사건으로 C-46D 수송기는 더 이상 비행할 수 없다는 판정을 받고 퇴역하게 되었고, C-54 수송기로 대체되었다.

준雋은 자신의 삶의 과정을 어려서부터 군복무시절까지 종단縱斷으로 살펴보았으나, 허리 통증의 원인을 정확히 알 수 없었다.

당시에는 크게 통증을 느끼지 못했으나, 인대·힘줄·근육·신경·추간연골 중 어느 부위가 탈이 날 수 있다. 베트남에서 귀국할 때쯤 걷지 못할 정도는 아니었으나, 허리가 아파서 가까운 미군 병원에 통원치료를 받은 적은 있다.

허리는 갑자기 충격을 받아서 추간판(디스크)의 피막이 찢어져 탈출하거나, 나이가 들면서 뼈를 잡아주는 근육이나 인대가 노후 수도관처럼 추간공이 좁아져 그 속의 신경다발이 눌려서 허리와 다리에 통증을 느끼게 된다.

사람의 몸은 지구 중심에서 잡아당기는 중력에서 자유로울 수 없다. 척추는 스프링(spring)처럼 탄성과 복원력을 이용하여 중력을 줄여주는 완충작용을 하며, 추간연골과 추간판은 액체의 누수를 막는 고무패킹처럼 뼈와 뼈 사이의 이음새 구실을 한다.

척추뼈는 일직선이 아니라 ∫형태로 휘어져 있고, 뼈 사이의 디스크가 중력과 충격을 완화하며, 골절이 되어도 뼈가 재생·접합되는 구조는 쉽게 탈이 나지 않고, 또 원상태로 복원되도록 완벽하게 창조되어 있다.

현대인의 생활은 서서 걷는 것보다 차를 타거나 앉아 있는 경우가 더 많아지게 되면서 운동 부족으로 약화된 허리 근육과 인대는 디스크를 충분히 지지해 주지 못해 몸무게의 압박이나 외부충격으로 인한 디스크 탈출에 대처하지 못하게 된다.

디스크가 탈출되어 신경을 누르면 다리나 발에 통증과 땅기는 증상이 나타난다. 이런 증상은 디스크가 신경을 누르고 있는 물리적인 요인이고, 또 하나는 눌린 신경 주변에 생긴 염증 때문이다.

통증을 유발하는 염증의 치료는 염증반응과 그로 인해 생긴 신경 주변의 유착이나 과민성을 없애는 치료이다. 비수술적 치료로 염증을 줄여도 통증이 가라앉지 않는다면, 수술로써 물리적 압박을 제거해야 한다.

우리 몸의 기둥이 되는 척추뼈 뒤쪽에 척수라는 신경 다발이 지나가는데, 척수와 신경들을 보호하는 역할을 하는 척추관이 여러 가지 이유로 좁아지면서 문제를 일으키게 된다.

척추관 협착에서 척추관은 신경이 지나가는 길이며, 협착狹窄이란 좁아졌다는 뜻이다. 수도 파이프 안에 이물질이 점점 쌓이게 되면 통로가 좁아져 물줄기가 약해지듯이 척추관 협착증은 신경 주변에 있는 추간판(디스크), 척추 관절, 황색 인대 등이 두꺼워져 신경이 지나가는 척추관을 좁게 만들어 신경과 신경 주변의 혈관이 눌려 통증과 다리가 저리게 된다.

척추관 협착증 환자가 오래 서있거나 걸을 때 통증이 심해질 때 잠시 앉아서 쉬면 증상이 개선되는데, 이렇게 혈액순환이 휴식을 통해 신경자극 증상이 호전되는 양상이 걸을 때마다 매번 반복되는 양상을 간헐적 신경성 파행증이라고 하며, 척추관 협착증 환자들이 보이는 전형적인 보행장애 현상이다.

협착증은 만성질환이므로 통증을 느끼자마자 수술을 하는 것은 아니다. MRI 검사로 상태를 진단하고 그 정도에 따라 맞춤 치료를 한다. 신경의 혈액순환을 개선시키는 풍선확장 카테타를 이용하여 협착의 혈액순환을 확장시키거나 척수와 통증이 유발되는 신체 부위와 가까운 중추신경이 지나가는 곳에 주사를 놓아서 병의 진행을 단기간 막는 신경차단술을 시술하기도 한다.

척추협착증 수술을 받고 난 후 회복 기간이 어느 정도 지났음에도 불구하고 통증이 지속되거나 수술 전에 없던 새로운 통증이 발생한다면 척추수술 실패 증후군으로 의심해볼 수 있다. 척추수술 실패 증후군은 척추협착증 수술 중 척추유합술 또는 척추디스크 수술과 같은 척추질환 수술 후, 원하는 결과가 나오지 않았거나 오히려 수술 전에는 없었던 증상 및 통증이 계속해서 나타나는 것이다.

초기 진단 오류로 수술이 필요하지 않은 환자가 수술을 받은 경우, 통증 원인 부위가 아닌 엉뚱한 마디를 수술한 경우, 문제가 되는 부위가 충분히 제거되지 못하고 남아 있는 경우, 수술 과정에서 신경을 건드려 신경이 손상된 경우, 수술 후 아물지 않은 상태에서 움직이다가 수술 부위에 염증이 발생하는 경우, 절개한 부위가 아물면서 신경 및 근육 조직들의 유착이 발생하는 경우, 수술 시 삽입한 금속물(나사못)로 인해 부작용이 발생하는 경우, 수술로 인해 척추 마디의 불안정성이 증가해 문제를 일으키는 경우 외에도 다양한 원인들이 있을 수 있다.

나이가 들면서 우리 몸에는 퇴행성 변화가 나타나는데, 뼈에 퇴행성 변화가 생기면서 뼈가 두꺼워지거나 삐죽삐죽하게 자라나면서 신경을 압박하게 되고, 척추뼈를 지탱해주는 인대도 두꺼워지고, 추간판(디스크)과 척추 후관절에도 변형이 생기면서 신경이 지나가는 통로가 좁아지게 된다.

주로 척추뼈 4번~5번 요추에 많이 생기는 척추협착의 증상은 대부분 5~60대에 노화가 시작되면서 조금만 걸어도 허리가 찢어질 듯 아프고 다리가 저려서 걷지를 못하게 된다.

초기에는 보존적 치료로 소염진통제나 근육 이완제를 복용하거나, 혈액순환제를 복용하기도 하며, 척추관 내에 약물을 주사하기도 한다. 보존적 치료에도 증상이 좋아지지 않거나 일상생활이 어려울 만큼 통증이 심해지고, 소변이나 대변을 조절하는 능력이 떨어지게 되면 수술을 통해서 신경을 누르고 있는 구조를 제거해 주어야 한다.

척추건강은 걷기, 앉기, 눕기, 일어나기의 자세가 척추의 구조에 거스르지 않고 유지하는 데 있다. 무거운 것을 허리힘으로 들어 올리거나 높은 곳에서 뛰어내려서 추간판에 손상을 주지 않는 한, 허리 통증 없이 일생을 살아가는 사람도 많다.

허리 디스크의 80%는 수술을 하지 않아도 자연적으로 낫는다고 한다. 양식이 있는 의사들은 되도록 수술을 피하고 주로 보존적 치료를 하는데, 만약 수술해야 할 시에는 근육 손상을 피할 수 있는 최소 침습적 수술을 시행하여 수술 후 통증 및 기타 합병증을 최소화하고 있다.

물건을 갑자기 들거나 허리 자세가 삐끗하여 죽을 만큼 심한 통증을 느끼더라도 열흘 정도 지나면 자연적으로 통증이 가라앉아서 감기처럼 언제 아팠는지 기억도 안날 수도 있다.

아직 젊은 사람들 중에는 간단한 물리치료만으로 호전을 기대할 수 있음에도 불구하고, 성급하게 척추수술을 받은 후 부작용이나 장해 등이 남는 경우도 있다.

추간판의 탈출 상태나 추간공협착의 진행 단계에 따라서 치료 방법이 달라야 한다. 젊은 환자에게 무조건 수술을 하거나 근력이 약해진 노인에게 무리한 허리 보강운동은 도리어 독毒이 될 수 있다.

허리통痛, 너 참 아포리아(aporia)*구나!

---

* 고대 그리스어: ἄπορῐ́ᾰ, 어원은 ᾰ̓(부정 접두사)+πορος(다리, 길)로 길이 없다. '막다른 골목'처럼 해결하기 어려운 문제.

2. 코드블루

택시에 오르는 준雋에게 아파트 관리실 직원이 인사했다.

"여행 가시는가 봐요?"

"으음…, 네. 날씨가 너무 더워서…."

병원 입원을 알릴 필요가 없었다.

산복도로의 구비를 돌아갈 때마다 멀리 영도 섬과 푸른 바다가 보였다 사라졌다 반복하더니, P대학병원(PNUH) 앞에 멈췄다.

택시 문을 열자, 열기가 얼굴을 덮쳐왔다. 2022년, 그해 여름은 유난히 더위가 심했다.

건물 안으로 들어서니, 병원이 아니라 피서지의 호텔 같이 시원하였다. 병원 직원의 체크인(Check-in)절차를 마치고, 손목밴드(Inband II)를 왼손 손목에 감아주었다.

"6603호실입니다."

6층에 도착하니, 'ㄷ'형 간호 스테이션에서 한 간호사가 일어서서 반겼다. 인적사항을 묻고 손목밴드를 확인한 후 6603호 병실로 안내했다.

병실 침대의 새 베드 커버 위에 환자복과 침대 뒤편 보드판에 〈성명 박○준, 성별 M, 연령 77y, 진료과 신경외과〉

침대 위에 놓인 환자복을 갈아입고 병실 밖으로 나와서 복도를 걸었다. 복도 끝에 휴게실이 있었다. 정면의 벽에 걸린 대형 TV가 몇 개의 빈 의자를 앞에 놓고 혼자 떠들고 있었다.

TV를 끄고, 휴게실 창가에 놓인 원탁 앞에 앉았다. 창밖으로 겹겹이 늘어선 건물 너머로 영도 섬이 하얀 구름 모자를 쓰고 있었다. 여름철이면 부산 남항의 해무海霧가 봉래산으로 오르면서 구름으로 변한다.

불로장생의 명약을 지닌 봉래산·방장산·영주산 등 삼신산의 하나인 봉래산이 바다에 떠있는 곳이 영도 섬이다. 산기슭에 영주동, 신선동을 품고 있는 봉래산은 영산이 틀림없다.

남항의 더운 기운이 봉래산을 타고 시시각각 천변만화千變萬化의 구름으로 피어오르면 더욱 신령한 산으로 보인다. 그 구름 속으로 은빛 날개가 반짝이며 비행기가 새처럼 날았다.

지난 봄, 김포공항에서 생전 처음 장애인 휠체어를 탔던 일이 생각났다. 김해공항에서 체크인 하고 검색대를 지나서 탑승하기까지 지팡이를 짚고도 서있기가 너무 힘들었다. 김포공항 출구에서 마중

나온 큰아들이 공항 휠체어 맨을 데려와서 준雋을 태워서 주차장까지 데려다주었다.

"이젠, 허리 수술 받으시지요."

몇 년 전부터 수술 받기를 권유해오던 큰아들이 기회를 잡은 양 다그쳤다. 사람들은 무심코 듣고 흘리겠지만, 휠체어에 앉은 노쇠한 아비의 모습을 아들에게 보이고 싶지 않았는데, 그때 허리 수술을 결심하였다.

지난 날, 준雋은 허리 통증이 점차 심해지면서, 신경외과 병원, 정형외과 병원에서 각종 검사를 받기도 하고, 통증클리닉, 한방병원, 허리 치료가 용하다는 병원을 찾아다니며 주사를 맞거나 특별한 약을 짓는다는 약국을 찾아다녔다.

정형외과 병원은 아침 일찍부터 동네 할머니들이 번갈아 오는 노인정이었다. 할머니들을 외면하고 돌아앉아 차례를 기다렸다가 전기장판 위에 30분 정도 누웠다가 약 처방전을 받아왔다.

허리 치료에 용하다는 약국에서 의사 처방전 없이 약사가 조제한 약을 받아왔다. 일시적 효과가 있는 마약 같아서 그 약을 도저히 먹을 수 없었다.

한의원에서 침과 뜸을 뜨고 약을 지어 먹었다. 젊은 시절에 허리를 삐거나, 담이 걸린 경우는 침을 맞으면 효과를 볼 수 있었으나, 만성적인 허리 통증에는 효과를 느끼지 못했다.

통증클리닉에서 신경치료(차단술)를 받았다. 신경차단술은 신경근 주위의 부종과 염증을 경감시키는 척추신경에 약물 주사를 놓는다.

통증클리닉에서 꼬리뼈 쪽에 주사를 맞는 순간 30분 정도 하체가 마비되면서 통증이 일시적으로 완화되나, 며칠이 지나면 통증이 서서히 되살아났다.

신경차단술 약제는 국소마취제, 스테로이드제제, 히알루로니데이즈, 식염수 등을 사용하는데, 스테로이드제제 중 트리암은 경막외강으로의 주사는 강력히 금지되고 있기 때문이다.

신경차단술이 효과가 있는 경우도 있다. 준雋은 장모를 휠체어에 태워 통증클리닉에 모셔가서 두 사람이 똑같은 주사를 맞았는데, 준雋은 별 효과가 없었는데, 현재 97세의 장모는 한 번의 치료로 휠체어를 타지 않고 생활하고 있다.

해운대 재송동의 'P신경외과 병원'은 환자 25명씩 교실 같이 넓은 방에 불러들여놓고, 병원장 의사가 환자의 이름을 일일이 불러서 아픈 곳이 어딘지 친절하게 물어서 증상을 듣고 개인별 진료카드를 즉석에서 작성하였다.

마산에서 왔다는 한 여인은 발에서 머리까지 아픈 증세를 장황하게 설명해 나갔다. 진료카드를 작성하던 의사가 다시 물었다.

"안 아픈 데는 어딥니까?"

"…"

그 여성이 말을 못하고 머뭇거리자, 한쪽 구석에 앉아있던 한 남자가 큰 소리로 말했다.

"입은 안 아픈 갑네요."

긴장이 흐르던 방안에 갑자기 폭소가 터졌다. 그러나 환자의 병상病狀을 공개하고 비웃는 것은 심각한 인권문제이다.

진료카드 작성이 끝나면, 방 앞쪽에 마련된 여러 개의 침대에 환자를 눕히고, 의사가 돌아다니면서 주사를 놓았다. 마치 동물 병원 같았다. 그가 지정한 약국에만 있다는 약을 처방해 주었다.

오전에 25명씩 두 군群, 오후에 두 군씩 매일 100명씩 진료비는 1인당 7만 원이었다. 그 병원장이 스스로 말했다.

"나는 석 달 동안 진료하고, 석 달 정도 미국에 가서 지낸다."

일반 약국에 없는 약을 처방하고 미국에 잠적한다는 뜻이다. 나을 수 없는 허리 통증에 꾀는 구더기가 그 P병원뿐일까.

P신경외과 병원의 사건을 계기로 병원 의존에서 벗어나기 위하여 준雋은 운동을 시작했다. 허리뼈를 둘러 싼 근육은 뼈와 함께 신체의 형태를 잡아주며 움직임을 가능하게 하는 근력이 있다.

근력은 지근과 속근으로 구분하는데, 지근遲筋은 산소를 운반하는 모세혈관과 미오글로빈(myoglobin)*이 많이 함유되어 있어서 산소를 이용하여 에너지를 발생시키는 유산소 운동, 마라톤이나 수영이 필요한 운동에 적합하다.

---

*미오글로빈(myoglobin) : 근조직에 산소를 운반하여 결합하는 단백질이다.

히말라야 8,000m급 16좌를 완등한 산악인 엄홍길도 어려운 고비가 있었다. 히말라야 로체샤르는 평균 각도가 70에서 90도에 이르는 남벽 높이만 3,500미터나 된다. 로체샤르 정상을 오르다 실패하고, 2차는 정상을 150미터 앞두고 눈사태에 동료 두 사람을 잃기도 했었다. 4차 도전에서 로체샤르 남벽을 통해 등정했다.

엄홍길은 젊은 시절, 해군특전단(UDT) 요원이 되어서 특수 훈련을 받았다. 훈련 중에는 경주에서 독도까지 5박 6일 동안 헤엄쳐 갔다. 산악인 엄홍길의 강인한 체력은 해군에서 수영으로 단련된 것이다.

바르셀로나 올림픽에서 '몬주익 언덕'에서 황영조 선수가 일본의 모리시타 고이치(森下 広一)를 따돌리는 장면은 잊을 수 없다.

중학생 시절 사이클로 운동을 시작한 황영조는 2시간 8분 47초를 기록하여, 처음으로 2시간 10분의 벽을 갱신하였다.

자전거 타기는 다리 통증으로 오래 걷지 못하는 척추관 협착증 환자에게 특히 좋은 운동인 것은, 충격을 크게 받지 않으면서 유산소 운동을 할 수 있고 허리 근육강화에 효과적이기 때문이란다.

준雋은 새벽마다 황영조처럼 자전거를 타고 수영장에 가서 엄홍길처럼 수영을 하였다. 물속에서는 실제보다 가벼운 무게를 감당하면서 천천히 운동할 수 있다. 물속에서 할 수 있는 수영과 아쿠아로빅, 물속 걷기 중에 허리 통증 완화가 목적이어서 주로 물속을 걸었다.

오후에는 낙동강 하구둑에서 다대포 해수욕장까지 자전거를 탔다. 허리를 굽히는 동작이 척추와 뼈 사이 압박으로 디스크 탈출 위험성이 있기 때문에 자전거 안장에 앉아서 허리를 구부리지 않고 기마騎馬자세를 유지해야 한다.

수영과 자전거 타기 운동은 허리 통증의 한계를 넘어서지 못했다. 허리 통증이 점점 심해지면서 단 10m 거리를 걷기가 힘들게 되었다.

'수술은 성공하면 다행인데, 혹 실패하면 앉은뱅이가 되거나 평생 고통 속에 살아야 한다.'는 우려에서 벗어나, 우선 안정성이 보장되는 시술을 받기로 했다.

B보훈병원 신경외과 의사 L이 매주 화요일 오후에 한 번씩 3주 동안 세 번 시술했으나 치료 효과가 전혀 없었다.

"통증이 줄어들지 않습니다."

"네, 원래 그렇습니다. 시술보다 수술을 해야 합니다."

진료실을 나오면서 시술 받은 것을 후회했다.

'수술? 진작 그렇게 하시지…'

수영장에서 알게 된 친구 K는 B보훈병원에서 수술을 받았다고 했다. "B보훈병원에 새로 온 H의사가 수술을 잘합니다."

며칠 후 그 신경외과에 다시 갔다. H의사의 진료를 원했더니,

"담당 의사를 바꿀 수 없습니다."

"수술을 목적으로 각종 검사, MRI 진단 후, 수술 못하겠으니 대학병원으로 가라고 했던 Y의사는 이미 퇴직하고 없는데요."

병원 직원 K가 마지못해서 H의사의 진료를 받게 했다.

"L의사 담당이군요. 저는 진료할 수 없습니다."

병원 내규內規인지, 의사들 간의 암묵적 약속인지 알 수 없으나, 국립의료원 규정에는 '환자의 희망에 따라 그가 특히 지정하는 의사로 하여금 진료하게 하는 특정 진료[特診]의 제도'가 있지 않은가.

"진료를 거부하시는 겁니까!"

목구멍까지 올라왔으나, 병원 직원 K가 난처할 것 같았다.

진료를 거부당하고 밀려나오는 준雋에게 병원 직원 K가 말했다.

"우리 병원에 또 올 거죠?"

봉래산을 타고 넘던 구름이 나의 친구 우석목의 모습으로 변했다. 제주 화산석을 닮은 거뭇거뭇한 얼굴이 웃고 있었다.

우석목은 도쿄에서 태어나 광복을 맞아 온가족이 귀국선을 타고 제주도로 귀향하였다. 좌우익이 나뉘어져 광란의 춤을 추는 공간에서 생계를 유지하기가 어려웠다.

아버지는 어린 아들 형제와 아내를 남겨 두고 일본으로 되돌아갔다.

우석목의 어머니가 영도에서 밀항선을 타고 일본에 잠입했으나, 남편을 만나지도 못하고 오무라 수용소에 갇히게 되었다. 우석목은 날마다 바닷가에서 수평선을 바라보며 어머니를 기다렸다. 학교 소풍날, 우석목은 아이스 깨끼(Ice cake) 통을 메고 갔다.

"아이스 깨끼, 시원한 아이스 깨끼"

우석목과 준雋은 동갑내기 귀국 난민이지만, 그는 고향 제주에 남동생이 있고, 준雋은 하얼빈에서 삼 형제 중 막내로 태어났다.

준雋은 결혼하여 아들이 둘이고, 우석목은 딸만 둘이다.

'옷이 품이 맞으면 소매가 길고, 소매가 맞으면 품이 적은 것' 말고는 준雋과 우석목은 닮은 데 없이, 철로가 무한대로 갈라지듯이 둘은 극한으로 대치하였다.

우석목은 군사정보부대 무선통신병으로 근무 중이던 1968년 1월 23일, 미 해군 정찰함 푸에블로호(Pueblo)가 동해 공해상에서 북한군 무장 초계정 3척과 2대의 미그기에 포위당하여 나포되는 순간을 포착하였었다.

우석목이 푸에불로호 사건을 전과戰果로 내세우면, 준雋은 베트남에서 위문품을 수송 작전 때 C-46 수송기에 위문품을 싣고 포물선을 긋고 떨어지는 총알 사이로 날아다니던 스릴을 내세운다.

"베트남 용병? 부끄러운 줄 알아라."

"통신 모니터? 후방에 숨어서 전쟁을 알긴 해."

"넌, 미움 받으려고 세상에 태어났었나 봐."

"네 임종을 지켜보았는데, 눈물 한 방울 흘리는 가족이 없더라."

맘에도 없는 악담을 터뜨리며, 우리는 40년을 동행하였다.

유안진 시인은 속을 터놓아도 좋을 허물없는 친구를 '지란지교芝蘭之交'*라 하였다.

---

* 유안진, 《지란지교를 꿈꾸며》, 1986.

거문고 곡을 듣고 백아의 마음을 읽어낸 종자기의 '지음知音'을 '지기지우知己之友'라 하였다.

구본웅과 이상은 '지기지우知己之友'이다. 구본웅은 친어머니가 안 계셨고, 이상은 백부의 손에 컸으니 동병상린에 초등학교를 함께 다닌 단짝 친구이다. 이상이 총독부 기수직 자리를 그만두고 종각 근처에 '제비다방'을 열었을 때, 일본에서 그림 공부를 하였던 구본웅은 웨스턴조선호텔 근처에 '우고당' 갤러리를 차렸다.

이상이 제비다방 운영에 실패하자, 구본웅은 자신이 경영하던 출판사 '창문사'에서 삽화를 그리게 했다. 이상의 《오감도烏瞰圖》가 신문 독자들의 비난을 받았을 때 오직 구본웅은 그의 천재성을 알았으며, 이상은 구본웅의 전위적인 야수파 미술을 이해했다.

준雋은 3형제 중 막내로서 가족 일에 대체로 소극적이었다. 그는 어머니의 간암에 속수무책束手無策이었는데, 우석목은 병원에서도 포기한 어머니의 욕창褥瘡을 자신의 입으로 고름을 빨아내면서 한 달을 간병하여 어머니를 살려내었다. 어머니를 제주도 황사평 천주교 묘역에 모실 때까지 가장의 역할을 다했다.

우석목은 교사로 근무하면서 통신대학과 야간대학을 거쳐서 박사과정까지 수료하였다. 그가 불어강좌를 마치고 나오는 늦은 밤, 프랑스 문화원 앞 경양식집에서 기다렸다가 서로 만나기로 했었다.

준雋이 나이 60세에 통신대학 농학과에 편입학하여 만학晩學한 것은 그의 영향이 컸었다.

경주에서 박목월을 만나고 고향 영양 주실 마을로 돌아간 조지훈은 '완화삼'을 써서 '목월에게'란 부제副題를 달아 경주로 보내고, 목월이 화답하여 '나그네'를 읊었다.

지훈의 '완화삼'과 목월의 '나그네'의 시구를 따서, 한 편의 시를 만들어 보았다.

流雲水道七百里　구름 흘러가는 물길은 칠백 리
酒熟江村斜陽霞　술 익는 강마을의 저녁노을이여
江津越便麥畈路　江나루 건너서 밀밭 길을
雲上月行客同途　구름에 달 가듯이 가는 나그네

완화삼에서 '술 익는 강마을'을 노래한 조지훈은 단순 애주를 넘어서 오달悟達의 경지에 이르렀다.

그의 수필 〈술은 인정人情이라〉에서, '제 돈 써가면서 제 술 안 먹어준다고 화내는 것이 술뿐이요, 아무리 과장하고 거짓말해도 밉지 않은 것은 술 마시는 자랑뿐'이라면서, '술을 마시는 것이 아니라 인정을 마시고, 술에 취하는 것이 아니라 흥에 취하는 것'이라 하였다.

어느 해 섣달 그믐날, 망년忘年 모임에서 헤어져서 준雋과 우석목을 비롯해 친구 넷이 2차로 남포동 한 골목의 '고궁'이란 고급 요정에 들어갔다. 아무도 없는 방안에 술상이 덩그렇게 차려져 있었다. 준雋과 우석목은 주거니 받거니 흥에 취했었다. 아마도 예약이 있었던 듯한데, 종업원도 눈에 띄지 않고 주인은 술값도 받지 않았다. 지금

생각해도 '무릉도원에서 신선주를 마셨는지' 훈훈한 안갯속이다. 준雋과 우석목은 인정을 마셨고, 흥에 취했던 것이다.

우석목의 본래 이름은 申아무개이지만, 그는 제주관아 터 관덕정 근처에 살았는데, 관덕정 앞 돌하르방은 구멍이 숭숭 뚫린 현무암으로 만들어져 있는 제주 돌하르방의 원형이다. 돌하르방의 다른 이름이 '우석목偶石木'이다. 그가 '돌하르방'을 닮아서 그를 '하르방'이라 부르다가, 격조를 높여서 '우석목'이라 부르게 되었다.

젊은 시절, 우석목과 준雋은 영도 봉래산 위에 올랐었다. 봉래산은 우리나라 토지측량의 기준이 되는 삼각점(전국 3곳)이 있는 곳이다. 그는 봉래산 삼각점에 서서 수평선을 바라보면서 말했다.

"봉래산에서 한라산까지 일직선은 얼마나 되수까? 내가 죽어 이곳에 묻히면, 매일 한라산을 볼 수 있어서 좋겠구마."

준雋이 발아래 넘실거리는 파도를 따라 아스라이 돌아나가는 해안도로와 바다의 수많은 배들이 같은 방향으로 정박해 있는 남항의 풍경을 내려다보는데, 그는 멀리 수평선 너머 제주도를 찾았다.

그해 11월 6일, 준雋은 점심 약속에 나오지 않은 우석목에게 전화를 걸었다. 우석목의 쉰 목소리가 들릴 듯 말 듯 했다.

"갑자기… 심장에 … 문제가 있어서… 월요… 심장수술"

"월요일 심장수술? 심장수술을 아무데서나 하나, 잘 알아보고 병원을 정했제?" 준雋은 다급하게 물었다.

"으응…"

준雋은 월요일 저녁에 그에게 또 전화를 걸었다.

"수술은 잘 되었제?"

"아니… 내일로 …연기 … 되었어."

화요일 저녁에 그의 아내가 대신 전화를 받았다.

"네…, 수술은 잘 되었답니다. 그런데…"

"무슨 문제라도 있습니까?"

"아직, 인공호흡기를 달고 있어서…"

기도삽관 상태로 이틀을 버티다가, 우석목은 끝내 자가호흡을 할 수 없었다. 도저히 형의 죽음을 받아들일 수 없다는 그의 동생이 못 마시는 소주를 들이키고 빈소 한쪽 구석에 널브러져 있었고, 비식이 웃고 있는 우석목의 영정이 준雋을 맞았다.

'너 · 참 · 잘 · 왔 · 구 · 마'

준雋도 질세라 되받아쳤다.

'그래, 너 참 잘 죽었구마.'

널브러져 있던 동생이 평소 친분이 있던 준雋을 알아보더니 취한 듯 어눌한 하소연을 늘어놨다.

"성님, 왔수까…. 나보다 건강했던 우리 성님이었는데… 뼈만 남은 우리 성님 다리를 보고 얼마나 울었는지 모르쿠다…"

아버지 얼굴도 모르는 그에게 형이면서 아버지 같았던 우석목이 당뇨와 혈액투석으로 나목처럼 여윈 형을 붙잡고 울었단다.

우석목이 마음이 울적할 때면, 웅얼거리던 제주의 노래 〈떠나가는 배〉*를 준雋은 조사弔詞를 대신해서 노래로 울분을 토했다.

날 바닷가에 홀 남겨두고 기어이 가고야 마느냐 ♬

저 푸른 물결 외치는 거센 바다로 떠나는 배
내 영원히 잊지 못할 임 실은 저 배는 야속하리
날 바닷가에 홀 남겨두고 기어이 가고야 마느냐

마지막 석양이 사라지자 봉래산이 어둠 속으로 묻혀갔다. 우석목의 시신은 봉래산이 아니라, 그가 산책하던 수영강에 뿌려졌다.

'생사불이生死不二, 죽음과 삶이 손등과 손바닥의 관계다. 인간이 할 수 없는 것 중에 제 주검도 제 맘대로 할 수 없는 것…'

수술대에서 기도삽관한 채 죽어가는 우석목이 준雋에게 일렀다.

"수 · 술 · 하 · 지 · 말 · 고 … 달 · 아 · 나 …"

준雋은 휴게실에서 나와서, 공중화장실 좌변기에 앉았다. 공중화장실은 혼자 사색하기에 적당하였다. 양손에 링거 줄을 연결한 수액걸이를 끌고 장차 이 화장실에 들어올 자신을 연상했다.

기도삽관 한 채 죽어간 우석목을 떠올리자, 수술이 망설여졌다.

---

* 〈떠나가는 배〉는 제주 제일중학교 교사 양중해의 시를 함흥에서 피난 온 변훈이 교사가 되어, 교가와 〈떠나가는 배〉를 작곡하였다.

'수술, 내일 결정하자.'

그날 밤, 잠결에 갑자기 다급한 방송이 아련히 들려왔다.

"코드블루, 코드블루, A동 304호 심정지."

한밤에 다급한 목소리는 김동환의 소설 〈국경의 밤〉을 떠올리게 하였다.

– 어디서 '땅' 하는 소리 밤하늘을 쨴다. 뒤대어 요란한 발자취 소리에 백성들은 또 무슨 변이 났다고 실색하여 숨죽일 때, 이 처녀만은 강도 못 건넌 채 얻어맞은 사내 일이라고 문비탈을 쓸어안고 흑흑 느껴가며 운다. –

준雋을 비롯해 병원의 환자와 병원 종사자들 모두가 '코드블루' 방송에 숨을 죽이고 있었다.

심장이 정지하면 심폐소생술과 제세동기로 빠르게 처치하면 다시 소생이 가능하다. 죽음의 정의는 심장의 정지에서 더 근본적인 뇌의 기능 정지로 옮겨간다. 뇌의 다른 부분이 손상되었지만 생명을 유지하는 부분은, 멀쩡한 식물인간 상태와 뇌의 전반적인 기능이 모두 정지한 뇌사腦死가 이에 속한다.

척추협착증 수술은 전신마취를 한 후, 등짝을 칼로 위에서 아래로 죽 그어서 척추의 잘못된 부분을 수술하고 다시 등짝을 호치키스로 꿰맬 것이다. 마취하여 6시간 이상 수술을 견뎌야 한다.

우석목은 마취에서 깨어나지 못하였다. 준雋 자신도 예외는 아닐 것이다. 척추협착증은 죽을 병이 아니지만, 심장이 정지하면 죽게 된다. 죽을 병이 아닌 척추협착증 때문에 준雋은 죽고 싶지 않았다.

'내일은 집으로 돌아가야겠다.'

다음 날, 아침 일찍부터 간호사들이 부산하게 병실을 드나들면서, 어느새 준雋의 양손의 팔목에 링거 바늘이 꽂혀 있었고, 머리맡에는 만병통치약 링거병이 수액걸이에 대롱대롱 매달려 있었다.

3. 제66병동에서

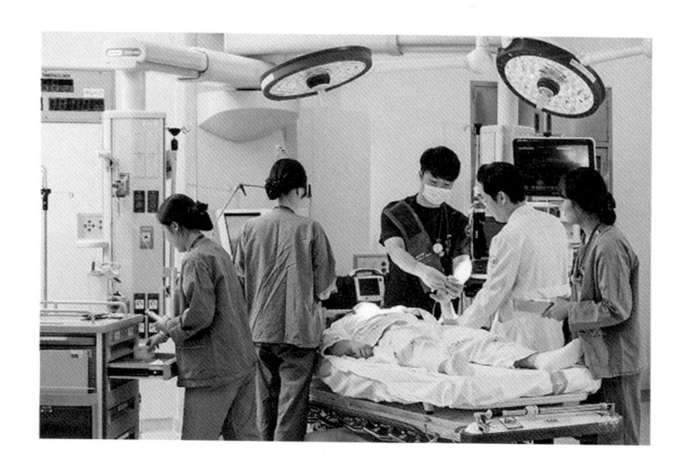

'최악의 경우 죽을 수도 있다.'

수술 동의서에 서명하고 수술 카트에 실리어 병실에서 수술실로 향했다. 엘리베이터를 타고 수술실로 이동하면서 '내가 죽을 수도 있다, 죽을 수도 있다…'를 되뇌었다.

수술실에는 이미 먼저 온 환자들이 긴 복도에 줄을 서있었다. 복도 우측으로 수술실이 늘어서 있다. 비릿한 소독약 냄새, 눈만 내놓은 채 파란 수술복에 마스크와 모자로 온몸을 가린 간호사들이 수술 준비로 분주하였다.

수술실에는 혈액가온주입기 · 인공호흡기 · 투석기(CRRT) · 체외막산 소공급기(ECMO) · 심부 저체온 유도장치 · 자가수혈기(Cell Saver) · 뇌압감시장치 등 각종 수술기구와 검사 도구, 수술 적출물을 넣는 쓰레기통들이 여기저기 놓여 있었다. 의사들이 무릎으로 소독수를 틀고 손을 씻는 소독대도 있었다.

수술 과정을 참관하는 인턴 및 신경외과 전문의 과정의 의사와 교육에 참여하는 의대생들이 보인다. 환자의 인적사항을 확인하고 마취과 의사가 마취를 하면, 전임의 전공의 등 수술 보조의들이 수술에 참여하며 수술 중 환자 몸통이 움직이지 못하도록 환자의 팔다리를 소독끈으로 수술대에 묶고, 수술 부위만 빼고는 소독포로 덮는다. 마취과 의사는 환자 머리 쪽에 서서 심장박동과 혈압 등 마취 상태를 지켜보게 된다.

마취와 수술 준비가 끝나면, 집도의가 들어오게 된다. 보조의사들이 수술 준비를 하는 동안 회진을 돌거나, 외래를 보거나, 다른 수술을 하고 있는 경우가 대부분이다.

감염 방지를 위해 수술실 입구에서 에어 샤워를 하고 소독수로 팔꿈치까지 씻고, 반드시 두 손을 가슴팍에 모으고 들어온다. 수술이 끝날 때까지 집도의의 손은 환자의 환부와 수술기구 외에는 아무것과도 접촉하지 않는다.

수술 장갑을 간호사가 끼워주고, 수술복 위에 덧입는 가운도 간호사가 입혀준다. 수술도구를 올려놓는 소독포는 수술 도중 외부 공기가 들어오지 못하도록 수술실 내부 기압을 복도보다 높게 유지한다.

준雋의 카트가 드디어 수술방으로 옮겨졌다. 수술에 참여한 간호사가 손목밴드의 ID를 확인하고 준雋에게 직접 이름과 생년월일을 확인하였다.

먼저 마취의사가 전신마취를 시술하게 된다. 수술 하루 전에 마취과에서 마취의사와 면담했었다. 평소 복용하던 모든 약제 혹은 약물을 점검하였다. 약제가 마취제와 상호작용을 일으킬 수 있기 때문이다. 준雋은 신경외과 이외에도 비뇨기과, 호흡기 내과, 순환기 내과의 약을 복용하고 있다. 순환기 내과의 혈압약은 계속 복용하기도 하지만, 그중에서 아스피린계 약물은 출혈의 위험이 있는데, 자신이 복용하는 약이 아스피린계가 아니어서 다행이었다.

알레르기성 체질, 특정한 물질, 약제 혹은 음식에 심한 알레르기가 있는 지 확인하였다. 준雋의 혈압은 수축기 120mmHg 미만이며, 이완기 80mmHg 미만으로 정상이었다. 혈당은 식후 혈당이 80mg/dL이어서 나이에 비해서 혈압과 당뇨가 정상이며, 항생제 알레르기가 없었다.

수술 후에 일어나는 통증을 설명하고, 이를 완화시키는 통증자가조절기(patient controlled analgesia, PCA)를 스스로 선택하게 하였다. 혹시 있을 심한 통증에 대비해서 PCA를 사용하기로 했다. 만약 다행히 통증이 없으면 사용하지 않으면 된다.

전신마취를 위한 폐쇄순환식은 슈프레인(desflurane)을 기관 내 삽관(Endotracheal Tube Reinforced ; 4.0mm)을 통해서 흡입시켜서, 의식차단, 통증 차단, 근전도를 차단하는 방식이다.

슈프레인(desflurane)의 흡입은 소아환자, 고령 환자, 간 질환이 있는 환자의 마취에 예측 가능하고 마취로부터 풀려날 때 인지기능의

빠른 회복을 위해서 주로 사용한다.

전신이 마취되어 의식이 없는 자신의 육체를 칼로 베고, 가위로 자르고, 전기소작기로 지지고, 심지어 전기톱으로 절단하고, 케이지(cage)를 고정하고, 호치키스로 수술 부위를 봉합할 것이다.

'마취에서 깨어날 수 있을까?'

심장수술 중 깨어나지 못한 자신의 친구 우석목이 생각났다. 그는 기도삽관 상태로 이틀을 버티다가, 자가 호흡을 할 수 없었다.

'내가 깨어나지 못하면…'

수술실은 생과 사死를 예측할 수 없는 안갯속이었다.

척수나 뇌와 같은 중추신경이 질병이나 사고에 의해 손상되어 하반신마비가 될 수 있다. 척추관은 신경이 지나는 길이다. 양쪽 다리로 연결되는 신경이 눌리면 양쪽 다리에 통증이 발생하며 심한 경우에는 마비가 올 수 있다. 어떤 환자는 수술을 받다 신경이 손상돼 오른쪽 종아리 근육이 위축됐고, 발가락이 모두 굽은 채 마비되어 왼쪽 엉덩이와 장딴지에 감각이 없고 대소변 조절조차 어렵게 되었다.

어떤 환자는 척추협착증 진단으로 추간판제거술 및 후방 감압술을 받은 후 혈종이 발생하여, 혈종제거술 및 후방감압술을 받았으나 좌측 족하수(발이 아래로 처짐), 배변, 배뇨조절 불능 등의 심각한 후유증이 남았으며, 척추전방전위증 진단으로 요추 4~5번에 케이지(cage) 고정술까지 받았으나 요통증이 악화되어 다른 병원에서 확인한 결과 수술 부위 오진으로 확인되었다.

척추질환 수술 후, 원하는 결과가 나오지 않았거나 오히려 수술 전에는 없었던 증상 및 통증이 계속해서 나타날 수도 있다.

환자는 척추수술을 받기 전 의사에게 수술 방법, 수술 효과, 수술 후 부작용, 수술 후 회복 기간 등에 대한 충분한 설명을 들어야 한다. 수술 후 이상 증상이 발생됐을 때는 담당의사에게 고지해 조기에 치료 및 수술을 받아야 한다.

2년 전 바로 이 병원에서 준雋의 아내가 갑상선 수술을 받았을 때, 준雋은 아내가 수술실에 들어가서 나올 때까지 기도하였다. 지금도 자신이 할 수 있는 것은 기도하는 것뿐이다. 오늘날 아무리 의료장비가 발달하여도 인체의 정교함을 따를 수 없으며, 의술이 아무리 뛰어나도 인간이 할 수 없는 한계가 있게 마련이다.

장기려 박사는 수술에 앞서 언제나 기도했으니, 환자 자신이야 말할 것도 없다. 아브라함이 이삭을 바치듯이 창조주 하나님께 자신을 맡겨야 한다. 우석목의 환상도 사라질 것이다.

운명의 시간이 왔다. 전신마취가 시작되었다. 슈프레인이 삽관을 타고 자신의 몸속으로 흐르는 순간, 더 이상 생각을 잇지 못하고 실신(black out)하였다.

척추수술은 신경외과 전문의 N교수가 맡았다. N교수가 진단한 준雋의 병명은 척추 중앙의 신경근관이 좁아져서 허리의 통증을 유발하거나 다리의 신경 증세를 일으키는 추간공협착(요추), 척추뼈가 정상적인 정렬을 이루지 못하고 앞쪽으로 빠지는 척추전방전위증(요추), 디스크가 돌출되어 신경을 눌러 요통 및 다리가 아프고 저린 증상을 일으키는 추간판 탈출증(요추), 신경이 지나가는 공간인 척추관이 좁아져서 신경을 누르는 척추협착(요추) 등 척추의 협착과 탈출증 및 전방전위증으로 인하여 허리가 심하게 아프고 다리와 발이 저려서 서있거나 걷지를 못하는 것이다.

수술할 부위와 처치는 4-5번 요추를 메스를 써서 피부나 근육 조직을 절개하여 근육, 뼈, 신경을 건드리는 관혈적 추간판 제거, 척수를 감싸고 있는 척추의 편평한 골성 구조물인 척추후궁을 절제하여 척추관을 여는 척추후궁절제, 척추뼈와 뼈 사이의 병든 디스크를 모두 제거하고, 그 사이에 케이지(cage)라는 디스크 모양의 지지대를 집어넣고 나사를 박아 고정함으로써 불안정한 척추 마디를 안정화하는 추세간 유합술과 요추 2-3, 3-4의 좁아진 공간을 확장하여 신경을 조르고 있는 병적인 뼈나 조직을 제거하는 신경감압술, 척추의 뼈 결손 부위에 해면뼈(CANCELLOUS BONE 15CC)를 충전하였다.

準雋의 의식은 마취 시작에서 곧장 회복실이었다. 여성 환자의 고통스런 울음이 들리더니 차차 회복실의 주위가 보이기 시작했다. 수술 후 무의식 상태에서 청력이 시력보다 먼저 회복되었다.

準雋은 수술 후 자가 호흡하면서 육체가 리셋(reset)된 것이다. 전신마취에 의해서 차단당했던 뇌가 다시 정상 가동하게 된 것이다. 의식이 돌아왔으나, 자신의 생애에서 수술 과정 6시간 동안의 의식은 완전히 소실되었다.

수술을 마치고 병실로 옮겨졌다. 수술 부위에 통증을 느낄 수 없으니 모처럼 편안했다. 병실 창문으로 보이는 하늘은 맑고 햇볕이 밝았다. 햇볕에 하얀 비둘기가 창공으로 날아올랐다.

준雋보다 여섯 살 연상의 맞은편 병상의 환자 J형은 척추수술을 받은 지 1주일째라 하였다. 그는 동병상린同病相憐의 환자로서 준雋의 고통을 알고 위로해 주었다.

"고생했어요. 하루 이틀 지나면 걸어 다닐 수 있을 겁니다."

아직 걷지 못하는 준雋을 위하여, 영상실 직원들이 이동식 영상기계를 병실로 옮겨와서 척추 X-ray를 촬영하였다.

그날 밤, 수술 부위가 아파서 침대에 바로 눕지 못했다. 수술 부위가 매트리스에 닿지 않도록 양손을 등에 대고 통증을 참느라고 잠을 잘 수 없었다. 밤새 통증으로 시달리면서도 더 심한 통증에 대비해서 PCA를 사용하지 않았다.

준雋의 병상에 '금식' 팻말이 걸려있다. 수술 전후, 물 한 모금도 마시지 못하는 것은 수술 후에도 일정 시간 동안 내장 기관이 움직이지 못해 소화 작용을 할 수 없기도 하지만, 음식으로 인해 분비된 위산이 폐에 들어가 폐에 심각한 손상을 일으키는 흡인성 폐렴을 방지하기 위해서 금식한다. 폐를 손상시킬 수 있는 위산은 물만 마셔도 분비되므로, 수술 후에는 목이 말라도 물을 마시지 못하고 젖은 수건으로 입술만 축여야 하는 것이다.

수술 후 입속이 마르다 못해서 혀가 목구멍으로 빨려 들어가는 것 같았다. 젖은 수건을 입 안에 넣어 보아도 별 효과가 없었다.

방귀가 나오면 마취제로 인해 이완됐던 장의 근육들이 다시 활발히 움직이게 된다. 장 근육이 정상 작용하면 위산이 폐로 들어가지 않게 된다. 음식 섭취와 함께 들어간 공기가 장 속의 음식물이 발효되면서 생겨난 가스가 항문과 직장의 힘이 풀려서 항문으로 흘러나올 때 항문의 괄약근을 진동시켜서 방귀소리가 난다.

방귀 자체는 건강한 사람이라면 자연스러운 생리현상이어서 뱃속이 더부룩할 때 가스를 배출하면 편해진다. 수영장이나 공중목욕탕 안에서 기분 좋은 얼굴은 방귀를 뀐 사람이다. 방귀가 수면으로 뽀글뽀글 떠올라가면 물장구를 쳐서 흔적을 없애기도 한다.

'방귀여 제발 나와다오….'

수술 부위의 통증과 갈증, 나오지 않는 방귀 때문에 평안은 잠시 찾아왔다가 사라진 셈이다.

수술 다음 날은 링거와 오줌통, 피 주머니를 주렁주렁 달고 카트에 실려서 영상실로 갔다. 흉부, 복부, 요추, 골반을 촬영하고 병실로 돌아왔다. 간호사가 기다렸다는 듯이 혈압을 재고 채혈하였다. 이 검사는 퇴원하는 날까지 계속되었다.

병실 입구 쪽 병상에 새로 환자가 들어왔다. 70대 초반의 노인이 중환자실에서 내려왔는데 급성간염으로 척추수술을 못하고 중환자실에서 치료를 받았다. 또 그 맞은편 병상에는 40대의 목 디스크 환자가 입원하였다.

다른 환자들은 하루 세 끼 꼬박꼬박 식사하는데, 준雋은 물 한 모금 마실 수 없이 간호사에게 피를 뽑히는 신세가 아닌가.

또 무서운 밤이 왔다. 아직도 방귀는 나올 기미가 없는데, 목구멍은 타들어가고 옆 병상의 환자는 불을 끄고 코를 골았다. 모두가 고요히 잠들었는데, 준雋은 수술 부위를 양손으로 떠받치고 밤을 새우고 있었다. 척추뼈를 고정한 케이지(cage)가 흔들릴까 옆으로 누울 수도 없으니, 수술 후 이틀 동안 잠을 잘 수 없었다.

통증을 줄이기 위해서 통증자가조절기(PCA)의 버튼을 눌렀더니 성분이 온몸에 퍼지면서 정신이 몽롱해졌다.

옆 병상의 커튼에 희미하게 비치는 그림자가 마치 몇 사람이 둘러앉아서 술을 마시고 잡담을 하는 것 같더니, 준雋의 정신이 점차 몽롱해지면서, 그 사람들이 수미산을 수호하는 사천왕으로 변신하여 수금을 타고 칼춤을 추기 시작하였다. 그때 남자 간호사가 링거를 교환하러 커튼을 살짝 열고 머리를 들이밀었다.

남자 간호사가 칼춤을 추는 증장천왕으로 여겨졌다.

"으으으…"

준雋이 신음을 하면서 손을 내젓자, 잠깐 놀란 표정을 짓더니,

"아주 좋은 영양제입니다. 잘 주무세요."

링거 걸이에 후리아민주 10% 500ml가 든 폴리에칠렌 주머니를

걸어놓고 나갔다. 다음 날, 간호사에게 부탁하여 통증자가조절기(PCA)를 제거하였다. 버튼 두 번 누르고 제거하였다.

간호사가 수술 부위 드레싱(Dressing)을 하러 왔다.

"이틀 밤을 한숨도 못잤는데. 혹 등짝에 못대가리가 박혔는지 좀 봐주이소."

"아유, 고생하셨네요. 상처를 잘 살펴볼게요."

수술 후 첫 드레싱이었다.

"상처 부위에 양쪽 거스가 겹쳐져 있군요. 봉합할 때 주의를 해야 하는데…. 생살을 압박했으니 무척 아팠겠습니다."

첫 드레싱을 하고 난 후 통증이 사라지고, 매트리스에 편안하게 누울 수 있었다.

허리 통증은 사라졌는데, 배가 더부룩하고 방귀가 나올 듯 말 듯 했다. 집에서는 방귀를 달고 살아서 별명이 방귀대장 뿡뿡인데…,

광안리 골목 전시장에서 박경효의 동화 《입이 똥꼬에게》*를 읽고 한바탕 웃었던 기억이 있다. 그러나 지금은 웃을 일이 아니다.

입과 이, 혀, 코, 눈, 귀, 손, 발이 자기자랑을 늘어놓으며 우리 몸에서 제일 안 보이는 똥꼬에게 한마디씩 한다.

"못생긴 게 냄새나는 똥이나 싸고 더러운 짓만 한다."

모두 똥꼬가 없어졌으면 좋겠다고 하자, 똥꼬가 사라졌다. 얼마 후 똥꼬를 놀렸던 각 신체 부위들, 특히 똥꼬를 제일 무시했던 입은

---

*박경효, 《입이 똥꼬에게》, 비룡소, 2008. 제14회 황금도깨비상 수상.

정말 끔찍한 일을 겪게 된다. 밖으로 배출되지 못한 똥들의 분통으로 맛있게 먹었던 음식물들이 입을 통해 나오기 시작하였다.

결국 똥꼬도 우리 몸의 일부분으로 소중하다는 것을 깨닫는다.

맞은편 환자 J형은 걸음 보조기에 의지해서 새벽부터 밤늦도록 여가만 있으면 걷는 재활훈련을 하였다.

J형의 성화에 준雋도 그를 따라 나섰다. 링거를 주렁주렁 단 링거걸이를 한 손으로 밀면서 걸었다. 목 디스크 환자도 뒤따랐다.

그동안 허리 통증으로 서있거나 걸을 수 없었는데, 병실 복도에서 간호사실까지 한 바퀴를 돌아도 허리가 아프지 않았다.

"잘 걷습니다. 허리를 더 펴고 시야를 높게!"

준雋은 돌고 또 돌고 돌았다. J형이 웃으면서 한 마디 던졌다.

"돌지 말고 도세요. 하하하"

준雋은 자신이 걸을 수 있다니 신기하고, 걷는 것이 즐거웠다.

수술 후 닷새 째 되는 날, 척추 X-ray를 촬영하였다.

옆구리에 차고 있던 오줌주머니와 피 주머니와 이별하였다.

링거도 없이 맨몸으로 걷다가 가볍게 뛰어보았다. 허리 통증을 전혀 느끼지 못했다. '내가 걸을 수 있다니, 이럴수가…'

"걷는 모습을 카메라로 촬영해 줘요." 아내가 동영상을 찍었다.

그날, 오줌주머니를 떼고 난 후 소변을 보았는데 소변이 귤처럼 주황색이었다. 간호사에게 말하려다가 혹시 검사를 받고 또 입원 치료를 받아야 한다는 생각에 좀 더 두고 보기로 했다.

며칠 전부터 뱃가죽이 탱탱하게 배가 불렀으나, 변비가 되어 하루에 몇 번씩 화장실 대변기에 앉아 있어도 성공하지 못하였다.

복도의 공중화장실은 환자들이 휠체어를 타고 편리하게 이용할 수 있도록 비데(bidet) 양변기 양옆에 수평 손잡이·세정 장치·휴지걸이 등이 있다. 준雋은 병실 화장실보다 복도 화장실을 더 많이 이용하고 있었다.

저녁 때 복도에서 재활훈련 중에 대변 기미가 있었다. 준雋은 복도 화장실 양변기에 앉아서 똥꼬에 힘을 주었다. 변비는 약물 때문이란다. 수분이 없이 딱딱한 변비가 똥꼬를 막고 있었다. 화장지를 손에 감아서 염소똥 같은 조각을 조금씩 떼어내었다. 힘을 주었더니, 병마개가 열리듯이 한꺼번에 변이 쏟아져 나왔다.

'왔노라, 보았노라, 이겼노라.(Venni, Vidi, Vinci.)'

준雋은 환희의 함성을 질렀다.

"와, 드디어 성공했다."

복도를 걷고 있던 남녀 환자들이 걸음을 멈추고 손뼉을 쳤다.

"아이고, 또 맥혔구나."

66병동 환경미화원 아주머니가 뛰어왔다.

"걱정 마이소. 깨끗하게 처리했심더."

준雋은 자신의 소중한 똥꼬에게 감사했다. 그날 밤, 똥꼬 덕택에 잠도 충분히 잘 수 있었다.

여섯째 날, 혈액검사를 받았다. 적혈구의 헤모글로빈과 혈액의 응고를 촉진하는 혈소판이 부족하여 수혈을 받았다. 생애 남의 피를 자신의 몸 안에 수혈하는 것은 처음이다.

일곱째 날, 수간호사가 준雋의 아랫도리를 내리더니, 금지구역인 방광 부위에 소변량 계측기를 대어보았다.

'소변에 무슨 문제가 있는 건가?'

이틀 전의 그 주황색 소변이 생각났다. 그날 이후 소변은 정상이었으니 설사 문제가 있었다 하더라도 지금은 정상이 아닌가.

여덟째 날, 영상실에서 MRI를 촬영하였다. 보조기 없이도 걸을 수 있게 되었다. 그러나 자세를 바르게 잡기 위해서 허리를 바로 세우고 시선을 조금 높이고 보조기를 밀면서 걸었다.

주사약 성분 때문에 변비가 생겨서 변비약을 복용하고 있다. 수술 2주 후 퇴원 때까지 재활 걷기를 수시로 하였고, 투약 및 각종 검사가 날마다 진행되었으며, 간호사들은 밤낮으로 병실을 드나들면서 가족처럼 보살폈다. 영양사는 식단을 한식, 양식, 중식 등 다양하게 설계하여 입원환자들이 자유롭게 선택하게 했다.

퇴원하지 않아도 된다면 병실에 계속 남아 있고 싶을 정도로 입원실에 만족하였다.

66병동은 외상센터 건물이다. 외상환자 전문의들이 초기 처치를 시행하고 즉각적인 시술, 수술 및 중환자 치료를 제공하기 위하여 최신식 의료장비를 갖추고 있으며, 건물 전체에 냉난방 시설이 완비

되어 있다.

'코로나19 감염병'으로 입원환자는 병동 밖으로 갈 수 없게 되었다. 준雋은 저녁마다 25℃의 시원한 복도에서 걷기도 하고, 아미 마을이 보이는 북쪽 복도에서 서성거렸다.

아미동은 반월형의 토성인 아미월峨嵋月 기슭에 있는, 일제강점기 때 일본인들의 묘지 터다. 묘지석들이 상석·디딤돌·주춧돌·옹벽 등에 쓰이면서, '비석마을'은 아미 마을의 다른 이름이 되었다.

귀신보다 무서운 배고픔과 추위에서 피난민들은 묘지를 가릴 처지가 아니었다. 묘지를 훼손했으니, 귀신들에 죄송해서 음력 7월 15일(백중)에는 인근 절에서 일본인 위령제를 지낸다고 한다.

저녁 해 질 무렵, 66병동의 복도에 서서 아미동을 바라보면, 가로등이 켜지면서 푸르스름한 기운이 마을 전체에 퍼져나간다. 밤이 깊어갈수록 주택의 불빛은 어둠에 묻히고 가로등이 별처럼 빛나면서 하늘의 별이 아미동과 하나가 되어 반짝인다.

이희춘 시인은 '오늘 밤 별이 와서 빛나는 것은' 네가 내 가슴에 와서 반짝이는 까닭이요, 꽃이 지자 열매로 돌아온 것은 내 가슴에 울린 맑고 고요한 그 종소리 때문이라고 하였다.

아미동의 저녁은 늘 〈안개〉가 자욱하다. 남항 바다의 더운 공기가 천마산을 타고 오르면서 아미동은 안개로 변한다.

가수 정훈희는 아미동에서 태어났다. 고교 1학년이던 17세의 정훈희는 작곡자 이봉조의 〈안개〉로 데뷔(debut) 했다.

나 홀로 걸어가는 안개만이 자욱한 이 거리
그 언젠가 다정했던 그대의 그림자 하나
생각하면 무엇 하나 지나간 추억
그래도 애타게 그리는 마음

정훈희의 〈꽃밭에서〉는 1979년 제20회 칠레 가요제에서 최우수가수상을 수상하였다. 이종택이 작사한 〈꽃밭에서〉를 스페인어로 번안하여 〈Un Día Hermoso Como Hoy〉(오늘처럼 아름다운 날)를 불렀다.

〈꽃밭에서〉를 한시漢詩*로 옮긴 어느 선비는 마음에 두었던 여인을 생각하여 읊은 시로 짐작된다.

坐中花園瞻彼夭葉　꽃밭에 앉아서 꽃잎을 보네 첨瞻(우러러보다)
兮兮美色云何來矣　몹시도 고운 빛, 어디에서 왔을까?
灼灼其花何彼艷矣　울긋불긋한 꽃이여 어떻게 그리도 농염할까
斯于吉日吉日于斯　이렇게 좋은 날, 좋은 날인 이때
君子之來云何之樂　그 님이 오신다면 얼마나 즐거울까

---

* http://www.indica.or.kr/xe/people/10110672

아미동은 부산의 중심지역이다. 광복동 남포동 충무동 국제시장이 걸어갈 수 있을 정도로 지척이니, 사람과 물건이 흥청거리던 국제시장과 충무동 선창에서 일자리를 구했던 6·25 피난민들에게 더없이 좋은 보금자리였다.

아미동 판잣집 동네에 살았던 한 소년은 어려서부터 남과 자주 싸우는 유년 시절을 보냈다. 12세에 극동체육관에 다니면서 권투를 배웠다.

그 소년의 별명이 짱구, 이름은 장정구이다. 사파타와의 타이틀매치에서 15라운드 판정패했으나, 6개월 후 리턴 매치에서 사파타를 3회 TKO로 쓰러뜨렸으며, 83년 WBC 라이트 플라이급 챔피언이 된 장정구는 84년 8월 18일, 포항에서 일본의 도카시키 가쓰오와의 4차 방어전 당시 14kg의 체중을 감량하고 9회에 TKO로 방어에 성공했다.

"넘 힘들어서 경기를 끝내고 울었다. 땀을 넘 많이 빼서 눈물도 안 나오더라."

66병동의 복도에 서서 아미동의 밤거리를 바라보고 있으면, 가로등이 별처럼 빛나는 골목에서 로드웍(Roadwork)하는 장정구 선수가 정훈희의 노래 안갯속으로 사라져 간다.

'나 홀로 걸어가는 안개만이 자욱한 이 거리…'

며칠 전, 퇴원한 50대 환자가 집안의 일로 화가 나서 갑자기 큰 소리를 질렀다가, '가슴이 옥죄이고 숨이 가빠지자', 질겁하고 P대학병원의 응급실로 냅다 뛰어왔다고 하였다.

가슴이 옥죄이는 심장질환은 관상동맥의 경화 혹은 경련 등에 의해 심근으로의 혈류가 감소되어 나타나는 협심증, 무통성 허혈증, 심근경색 등이다. 심장질환에 의한 흉통은 조치가 늦으면 치명적이지만 그 환자처럼 조기에 발견하면 치료가 가능하다.

그는 밤마다 병원 복도에 서서 무슨 생각을 하는지, 아미동 골목을 바라보고 서있었다. 그는 아미동 골목의 환경미화원이었다.

준雋은 척추수술을 결정하기는 쉽지 않았다. 그의 친구 우석목처럼 마취에서 깨어나지 못할 수도 있고, 수술이 잘못되면 평생 병신으로 살아야 된다.

김포공항에서 휠체어를 탔을 뿐 아니라, 보훈병원 내에서 휠체어를 타고 이동하고, 동네의 시장이나 전철역에 갈 때는 자전거를 타야 할 정도로 일상日常에 걸어 다닐 수 없을 지경이었다.

서울에서 돌아왔을 때, 준雋은 친구 K를 만났다. K는 4회에 걸쳐 척추시술을 받았을 정도로 심했었는데, 지금은 지팡이 없이 걸었다.

"어느 병원에서 수술 받았는가요?"

P대학병원 N교수가 수술했다고 하였다.

P대학병원은 3차 병원이다. 1, 2차 병원에서 진료 받은 후 갈 수 있는 병원이다. 보훈병원에서 '진료의뢰서'를 받아가야 하는데, 세 번 시술에도 효과가 없었던 L의사의 '진료의뢰서'를 받기는 싫었다.

"우리 병원에 또 올 거죠?"

병원 직원 K는 준雋이 다시 올 것을 이미 알고 있었다. 결국 그의 예측대로 H의사에게서 '진료의뢰서'를 받아야 했다.

'우리 병원'은 창〔矛〕과 방패〔盾〕의 뜻을 품은 내연內延과 외연外延의 삼팔선〔壁〕으로써 너와 우리를 갈라치기 하는 것이 아닌가.

'우리 병원'은 병원 직원들의 병원이기도 하지만, 보훈가족의 병원이기도 하다.

저들은 저들이 하는 바를 모르고 있습니다.
이들도 이들이 하는 바를 모르고 있습니다.
이 눈먼 싸움에서 우리를 건져주소서.
두 이레 강아지 눈만큼이라도 마음의 눈을 뜨게 하소서.*

척추수술을 위해 P대학병원 N교수의 진료를 받게 되었다.

"… 오래 서있거나 걸을 때 허리가 찢어지듯이 아프고, 다리가 저리고 발가락에 쥐가 나고 발바닥이 옥죄어서, 전철역이나 동네 상점에 갈 때는 자전거를 타고 갑니더. 그리고 …"

준雋의 병증病症을 듣고 있던 N교수는 자리에서 일어서서 자신이 직접 까치발로 서는 자세를 취하면서, 준雋에게 발끝으로 서도록 하였다.

---

*구상, 《나는 혼자서도 알아낸다》의 기도, 한국대표명시선, 시인생각, 2013.

'지금까지 의사들은 환자는 보지 않고 PC만 보고 있었는데….'

N교수는 보훈병원에서 가져간 자료를 확인하고 준雋의 병증을 듣고 나서,

"디스크 탈출과 척추관 협착으로 보입니다."

일반적으로 입원환자의 각종 검사는 수술하는 병원에서 직접 검사를 받아야 했다. 환자가 감당해야 할 검사 비용의 부담이 수월찮은 것이다.

N교수는 준雋이 보훈병원에서 진료를 받아온 것을 알고서, MRI, CT, 골밀도 검사, 근절도 검사 등 수술 전 꼭 필요한 각종 검사를 보훈병원에서 받도록 허락하였다.

척추수술의 성공은 수술에 참여하는 마취과, 진료과, 수술실 간호사, 병실 간호사, 집도의, 약사, 영양사 등의 의료진들이 각자 자신이 맡은 분야의 프로토콜을 이해하고 능동적인 역할수행과 자유롭게 의사소통하는 팀워크가 수술의 성공을 이룰 수 있다.

P대학병원 수술실의 수술 상황은 수술을 받은 환자가 알 수 없으나, 66병동의 간호사들은 각자의 역할에 능동적이면서 수간호사를 중심으로 자유로운 의사소통문화가 조성되어 있다는 것을 느낄 수 있었다.

퇴원 후에도 한동안 꿈속에서도 간호사들의 카트(Nursing Cart) 소리가 들릴 것 같았다.

입원 중인 수술 환자는 누구나 수술의 성공 여부가 궁금하다.

66병동에는 신경외과 전문의 과정의 의사 한 분이 간호사실에 마련된 지정석에 대기하면서 해당 환자가 치료 상황이 궁금해서 물으면 PC의 화면을 보여주면서 친절하게 설명해 주었다.

PC의 까만 화면에 하얀 척추가 보였다.

그와 몇 번의 만남에서 라포(Rapport)가 이루어졌다.

"N교수의 척추수술 실력이 자자藉藉하던데요?"

"네, 엄청 잘하십니다."

'엄청 잘한다'는 말은 '명의名醫'의 반열班列이라는 뜻으로 받아들였다.

척추수술이 성공할 수 있는 관건은 정확한 진단, 집도의의 정성, 의사와 간호사의 팀워크, 퇴원 후 환자 스스로의 재활이다.

N교수는 퇴원 후의 재활운동과 진료계획을 알려주었다.

"재활운동을 꾸준히 하시고, 1개월, 2개월, 3개월에 한 번씩 내원하여 X-ray를 찍어서 척추의 유착상태를 관찰해야 합니다."

N교수는 마지막으로 신장내과 K의사를 만나보라고 하였다.

P대학병원에 입원 중인 환자는 병원 내 다른 과의 의료진과 협진을 통한 의료서비스를 제공받는다.

신장내과 의사 K선생은 먼저 흡연하는지를 물어서, 금연한 지 40년이 넘었다고 하자.

"10갑년 흡연이군요. CT에서 오른쪽 신장에 2cm의 낭종이 보이는데요, 특이 소견은 없습니다만, 방광경 검사가 필요합니다."

"보훈병원에서 전립선 진료를 받고 있는데, 거기서 방광경 검사를 받아도 될까요?"

K선생은 보훈병원에 보내는 '요양급여 의뢰서'를 써주었다.

8월 8일 드디어 퇴원하였다. 7월 25일 입원하여, 이틀 후 수술하고, 2주간의 입원 기간 동안 각종 검사와 약물 투여, 재활운동 등이 끝났다. 2022년의 여름은 무척 더웠으나, 호텔 같은 병원에서 특별한 피서를 하였다.

대학병원 앞 토성동 전철역까지 걸어갔다. 진료 받으러 다닐 때는 몇 번을 앉아서 쉬었다 다시 걸었는데, 한 번도 쉬지 않고 전철역까지 걸어서 갈 수 있는 기적을 이루었다.

'기적은 하늘을 날거나 바다 위를 걷는 것이 아니라, 땅에서 걸어 다니는 것이다.'*

---

*「윤세영의 따뜻한 동행」〈일상의 기적〉, 2016년 3월 3일자, 동아일보.

4. 월남에서 돌아온 김상사

1

준雋은 입원 수속을 마치고 입원실로 향했다. 그동안 보훈병원을 자주 드나들었지만, 외래 진료만 받아온 터라 입원실이 어디에 있는지 알 필요가 없었다. '신종 코로나19 감염' 이후 입원환자를 격리하면서, 병동 밖에서는 입원환자가 눈에 띄지 않았다.

엘리베이터로 3층에 내려서 505병동 복도를 지나게 되었다. 병실마다 10개 정도의 병상이 서로 마주보고 있는 병실이 침대와 침상이 다를 뿐 병영의 막사 같았다.

병실마다 환자들은 침대에 앉거나 누웠는데, 죄다 머리가 하얀 노인들이다. 휠체어에 링거를 매단 환자들이 복도를 오가는 것이, 베트남의 꾸이년 106 야전병원에 온 기분이었다. 전쟁은 끝났으나 이곳은 아직 전쟁 중이었다.

미로 같은 복도를 이리저리 돌아서 마침내 별관동의 305병동에 찾아 들어섰다. 간호실에 입실 신고를 마치고 입원실을 찾아가면서 깨끗하게 정돈된 복도에서 앞서 지나온 505병동과 다른 안정된 분위기에 입원했던 P대학병원 66병동에 되돌아온 것으로 착각했다.

305병동 5호실, 병상이 하얀 시트를 덮어쓰고 덩그러니 새 주인을 기다리고 있었다. 볕바른 남향 창 쪽 병상에 배낭을 얹어놓고 걸터앉았다.

가을 햇빛에 잎을 반짝이며 키 큰 벚나무가 방안을 엿보고 서있었다. 병동 사이에 비집고 선 몇 그루 벚나무와 벤치가 환자들의 쉼터이다. 신필영 시인이 읊은 〈보훈병원〉을 보는 것 같았다.

> 휠체어 떠다니는 무성영화 뒷마당은
> 버티고 선 나무들도 유공자 반열이다
> 안부는 시큰둥한지 비어 있는 벤치 두 줄
> 훈장도 부질없는 무지근한 양어깨 위
> 쓴 약에 입가심하듯 번지는 저 노을빛
> 링거액 거꾸로 매달려 한 눈금씩 줄고 있다.

그때 병실 도어 쪽의 커튼이 쳐진 병상에서 인기척이 났다. 커튼이 흔들리더니, 한 환자가 바지를 끌어올리면서 계면쩍은 표정으로 인사를 했다.

작은 키에 몸집이 여린데도 환자복이 손목과 발목에 뎅가당하고 바리캉으로 빡빡 깎은 머리의 얼굴이 까무잡잡하고 코언저리에 까만 수염 털이 진하였다. 꽉 끼는 윗도리에 칫솔 모양 콧수염에 지팡이와 모자가 있었다면, 영락없는 찰리 채플린이었다.

그는 경상남도 고성군 당항포가 고향이며 현주소이다. 맹호 26연대에 파병했던 김창호 씨는 현재 전립선암 수술 후 과민성 소변 이상으로 재수술을 기다리는 중이라 하였다.

입원한 다음 날 준雋은 수술을 받았다. 하체에 부분 마취하여 30분 만에 수술이 끝났으나, 수술 후 소변볼 때마다 통증을 견딜 수 없을 정도로 따가웠다. 수술한 부위는 통증을 느끼지 못했으나, 요관에 삽입한 배액관 카테터(Catheter)가 막힌 것 같이 답답하고 소변볼 때 힘을 줄수록 요도에 통증이 심했다.

한밤중에 당직의사가 달려와서 삽입 호스를 바꿨다. 나중에 알게 되었지만, 호스가 막힌 것이 아니라 카테터에 적응하지 못했기 때문이다.

카테터(Catheter)는 환자의 소화관이나 방광, 기관지, 혈관의 내용물을 빼내거나, 반대로 약제나 세정제 등을 신체 내부로 주입하기 위해 쓰이는 고무 또는 금속제의 가는 관이다.

오줌의 배출을 위한 도뇨 카테터를 비롯하여 화학요법을 위한 히크만 카테터, 기관지의 객담이나 농을 배출하기 위한 석션 카테터, 식사를 위한 L-tube 등 많은 종류가 있다.

요관에 삽입한 배액관 카테터(Catheter)는 방광 안의 오줌을 빼내거나 약물을 주입하기 위해 쓰이는 고무(라텍스)나 PVC(넬라톤), 또는 실리콘의 가는 관이다.

방광내시경이나 수술을 위해 요도에 관을 천천히 삽입하는데 윤활제 덕에 고통은 크지 않고, 관을 제거할 때도 천천히 빼내면 전혀 아프지 않다. 요도와 방광을 연결하는 지점에 오줌 배출을 제어하는 요도조임근의 속조임근과 바깥조임근의 둘 중 하나의 조임근이 수축하면 요관은 닫혀 소변이 나가는 것을 막는다.

카테터가 여길 통과할 때 순간적으로 통증이 세게 온다. 이게 꽂혀있으면, 오줌이 쌓일 때마다 즉각 흘러나오게 된다.

한밤중에 당직 의사가 달려와서 삽입 호스를 교체한 그날 밤, 곁에서 간호하는 아내는 물론이고 같은 병실의 김창호 씨도 잠을 잘 수 없었을 텐데, 준雋은 미안해서 곁눈질로 힐끔 보았더니, 그는 꼼짝하지 않고 누워있었다.

"어젯밤 저 때문에 잠 못 주무셨지요."

다음날, 사과하는 뜻에서 아침 인사를 했다.

"어데요. 잠 잘 잤는데요 뭐. 누구나 카테터를 처음 끼우면 적응이 안 돼 불편해 하지요."

그는 이미 카테터의 용법에 대해서 잘 알고 있으면서, 어젯밤 준雋의 소란을 지적하거나 불평 한 마디 없었다.

빡빡 깎은 머리에 얼굴이 까무잡잡하고 코언저리에 까만 수염 털이 난 그의 외모만 보고 희극배우 찰리 채플린에 비유하여 그를 얕본 것 같은 경솔함이 부끄러웠다.

그는 장소는 달라도 준雋과 같은 날짜에 논산훈련소에 입대하였으며, 또 비슷한 시기에 월남에 파병된 것을 알게 되면서, 두 사람은 서로 간에 전우애를 느끼게 되었다.

2

준雋은 자신의 자유 의지로 파월을 자원하였다. 그러나 소총수에서 주월사 군예대로 파월하게 된 일련의 과정이 준雋의 의지로 어찌할 수 없는 숙명이라고 할 수밖에 없다. 준雋은 현직 교원으로서 입대가 보류되거나 입대 후 곧바로 제대할 운명運命이었으나, 운명의 정체는 '운명 교향곡'처럼 쉽게 모습을 드러내지 않았다.

김창호의 파월 동기는 자신의 의지와는 무관하였다. 그는 입대한 후 첫 휴가 특명을 받고 고향의 당항포의 잔잔한 호수 같은 푸른 바다를 떠올리며 꿈에 부풀어 있었다.

당항포는 경상남도 고성군 동해면 외산리와 창원시 진전면 창포리가 300m 거리의 바다를 사이에 두고 호로병葫蘆甁처럼 생긴 만이다. 고성군 회화면, 마암면, 거류면, 동해면에 둘러싸인 바다가 호수처럼 잔잔하다.

1592년 7월 13일과 1594년 4월 23일 이순신은 두 차례에 걸쳐 호로병葫蘆甁처럼 생긴 당항포에 주둔한 왜군을 공격하여 26척을 모두 침몰시키고, 패잔병들은 전의를 상실한 채 육지로 도주한 역사적인 당항포 해전이다.

김창호 일병은 외출복 바지를 다려 입고 군화를 윤이 나게 닦아 신고 차렷 자세로 중대장에게 휴가 신고하였다.

"일병 김창호, 某월 某일부터 某일까지 휴가 명을 받았기에, 이에 신고합니다. 충성!"

그때, 휴가가 월남 파병으로 바뀌었다. 고향 생각에 부풀어 있던 휴가가 일순간에 물거품으로 변했다.

내 고향 남쪽 바다 그 파란 물 눈에 보이네 꿈엔들 잊으리요
그 잔잔한 고향 바다. 지금도 그 물새들 날으리 가고파라 가고파.
어릴 제 같이 놀던 그 동무들 그리워라 어디 간들 잊으리요
그 뛰놀던 고향 동무. 오늘은 다 무얼 하는고 보고파라 보고파.

김창호 일병은 맹호 26연대(혜산진)에 배속되었다.

1970년 10월 8일부터 혜산진부대의 돌풍 작전은 월맹군 정규군 고사포 중대와 Phu Yen성 비엣꽁을 Hon Rung Gia(산) 일대에서 적을 포위하는 작전이었다.

김창호 일병의 전투는 지옥의 묵시록이었다. 묵시默示록은 드러내지 않고 악한 세력을 심판한다는 의미를 담고 있다.

부대 배치 후 첫 번째 작전은 수색이었다. 수색 분대는 첨병, 수색, 폭파, 무전, 위생 등의 역할을 조직하여 수색에 나섰다. 철모와 방탄조끼, 배낭, 수류탄, 실탄 18발씩의 탄창 24개가 든 탄포를 어깨

에 가위표로 걸치고 물이 가득 든 수통을 탄띠에 달고 개인화기를 장전하고 나서면 처음부터 온몸이 땀으로 흠뻑 젖었다.

수색은 서로가 먼저 적을 발견하느냐, 발견 당하느냐에 달렸다. 적이 어디에서 총을 쏠지 한 치 앞을 알 수 없었다. 소리, 흔적, 냄새 등 감각 기관을 집중하여 사주를 살피면서 전진하였다.

열대우림의 무성한 수풀에는 독사와 흡혈 거머리, 모기와 해충이 비엣콩보다 무서웠다. 미군은 숲에 다이옥신을 공중 살포하였다. 다이옥신은 수풀을 말라죽게 하는 독성이 강한 제초제로서 비엣꽁 은신처의 산림을 고사시키고 농업 경작지 파괴가 목적이었다.

김창호 일병이 맨 앞에 서서 시냇물이 질척거리고 모기떼가 득실거리는 맹그로브 숲을 칼로 헤쳐 나갔다.

'꽈꽝' 갑자기 폭음에 귀가 멍하고 화염이 솟고 피비린내가 진동했다. 뒤따라오던 이 상병이 폭삭 뒤로 넘어지며 비명을 질렀다. 지뢰에 하반신이 날아간 것이다. 정글에는 비엣콩이 깔아놓은 부비트랩, 지뢰 등이 어디에 있을지 모르는 상황이었다. 포격 지원을 요청해서 그 지역을 초토화했다.

다음 작전은 매복이었다. 매복은 숨어서 적이 나타나면 공격하는 것으로, 비엣콩들이 눈치 채지 못하게 매복 장소로 이동해야 한다.

개인 군장비와 실탄통, 고폭탄, 크레모아를 각자 휴대하고 K병장과 소대장 이 소위, 김창호 상병이 나란히 전방을 주시하고 숲을 헤치며 정해진 매복 지점으로 이동하고 있었다. '따따따…'

갑자기 소총 소리와 동시에 K병장이 어깨에 총알을 맞고 뒤로 넘어지고, 소대장은 무릎에 맞고 앞으로 폭삭 꼬꾸라져 두 사람은 선혈이 쏟아져 내리는 상처를 잡고 울부짖었다.

김창호 상병은 반사적으로 전방을 향해 개인화기를 계속 발사하였으나 저격수는 보이지 않았다. 위생병을 요청하고 우선 지혈대로 응급조치했다.

중대장이 지원병을 데리고 현장에 도착하자, 김창호 상병은 저격수가 있을 만한 곳을 찾아서 주위를 샅샅이 수색하였다. 마침내 덤불 속에 숨겨진 땅굴을 발견하였다. 그러나 그것은 땅굴을 위장한 함정이었다. 함정 땅굴 주위에서 또 다른 땅굴을 발견하였다. 흙과 나뭇잎들로 위장된 땅굴 입구를 찾아냈다.

김 상병의 눈은 충혈되어 있었다.

"지가 들어가면 안 될까요?"

체구가 작은 김 상병이 허리에 밧줄을 동여매고 나섰다.

"비엣콩을 놓쳐도 좋다. 살아서 돌아가야 한다. 알았제!"

중대장이 흥분된 김 상병을 안정시킨 후, 그를 땅굴 속으로 들여보냈다. 그는 입구가 좁고 어두운 땅굴 속으로 겨우 비집고 들어갔다. 그러나 비엣콩은 보이지 않고 날카로운 죽창들이 분뇨통에 박혀 있었다. 적이 땅굴에 침입할 경우에 대비하여 내부에도 가짜 땅굴을 파고 함정을 만들어 놓았다. 김창호의 몸에는 그때 찢긴 상처들이 지금까지 상흔처럼 남아있다.

반전여론이 거세지면서, 닉슨은 1969년 1월 베트남에서 단계적인 철군을 발표하였다.

한국군은 1973년 1월 베트남 평화협정에 따라 2단계로 나누어 철군했다. 3월 26일 마지막 후발대가 철수하면서 한국군의 8년 6개월간에 걸친 베트남 참전은 종료되었다.

김창호 병장은 햇볕에 검게 탄 얼굴로 고향에 돌아왔다. 지옥의 묵시록 같은 전장에서 돌아온 것이다.

'월남에서 돌아온 김상사'의 노랫말에 빗대어 친구들은 '월남에서 돌아온 새카만 김상사'라 놀렸다.

그때부터 김창호는 '김상사'로 불리었다.

월남에서 돌아온 새카만 김상사 이제서 돌아왔네
월남에서 돌아온 새카만 김상사 너무나 기다렸네
굳게 닫힌 그 입술 무거운 그 철모 웃으며 돌아왔네
어린 동생 반기며 그 품에 안겼네 모두 다 안겼네
말썽 많은 김 총각 모두 말을 했지만
의젓하게 훈장 달고 돌아온 김상사
동네 사람 모여서 얼굴을 보려고 모두 다 기웃기웃
우리 아들 왔다고 춤추는 어머니 온 동네잔치하네

김상사는 1년 만에 베트남에서 귀국했으니, 남은 군복무를 강원도 양구 부근의 전방에서 대전차 벙커 구축 작업에 투입되었다. 철근과 시멘트 자갈 등을 짊어지고 산 위로 옮기고, 밤이면 북한방송이 들리는 초병哨兵이 되었다.

김상사는 마침내 제대하여 고향에 돌아왔다. 그의 고향 당항포는 충무공 이순신 장군이 두 차례의 전투에서 왜선 57척을 전멸시킨 전승지이다.

김상사는 고향에 돌아왔으나, 피투성이가 되어 쓰러진 전우가 꿈속에 나타나는 '외상 후 정신적 스트레스 증후군'에 시달렸다.

어느 날, 친구 K가 찾아와서 김상사를 데리고 연화산에 꿩 사냥을 갔다. 여름철 등산은 쉽게 지치고 목이 마른다. 마침 외딴집이 있었다. K의 친척집이었다. 인기척에 처녀가 부엌에서 나왔다.

"오빠 왔능겨?"

"아유 덥다 더워, 시원한 물 있나?"

처녀가 물 한 그릇을 쟁반에 받쳐 들고 나왔다. 김상사의 눈에는 모시적삼에 남색 치마를 입은 처녀가 하늘에서 내려온 천사로 보였다.

"월남에서 돌아온 김상사 알제? 야가 가 아이가"

친구 K는 너스레를 늘어놓았다. 그 당시 '월남에서 돌아온 김상사' 노래가 유행이었다.

연화산은 철쭉이 흐드러지게 피고 뻐꾸기가 울었다. 김창호는 철쭉꽃처럼 빨간 처녀의 볼을 떠올렸다. 그때 장끼가 푸르르 날았다.

'탕탕' K가 엽총을 쐈다. 김상사는 장끼가 떨어진 지점으로 풀숲을 헤치고 뛰었다. 사냥을 마치고 돌아갈 때, 김상사가 그 집에 들러서 꿩 두 마리를 선물하였다.

"다항포 오걸랑 '첫사랑 다방'에서 만나요."

동구 밖을 돌아나가는 김상사를 바라보는 순이의 얼굴에 철쭉꽃이 피었다.

김상사는 부산의 충무동 공동 어시장에서 일자리를 구했다.

친구 K가 부산에 갔을 때, 김상사를 만나서 자갈치 선창의 다방에서 커피를 마시며 연화산 꿩 사냥 이야기를 했다.

"그 순이 어떻게 생각하냐?"

철쭉꽃처럼 싱그런 처녀의 얼굴이 떠올랐다. 바쁘게 지내는 동안 그 처녀를 잊고 있었다.

김상사는 마시던 커피 잔을 내려놓으며,

"아, 그 처녀? 아직 결혼 안 했나?"

"니, 순이 캉 결혼 안 할래?"

김상사는 창문으로 바다를 바라보았다. 수송선 가이거(GIGER)호가 나타났다 사라지고 원양어선이 지나갔다.

김상사는 아직도 월남전의 트라우마(Trauma)가 남아 있었다.

"자신이 없네. 처녀의 앞길을 막게 될 것 같아…"

"순이 가시나, 니한테 꽂힌 가봐. 한 번 안 만나 볼래."

추석날, 고향에 온 김상사는 당항포 '첫사랑 다방'에서 순이를 만났다. 순이는 몰라볼 정도로 성숙한 여인이 되어 있었다. 그녀라는 것이 믿기지 않았다. 순이는 약속을 지키지 않는 사람은 믿을 수 없다고 어깃장을 놓았다.

이듬해 봄, 두 사람은 당항포 문화원에서 화촉을 밝혔다.

3

김상사는 한 가정을 책임지는 가장으로서 장차 어떻게 살아야 할지 고민하게 되었다. 마침 원양어업이 활기를 띄기 시작했다.

원양어업은 태평양·대서양·인도양 등 먼 바다에 나가 물고기를 잡는 어업이다. 공해상이나 상대국 영해에 입어료를 내고 물고기를 잡아서 수출하였다.

수산인력개발센터는 수산 공무원, 수산분야 종사자 및 어업인 후계자를 훈련하는 기관이다. 김상사는 영도에 있는 수산인력개발센터 선원훈련소에서 선원교육을 이수하여 선원수첩을 받았다.

김상사는 수산개발공사의 선망선旋網船을 타고 대서양의 섬 라스팔마스에서 참치를 잡았다. 1965년 이탈리아·프랑스 어업 차관으로 도입한 1,472톤급 제601 강화호 등 8척이 라스팔마스 근해에서 조업한 것이 원양 트롤어업의 효시가 되어, 라스팔마스에 한국인이 5천 명에 달할 정도로 호황을 누렸다.

참치 잡이는 2km의 그물을 양망하여 참치를 잡는 즉시 배를 갈라서 내장 빼내고 손질한 참치를 박스에 넣어서 냉동고에 넣었다. 한 번 나가면 20일이나 6개월 만에 라스팔마스로 돌아왔다.

김상사는 양망하여 그물을 접고, 물고기를 처리하고, 빨래하고,

하루에 4시간 정도 잠을 잤다. 대서양 한가운데 둥둥 떠있으면, 고향의 처자식 생각이 나서 견디기 힘들었다.

대서양 카나리아 제도의 라스팔마스는 스페인령으로 기후가 연중 따뜻하고 유럽 본토에 비해 물가가 싸고 인건비가 낮아서 많은 유럽 회사들의 아프리카 전진기지 역할을 하고 있었다.

라스팔마스에는 대서양에서 조업하다 숨진 한국인 선원 124기의 유해가 안치된 한인선원묘역 위령탑에 박목월 시인의 헌시가 있다.

> 바다로 뻗으려는 겨레의 꿈을 안고 五大洋을 누비며 새 어장을 開拓하고 겨레의 豊饒한 來日을 위하여 獻身하던 꽃다운 젊은이들이 바다에서 목숨을 잃었다. 허망함이여 그들은 땅끝 茫茫大海 푸른 파도 속에 자취 없이 사라져 갔지만 우리는 그대들을 결코 잊지 않을 것이다. …

원양어선은 1년 계약이었다. 김상사는 참치잡이 1년이 만료되자 비행기로 귀향하였다. 딸 둘을 낳은 후 아들이 태어났다.

김상사는 고향 집에서 가족과 오래 생활하면 게을러진다면서, 이번에는 명태 트롤선을 타고 베링해로 나갔다.

베링해는 북태평양의 미국의 알래스카와 소련 캄차카반도 앞바다 영해인 2백 해리에 둘러싸인 북반구에서 가장 큰 대륙붕으로 플랑크톤이 풍부하여 그물만 펼치면 만선을 거두는 황금어장이었다.

1977년부터는 2백 해리 경제수역이 지켜지면서 연안국인 러시아

경제수역과 미국 전관수역이 어족자원 보호를 위해 명태 산란시기인 3월에 어로활동을 금지하거나 정해진 어로 기간을 지켜야 한다.

명태잡이 트롤어선은 가공시설까지 갖추어 현지에서 명태를 잡자마자 고기와 살을 갈아서 저장하여, 게맛살이나 어묵의 주원료로 사용되고 있다. 김상사는 명태를 크기에 따라 선별하여 어창에 넣고, 나머지 명태는 기름을 짰다. 명태는 버릴 것이 하나도 없다.

양명문은 〈명태〉 시를 쓰고, 변훈이 작곡하여 오현명이 불렀다.

> 검푸른 바다 바다 밑에서 줄지어 떼 지어 찬물을 호흡하고
> 길이나 대구리가 클대로 컸을 때 내 사랑하는 짝들과 노상
> 꼬리치고 춤추며 밀려다니다가 어떤 어진 어부의 그물에
> 걸리어 살기 좋다는 원산 구경이나 한 후 이집트의 왕처럼
> 미이라가 됐을 때, 어떤 외롭고 가난한 시인이 밤늦게 시를
> 쓰다가 쇠주를 마실 때 카~ 그의 시가 되어도 좋다.
> 그의 안주가 되어도 좋다 짝짝 찢어지어 내 몸은 없어질지라도
> 내 이름만 남아 있으리라 허허허 명태 허허허 명태라고
> 음 허허허허 쯔쯔쯔 이 세상에 남아 있으리라.

김상사는 북해 원양어선에서 돌아온 후, 중동으로 발길을 돌려서 동아건설의 리비아 대수로 공사장으로 갔다.

1953년 리비아 영토에서 석유 탐사하다가 1만 년 이전에 축적된 지하수가 발견되었다. 지하수의 양은 나일강이 200년 동안 흘러보

내는 유수량과 맞먹는 35조 톤인 것으로 알려졌다.

1969년 무아마르 알 카다피(Muammar al-Qadhafi) 대령이 쿠데타로 집권한 후 이 지하수를 트리폴리와 벵가지의 식수와 공업용수로 쓰고, 농경 지대에 공급하려는 계획을 발표했다.

리비아 서남부 내륙 지방 사리르(Sarir) 취수장에서 지중해 연안 서트까지 955km, 타저보 취수장에서 벵가지까지 955km의 송수관 라인을 각각 연결하는 1단계 공사에 연인원 1,100만 명과 550만 대의 건설중장비가 동원됐다.

동아건설이 39억 달러에 1단계 공사를 수주해서 동남부 지역 1,874km의 수로를 1984년 1월 착공하여 1991년 8월 통수식을 거행하고, 1993년에는 벵가지에 송수를 개시했고, 1996년에는 트리폴리에 물을 공급했다.

김상사는 리비아 대수로 공사장의 식당에서 일하면서, 남은 밥을 사막에서 발효하여 김창호표 밀조 주酒를 만들어서 노동에 지쳐있는 동료들에게 나눠주었다.

1980년 자가용 시대가 시작되면서, 김상사는 자동차 정비기술이 미래의 직업이라고 생각했다. 자동차 엔진 정비는 내연기관에 대한 지식이 있어야 하지만, 자동차의 손상된 차체 패널을 수리하는 판금도장은 엔진에 대한 지식이 없어도 할 수 있었다.

처음에는 자동차 정비 공장의 판금도장부에서 허드렛일부터 시작하여 40여 년이 지난 후, 김상사는 손상된 차체를 두드리고 펴는 판금 부문의 1급 기술자가 되었다. 그는 변신을 거듭했다.

4

305병동 5호 병실에 새로 환자 두 분이 입실하였다. 먼저 입실한 해군 통신병과 출신은 준雋과 나이가 동갑인 L준위이다. 그가 처음 병실 문을 열고 들어올 때 준雋은 자리에서 일어나 경례를 할 뻔 했다. 그의 체격과 풍모는 장군이었다. 실제 그의 군 경력으로 장군의 자격이 충분했다.

그는 해군에서 군함을 진수할 때 조선소 현장에 나가서 군함의 설계가 적정한지를 검토하는 위원회의 위원이었다.

L준위는 고등학교 3학년 겨울방학 때 해군에 입대하였다. 논산 훈련소 근처에 살았던 그는, 언제나 너덜너덜하고 흙 묻은 훈련복의 육군훈련병의 모습에 질려서, 새하얀 군복을 입는 해군에 입대하였다.

해군 LST-812함은 비둘기부대의 예하부대로 편성되어 임무를 수행하였다. 1965년 7월 9일 LSM-609(월미)함과 611(능라)함이 증편되고, LSM의 증파를 계기로 동년 7월 12일 장교 23명, 사병 238명으로 해군 수송단대를 편성하였다.

1966년 2월 1일 LST-807(운봉)함과 808(덕봉)함을 증파하였으며, 그해 3월 15일, 해군 수송전대(백구부대)는 주월한국군사령부의 직할부대로 승격시켜 임무를 수행하게 되었다.

해군 수송전대(백구부대)는 사이공을 모항으로 북쪽은 다낭으로부터 남쪽은 캄보디아 국경 부근의 푸섬에 이르기까지 1천여 마일의 항정에서 미국 및 남베트남군과 통합된 연안 수송 임무를 수행하였다.

백구부대가 수송한 물자와 장비 중에는 한국군뿐만 아니라 남베트남군의 군수물자 수송도 있었으며, 남베트남 정부가 요청하는 민간인 물자수송도 상당 부분을 담당하였다.

LST 1척은 베트남 한국군의 보급물자, 즉 위문품과 국산 조달품 운송을 전담하였다. 준雋은 사이공 뉴포트에 정박 중인 LST에서 위문품을 트럭에 실어 와서 부대별로 분류하여 C-46D 수송기로 나짱·꾸이년·다낭 등으로 보급하였다.

사이공 뉴포트에 정박 중이던 LSM-613함(울릉)이 비엣꽁의 습격을 받기도 했다. 1969년 8월 19일 밤 11시경, 비엣꽁 수중 폭파대의 기습공격을 받았으나 수류탄 교전 끝에 격퇴시켰다.

백구부대는 대민 진료반 운영과 구호활동을 벌이는 한편 학생들을 함선으로 초청하여 태권도 시범을 보이고 그림 그리기를 하여 한국과 베트남의 친선을 도모하였다.

사이공 메콩강 건너편 9관구 극빈자 202세대 1,300명에게 구호품을 전달하고, 1,200명의 환자를 치료하였다. 군의관으로 편성된 대민 진료반은 매주 한 번씩 사이공 메콩강 건너편의 9관구 콤초 부락을 찾아 대민 진료를 실시하여 한·월 간의 유대를 더욱 두텁게 하였다.

1969년 7월 14일, 사이공 9관구 지구 콤초 부락을 찾아 극빈자 30세대 200여 명에게 식용유와 옥수숫가루 등 구호물자를 전달하였고, 7월 15일에는 진료반이 빈칸 부락을 찾아 대민 진료를 하였다.

1969년 11월 15일 사이공 시내 50개 초등학교에서 선발된 250명 학생과 교사 및 초등 교육국 직원 70명을 LST-815함(북한)에 초청하여 함상 견학과 태권도 시범을 보이고, 학생들에게 그림을 그리게 하여 한국에 대한 이미지를 고취시켜 한·월 간 친선 유대를 공고히 하였다.

해군 준위 L은 백구부대로 파월하여 사이공에서 10개월 근무하였다. 그는 월남 청년 조기축구회와 어울려 매일 아침 축구하였는데, 축구시합에서 발목 부상으로 깁스를 하고 다니기도 했다.

해군 L준위는 정년퇴직한 후 전원도시 진해시 용원에 살면서, '숲 안내'를 맡고 있다. 숲해설가는 산림에 대한 지식을 습득하고 올바른 가치관을 가질 수 있도록 해설하는 전문가이다.

숲을 이용하는 사람들에게 숲의 형태, 숲의 구성 상태, 구성원 간의 관계 등 자연적인 요소와 인간의 삶과 관련된 것, 역사적인 사항 등 문화적 요소를 설명함으로써 숲에 대한 전반적인 이해를 증진시키고 숲과 자연을 보호하고 흥미를 가질 수 있게 한다.

305병동 5호 병실에 마지막 빈 병상에 해병이 입실하였다.

"의장대 출신입니까?"

그의 용모를 보고 물었을 정도로 그는 키가 훤칠하고 용모가 수려하였다. 해병 제2여단(청룡부대)의 P는 부산의 K상고를 졸업한 후, 자원입대하였다. 당시 영장 없이 지원할 수 있는 군은 해병대뿐이었다.

1965년 9월 20일 포항에서 출범한 청룡부대는 1965년 10월 3일 깜란베이에 상륙하여 깜란의 동바틴 지역 일대에서 경계 및 평정 임무를 수행하였다.

1965년 12월, 청룡 1호 작전을 전개하면서 뚜이호아 지역으로 이동하여 남베트남의 3대 곡창의 하나인 뚜이호아 평야를 평정하여, 비엣꽁의 식량보급원을 차단하고, 푸엔성 주민들의 식량난을 해소하였으며, 1번 도로를 개척하여 지역 안정을 기하였다.

1967년 12월, 청룡부대는 다낭 외곽을 방어하기 위하여 뚜이호아에서 호이안지구로 이동하였다. 1970년 12월, 해병 P가 속한 제2대대 3소대는 케산 산악 지역에서 벌인 황룡10-22작전에서, 월맹군이 다낭공항을 포격했던 122㎜ 로켓 30문과 RKT 14문을 노획하였다. 이 작전으로 호이안과 서부 산악지역 일대를 평정하였다.

호이안과 다낭 간의 이동은 트럭이 일정한 장소에 모여서 집단으로 이동하거나 헬기를 타고 바다 위로 날아다닌다.

준雋은 미스코리아 위문단을 인솔하여 호이안에 간 적이 있다. 다낭공항으로 이동할 때, 치누크를 타고 통킹만의 푸른 바다 위에서 짓궂은 미군 조종사가 갑자기 수십 m 아래로 추락하듯이 헬기를 떨어뜨리자, 미스코리아들이 질겁하고 일제히 비명을 질렀다.

해병 P는 월남에서 현지 제대하였다. 당시 베트남에는 대한통운, 경남기업, PNA, 필크 포드 등의 민간기업이 탄약 등 군수품을 수송하였다.

그는 군수품을 다낭항에서 미군 보급창으로 운송하는 대한통운의 십장으로 특채되었다. 십장은 작업현장에서 일꾼들을 모집·해고, 작업 배치와 감독을 하는 한편, 정액 도급 받은 임금을 분배하는 권한을 갖는다. 십장은 미군과 영어로 소통할 수 있어야 한다.

다낭항에서 하역한 군수물자를 지정된 미군 보급창으로 운송하고 300$+α를 받았다. 포탄, 미사일, 탄약, 맥주 등을 운송했다.

1973년 미군이 베트남에서 철수할 때, 해병 P도 귀국하여 부산에서 염료 회사인 '다이스'의 재무부장으로 재직하였다.

'다이스'는 일본 염료회사와 기술협력(Joint)으로 각종 염료 및 염료중간체 생산, 제품정보 안내, 전문 염색기술 정보 서비스를 하는 업체이다.

군대 이야기는 밤을 새워도 꼬리에 꼬리를 물고 이어지는 것이다. 김상사를 비롯하여 305동 5호실의 전우들은 파월 당시에 경험한 이야기꽃을 피웠다.

특히 김상사의 다양한 삶의 여정을 듣고 많은 것을 느꼈다.

해군 L준위는 "김상사의 얼굴에서 이순신 장군의 모습을 읽을 수 있었다."고 하였다.

월전 장우성이 그린 이순신 장군의 영정이 표준 영정으로 지정되어 있으나, 실제 이순신 장군을 닮지 않았다.

1576년 이순신이 무과에 급제할 때 문과에 급제한 고상안高尙顔은 그의 문집인《태촌집》에 이순신의 용모를 설명하였다.

언론과 지모는 난리를 평정할 만한 재주가 있으나,
생김이 풍만하지도 후덕하지도 않고 관상도 입술이 뒤집혀서
복 있는 장수가 아닌 듯했다.

其言論術智 固是撥亂之才 而容不豐厚 相又褰脣(건순)
私心以爲 非福將也

고상안의 증언으로 미루어, 이순신은 표준 영정과는 다소 차이가 있으며, 오히려 무장武將에 더 적합한 얼굴로 보았다.

해병 P는 "김상사가 '포레스트 검프'를 닮았다"고 하였다.

영화《포레스트 검프》는 다리가 불편하고 지능도 남들보다 조금 떨어지는 외톨이 소년 '포레스트 검프'가 주인공이다. 사회의 편견과 괴롭힘 속에서도 따뜻하고 순수한 마음을 지니고 성장한 포레스트는 대학에서 미식축구 선수가 되었고, 졸업 후 군에 들어가 무공훈장을 탔으며, 제대한 후에 새우잡이 배를 타고 성공하였다.

김상사는 영화 '포레스트 검프'처럼 월남 전투 현장에서 동굴 수색에 앞장섰으며, 월남에서 돌아와서 대서양 참치잡이, 북태평양 명

태잡이, 아프리카 사막의 대수로 공사, 자동차 판금공…한국의 포레스트이다.

305병동 5호실의 환자들은 지금까지 제 나름대로 가정과 사회에서 자신의 직분에 최선을 다하면서 살아왔지만, 김상사의 '오디세우스의 여정'과 닮은 인생 여정을 들으면서 많은 것을 생각하게 되었다.

'김상사의 역동적인 삶의 원천은 어디서 온 것일까?'

그는 한쪽 귀가 멀고 생김이 풍만하지도 후덕하지도 않고 입술이 뒤집힌〔而容不豐厚 相又褰脣〕 꾀죄죄한 첫 인상이지만, 그의 모두가 아닌 것을 알게 되었다.

1591년 3월, 일본에 갔던 통신사 일행에게 선조가 물었다.

"수길秀吉이 어떻게 생겼던가?"

"그의 눈은 쥐와 같아 마땅히 두려워할 위인이 못됩니다."

김성일은 도요토미 히데요시에게서 스승 퇴계의 성리학적 예를 찾으려 했겠지만, 그를 간파쿠(かんぱく)로 만든 것은 예禮가 아니라 칼과 천하를 상대하겠다는 담략이었다.

"한국군은 백 명의 비엣꽁을 놓치는 한이 있더라도,
한 명의 양민을 보호한다."

Quân đội Hàn Quốc bảo vệ một dân thường ngay cả khi họ bỏ sót một trăm Việt Cộng.

주월한국군사령부의 현판에 쓰인 글의 내용이다. 주월 한국군은 베트남의 양민을 보호하고 전후 베트남의 재건을 돕기 위해서 비전투 요원을 파견했다. 이동외과병원과 태권도교관단을 파견하고, 비둘기부대의 건설지원단을 파병하여 월남의 재건을 도왔다.

한국군의 오작교 작전은 '트로이 목마'에 비유된다. 그리스군이 철수할 때 두고 간 목마를 성 안으로 들여놓고 트로이 시민이 안심하고 잠들었을 때, 목마 내부에 숨어 있던 30명의 결사대가 트로이 성문을 열고 견고한 트로이성을 함락시켰듯이, 한국군은 '반전返轉 작전'으로 비엣콩을 속였다. 한국군은 비엣콩의 동굴을 수색한 후 철수하였다. 비엣콩이 안심하고 그 동굴로 돌아왔을 때 다시 수색하여 비엣꽁을 소탕하였다. 그러나 오작교 작전은 비엣꽁의 소탕이 목적이 아니라, 1번 국도를 개통하여 여객의 교통과 물류를 안전하게 유통하는데 있었다.

김상사는 초등학교 때, 월사금을 낼 수 없어 마을 뒷산에서 놀다가 친구들이 하교하면 집으로 갔다. 그러나 그는 어려운 일은 남보다 먼저 하고, 편하고 좋은 것은 양보하는 삶을 살았다.

김상사의 삶의 과정은 트로이(터키) 전쟁에서 승리한 오디세우스가 자신의 고향인 이타카 섬으로 돌아가는 20년 동안 폭풍을 만나 부하들을 전부 잃기도 하고, 온갖 고난을 겪은 모험과 닮았다.

5

10월 26일, 준雋은 방광의 악성종양 판정을 받았다. 그동안 자신의 몸 안에 암덩어리가 자라고 있는 것을 모르고 지냈는데, 대학병원에서 받은 척추수술 과정에서 우연히 발견되어 종양은 일단 제거했지만, 점막 세포의 유전자에 어떤 돌연변이를 유발하여 자신의 몸을 공략할지 예측할 수 없다.

준雋이 병실을 찾아와 종양 판독 결과를 직접 전해주는 비뇨기과 L과장에게, 고마운 인사를 하였더니,

"P대학병원이 고맙지요."

L과장은 오히려 P대학병원의 공功으로 돌렸다. '요양급여 의뢰서'를 보훈병원에 보내주었기 때문이란다.

촬영한 복부 CT(NCE) 상 Right kidney(腎臟)에 2cm의 cyst(낭종)을 발견하고, 방광경 검사 요하여 의뢰 드립니다.

P대학병원 신장내과 의사 KOO.

L과장이 '요양급여 의뢰서'를 보더니, 비뇨기과 전문의답게 진단했다.

"방광경 내시경을 합시다. 아마 70%는 방광암입니다."

요도로 가느다란 방광경을 밀어 넣어서 방광경 내벽의 상태를 검사하는 방광경 검사 결과 종양이 발견되었다.

그 종양을 악성종양 판독 전문기관에 보내어서, 1주일 만에 결과지가 도착하였다.

> 검사명 : 조직병리학적 검사
> Suspicious for malignancy(see note)
> Favor, papillary urotelial carcinoma, low Urinary bladder
> 방광의 요로 상피 종양 암으로 밝혀졌음.

L과장의 예상대로 방광암이었다. 빠른 시일 내에 수술 일정을 잡기로 했다. 암의 크기나 침습 상태에 따라서 다르지만, 초기일 경우 방광의 암 부분을 절제하고, 골반 주위에 번지면 임파선을 절제하며, 암이 방광 전체에 침습하면 요로를 전환한다. 본인의 장기를 일부 절제해서 이를 새로운 방광 역할을 대신하도록 만들어준다.

준雋의 방광에 생긴 암은 크기가 작고 아직 침윤이나 전이되지 않은 점으로 보아 암의 주변을 되도록 크게 잡아서 호미로 파듯이 뽑아낸다고 한다.

퇴원 수속을 하는 동안 305병동 5호 병실 전우들이 준雋을 기다려주었다. 김상사는 재수술을 받게 되고, 해군 L과, 해병 P는 아직 검사 준비 중이었다.

해군 L은 방광경의 종양 검사 결과가 암으로 판명된 것을 알고,

"방광암을 조기에 발견했으니, 다행입니다."

"방광 수술 후에 방광이 조절을 못해서 오줌이 새어나오는 절박, 급박, 빈요, 잔요감 등 방광암 수술 후유증으로 기저귀를 차고 다닙니다. 암의 크기가 작아도 수술 후유증은 있을 수 있습니다."

전립선암 수술 후유증을 경험한 김창호 씨가 슬림형 성인 기저귀를 꺼내어 보였다.

베트남 고엽제 피해자협회 쩐 쑤언 투 부회장은 고엽제와의 전쟁을 경고했다.

"당시 미국은 20여 가지의 각종 고엽제 8천만ℓ를 베트남 남부 지역의 4분의 1에 해당하는 지역에 무차별 살포했다. 전쟁은 끝났으나 '질병과의 전쟁'이 계속되고 있다."

미국에서는 1만여 명의 베트남 참전용사들이 고엽제 노출과 관련해 장애연금을 받고 있으며, 몬샌토 등 7개 고엽제 제조회사들은 1984년 미국 내 베트남전 참전용사들의 손해배상 소송에 1억8천만 달러의 보상금 지급에 합의한 바 있다.

대한민국에서 방광암은 고엽제 후유증이나 고엽제의증이 아니다. 고엽제와 연관성을 따져서 정한 것이지만, 전립선암은 고엽제 후유증으로 인정하면서 방광암은 흡연 때문이라고 한다.

"수색작전 때 우리 대원들은 냇물을 그대로 마셨습니다. 고엽제가 뿌려진 물을 마시면, 방광을 통해서 오줌으로 배출되는데, 방광암을 역으로 추적하면 결국 고엽제가 원인이 아닌가요."

해병 P도 방광암은 당연히 고엽제로 인정해야 한다고 했다.

준雋은 자신의 병이 고엽제 회자膾炙되는 것이 씁쓸했다.

“월남전에 32만 명이 참전하여 5,099명의 전사하고, 11,232명이 부상당하였습니다. 저도 임무 수행 중 수송기 사고로 죽을 고비를 넘겼습니다만, 보훈병원에서 병을 치료할 수 있는 것도 1만6천여 명의 전상자들 덕택입니다. 저를 위해 걱정해 주셔서 감사합니다. 여러분도 잘 치료하고 퇴원하여 건강하시기를 기원합니다.”

우리 몸의 세포는 끊임없이 분열한다. 세포분열은 우리 몸이 새로운 세포를 필요로 할 때에만 일어나고 적절한 시점에서 죽는 것이 정상이다. 간혹 세포가 비정상적으로 분열하거나 적절한 시점에 죽지 않을 수 있다.

새로운 세포가 필요하지 않은데 세포가 계속 분열하거나, 죽어야 될 세포가 죽지 않는다면 필요 없는 여분의 조직 덩어리가 형성되는데, 이것이 종양이다. 종양은 비정상적으로 생성된 모든 종괴를 총칭한다. 종양은 크게 양성과 악성으로 분류하는데, 이 중 악성종양이 암이다.

암세포가 전이되지 않고 완전히 소멸되기를 바라지만, 일단 발생한 암은 정상적인 성장 조절을 하지 않는다.

만약 암세포가 활성화 한다면 결국 방광을 들어내고 대신 인공 방광을 차고 생명을 연장할 수 있다. 그러나 방광의 암덩어리가 침습하거나 다른 장기, 즉 대장, 신장, 간장 등으로 전이하게 되면 생명은 끝나는 것이다.

준儁은 퇴원 후 2개월마다 방광내시경으로 암세포의 침습이나 전이轉移 상태를 관찰하고 있으며, 과민성 방광 증상으로 수캐처럼 수시로 오줌을 참을 수 없다. 방광에 생긴 암덩어리를 수술로 제거하였지만, 그 주위의 세포가 어떻게 분열될지 알 수 없다.

그것은 오직 신의 영역이다.

믿음은 바라는 것의 실상이요, 보이지 않는 것들의 증거니, …

믿음으로 나라들을 이기기도 하며, 의를 행하기도 하며, 약속을 받기도 한다.(히브리서 11장)

히스기야가 병들어 죽게 되매, 낯을 벽으로 향하고 여호와께 기도하였다.

"여호와여 주께서 보시기에 선하게 행한 것을 기억하옵소서."

"내가 네 기도를 들었고 네 눈물을 보았노라 내가 너를 낫게 하리니 네가 삼 일 만에 여호와의 성전에 올라가겠고, 내가 네 날에 십오 년을 더할 것이며 … 이 성을 보호하리라."

"여호와께서 나를 낫게 하시고, 삼 일 만에 성전에 올라가게 하실 무슨 징표가 있나이까?"

선지자 이사야가 여호와께 간구하매, 하나님이 그 징표로 아하스의 해시계 위에 나아갔던 해 그림자를 10도 뒤로 물러가게 하여 15년을 더 살게 하셨더라.(열왕기하 20:1~11)

5. 쓸개 빠진 놈

1

준雋은 2010년 가을에 태백산을 오르다가 원인을 알 수 없는 호흡 곤란으로 온몸이 지쳐서 되돌아 내려온 후 대학병원 호흡기 내과에서 심장 검사를 받았는데, 어떤 의사는 심장이 다른 사람보다 두 배 크다고 하고, 또 다른 의사는 심장이 두껍다고 하더니, 마지막으로 나이 많은 의사는 아무 이상이 없다고 했다.

한 검사 결과를 세 명의 의사가 각기 다르게 판독했다. 아무 이상이 없으면 다행인데, 그 후 숨이 차서 계단을 한꺼번에 오를 수 없을 정도가 되었다.

몇 년 전부터 보훈병원 호흡기 내과 외래에 정기적으로 진료를 받아왔다. 호흡기 내과 K과장이 준雋의 등에 청진기를 대고 몇 번 숨을 크게 들여 마시게 하더니,

"입원해서 치료받아야 겠습니다."

준雋은 외래에 진료 왔다가 집에도 못 가고 입원환자로 바뀌었다. 원무과에서 입원 수속을 마치고, 별관 2층의 205병동에 5호실에 배정되었다.

TV가 켜져 있는 병실에 들어서니, 4명의 입원환자와 한 분의 여성이 준雋 쪽을 바라보았다. 창문 쪽에 연세가 높으신 노인과 중년 여성이 보였다.

준雋의 옆 병상에는 70대 중반의 해군 하사관 출신으로 중장비 한 대로 공사판을 돌다가 입원하였다. 그는 전립선암 수술을 받았으며, 지금은 혈압과 당뇨를 치료하고 있다고 한다.

건너편 병상에 누워있는 당뇨환자 두 사람은 15년째 보훈병원과 협력병원을 옮겨 다니는 회전문 환자라고 한다.

병원은 당뇨환자의 관리에 최적의 기관이다. 고혈당인 상태가 지속되면 여러 가지 급, 만성 합병증이 발생하게 되는데. 정상 범위 내로 혈당이 유지될 수 있도록 식사요법, 운동요법, 약물요법을 병행하면서 규칙적인 생활을 유지하도록 관리한다.

매일 새벽, 간호사들이 혈당 체크부터 하루가 시작된다. 간호사가 인슐린 주사를 놓지만, 환자 중에는 스스로 인슐린을 맞기도 한다.

97세의 6·25 참전 용사 李 씨 노인과 그를 간병하는 아들, 그리고 가끔 며느리가 교대로 병상을 지키고 있으니 전문 간병인에게 맡기는 오늘날 보기 드문 효자효부이다.

밀양 삼랑진 낙동강 강변 마을에 살고 있다는 李 노인은 6·25 당시 8사단(오뚜기부대) 소속으로, 그는 낙동강 전투의 막바지인 50년 9월 영천 전투에 참전하여 평양까지 북진하였다. 중공군의 참전으로 1·4후퇴 때 옆구리 복부에 총상을 입고, 국군병원에 입원 치료를 받은 뒤 다시 원대 복귀하여 휴전선에서 적과 대치하였다. 지금은 복수가 찬 간암 말기 환자로서 보훈병원의 호스피스(Hospice Care) 병동 입원 대기 중에 있다.

노인은 귀가 멀어서 잘 들리지 않는다. 그러나 TV에 '6·25'에 관한 장면이 나오거나, 환우들이 '6·25'와 관련된 말을 할 때면, 노인은 잠에서 깨어날 정도로 당신이 겪은 6·25 참전에 대단한 긍지를 지니고 있다.

19세기 미국 남북전쟁 기간 동안 남군을 이끌었던 리 장군(Robert Edward Lee)은 전쟁을 싫어하는 이유를 말했다.

"전쟁이 그토록 끔찍한 것은 잘된 일이다. 그렇지 않으면 우리는 전쟁을 좋아하게 될 테니까."

준雋은 이 씨 노인을 남군 사령관 리 장군에 비유해서 Lee 장군이라 불렀다. Lee 장군은 6·25 참전 모자를 소중히 여겨서, 병상 머리맡의 사물함 위에 보관하였다. X-선 촬영이나 각종 검사장에 갈 때는 그 모자를 쓰고 가슴에 훈장을 달고 휠체어를 타고 병실을 나서는 모습은 전투에 출정하는 장군의 모습이었다.

준雋은 노인이 휠체어를 타고 출정할 때면, 큰소리로 "충성" 하고 거수경례를 올린다. Lee 장군은 그때마다 빠짐없이 '거수경례'로 답례 하였다.

Lee 장군은 너그러운 성품이지만, 음식을 소중히 여기지 않는 사람을 경멸하는듯하다. 우리 나이 또래의 노인들은 누구나 어렵게 살아온 처지에 음식의 소중함을 모르는 사람이 없다.

맞은편 병상의 당뇨병 환자 중에 한 명이 자신의 반찬을 남겨서 고양이 먹이로 주는 것을 알게 되면서부터, 노인은 아들이 가져온 음식을 나눠줄 때, 그 환자는 제외하라고 지시하였다.

준雋은 입원하는 동안 수차례의 X선 검사를 받았다. 입원할 당시에는 숨이 차고 천식기가 있어서 천명을 나 스스로 느낄 정도였으니, 담당 의사에게 딱 걸려서 입원실로 직행하였다.

천식喘息(asthma)은 호흡곤란을 일으키는 염증성 기도 폐쇄 질환이다. 천식 환자는 기도의 폐쇄로 인해 숨소리가 색색거리는 천명喘鳴, 호흡곤란, 기침 등의 증상이 있으며, 낮보다 밤에 심해지는 경향이 있으며 과도한 가래 형성으로 숨을 날숨에 어려움을 겪기도 한다.

퇴원 전날 밤 휴게실에서 시간을 보내고 있을 때 연락이 왔다.

"내일 새벽 6시에 X선 검사 받으러 가세요."

간호사의 전갈을 받고 나서, '또 다른 병이 발견되었나?'

밤새 걱정이 되었다. 대학병원에서 허리 수술을 마치고 퇴원하던 날, 방광암의 징후를 발견하였다. 보훈병원에서 방광내시경으로 검사하여 암이 더 이상 침습되기 전에 조기에 제거하는 수술을 받을 수 있어서 다행이었다.

퇴원 수속을 할 때, 결국 어젯밤의 걱정이 현실이 되고 말았다.

간호사가 준에게 외과 진료를 받으라고 하였다.

'폐가 아니고, 외과라니? 호흡기 내과에 왔다가 외과에 간다?'

준雋은 예삿일이 아님을 직감했다. 외과에 갔더니 L과장이 인체의 소화기관 중 간해부도를 보여주면서,

"쓸개가 어디 있는지 아세요?"

'아차 쓸개가 탈이 났구나.'

2

준雋은 쓸개 수술을 받기 위해 다시 입원했다. 외상 환자들에 비해서 준은 겉으로 보이지 않는 소화기관인 쓸개가 탈이 났으니 내부가 망가져 가고 있는 셈이다.

우리나라 속담에 '쓸개 빠진 놈'이라는 표현이 있다. 정신을 똑바로 차리지 못하는 사람을 낮잡아 이르는 말이다. 영어에서는 등뼈가 없다는 뜻의 'No spine'이라는 표현을 쓴다.

쓸개가 없다, 등뼈가 없다, '뭔가 부족하다!'라는 의미로 사용되는 표현일 것이다. 과연 '쓸개 빠진 놈(?)'은 무엇이 문제일까?

'담낭(쓸개, gallbladder: GB)'은 간의 아랫면에 '주머니 모양'의 기관으로 담즙을 약 40~60cc 정도 저장할 수 있다. 담낭은 점막에 주름이 있어 늘어날 수 있으며 근육 층이 있어 수축할 수도 있다.

'담즙(bile)'은 간에서 분비되며, 담즙의 구성은 90%의 물과 무기염류, 점액, 담즙산염, 담즙색소 및 콜레스테롤 등이 하루에 약 500㎖가 분비된다. 담즙은 간관(hepatic duct)을 따라 담낭(쓸개)에 저장되었다가 십이지장에 '지방이 포함된 미즙'이 들어오면, CCK의 자극으로 담낭이 수축하게 된다. 담즙은 긴 담관을 거쳐 십이지장으로 분비된다.

담즙은 '지방을 지방산과 글리세롤로 분해하는 리파아제(lipase)의 작용'을 도와주고 '지용성 비타민(A, D, E, K)과 철, 칼슘 이온의 흡수'를 촉진하는 것이다. 또한, 적혈구의 분해 산물인 '빌리루빈(담즙색소)을 변화시켜 대변으로 배출'시킨다.

호흡기 내과 퇴원 당일, 외과 L과장이 보여준 컴퓨터 단층 사진에는 간 밑에 고무풍선처럼 부풀어 있어야 할 쓸개가 쪼그라들어 있었다. 내용물이 빠져나가고 빈 껍질만 남아 있었다.

"담낭 절제 수술을 받아야 합니다."

'결국, 쓸개 빠진 놈이 되는구나. 그러나 수술은 위험하다.'

"수술하지 않으면 어떻게 됩니까?"

"제거 수술을 하는 것이 좋습니다."

담낭 이상증을 모르고 지낼 수도 있으나, 문제가 발견되었으니 담관암, 췌장암 등 2차 징후를 사전에 제거할 필요가 있다.

담낭이 없으면 지방질 음식을 먹었을 때, 많은 양의 담즙이 분비되지 않아 소화가 잘되지 않을 수 있으나, 이자에서 인슐린 분비를 촉진하여 혈당을 조절하는데, '산성 미즙'이 들어오면, 세크레틴이 분비된다. 세크레틴은 이자에서 중탄산염 이온(HCO3-)의 생성을 증가시켜 위액과 섞인 산성 미즙을 중화시킨다.

'지방이 포함된 미즙'이 들어오면, 콜레시스토키닌이 혈류로 분비하는데, 콜레시스토키닌은 담즙이 모여 있는 '담낭을 수축'시키고 소화효소가 들어 있는 이자액 분비를 돕는다.

비록 '쓸개 빠진 놈'이지만, 간에서 만들어진 담즙은 조금씩 저장되지 않고 십이지장으로 흘러내려 간다. 수술 후 소화불량을 완벽하게 해결할 수는 없지만, '기름진 음식은 소량으로 나누어서 먹는 것'이 도움 될 것이다.

'쓸개 빠진 놈'이란 줏대가 없거나 정신을 못 차리는 사람을 낮잡아 가리키는 표현이고, '간에 붙었다 쓸개에 붙었다 한다'는 말도 줏대가 없는 사람을 가리킨다고 볼 수 있다.

P보훈병원 61병동 6호 병실에는 발목과 다른 쪽 발가락이 잘린 월남 참전용사 P중사와 프랑스 외인부대 경력이 있는 특수부대 출신의 S병장은 강직성 척추염을 앓고 있다.

P중사는 맹호부대 작전 중에 발목이 절단되었다. 귀국하여 치료를 받았으나 외상은 아물었으나 당뇨가 시작되면서 피부에 물집이

걷잡을 수 없을 정도로 번져서 결국 무릎까지 잘랐으며, 또 다른 발이 곪아터져서 발가락을 잘랐다고 한다.

P중사는 당뇨가 심해지면 신장이 망가져 지금은 일주일에 3회 혈액 인공투석을 하고 있다. 다리를 절단하여 휠체어를 타고 다니면서 인공투석을 하는 환자 중에서도 중환자임이 틀림없다. 그러나 그는 인상 한번 찡그리지 않는다. 하체에 비해서 얼굴은 온화한 얼굴로 늘 말이 없지만 가끔 혼자서 노래를 읊조린다.

"바람 부는 세상이라 흔들거려도 꽃 피고 새 울듯이 바람부는 인생이라 슬프긴해도 ♫ 흘러흘러흘러가지만 산다는건 즐거운 여행…"

프랑스 외인부대 경력이 있는 특수부대 출신의 S병장은 아침에 일어났을 때 몸이 뻣뻣해지다가 오후가 되면서 조금씩 나아진다고 한다. 그는 사범대학 체육교육과에서 체육심리를 연구한 후 입대하여 전투에 체육심리를 적용하기 위하여 특수부대에 차출이 되었다.

프랑스 서부 낭트에 위치한 세계 최강 국제전투단인 프랑스 외인부대에 파견되어 훈련을 받았다고 한다. 프랑스 외인부대는 국적, 인종, 종교를 초월하고 기계화 보병, 공수보병, 경보병 등으로 조직되어 있으며 프랑스 특수전사령부 소속으로 특공, 정찰, 흑색 작전 등의 특수전 임무를 수행하는 특수부대인 코만도도 존재한다.

S병장은 미국 모하비사막의 대규모 야외 훈련장인 포트어윈 국립 훈련센터(NTC)에 파견되어 후방 침투, 적 핵심 기지 타격 훈련을 받았다고 한다. 결국 그가 앓고 있는 강직성 척추염은 배고프고 목마르고 춥고 더운 극한 상황에서 견디는 훈련에서 발생한 병이어서 46개월 만에 제대 후 발병하였으나 국가에서 관리하고 있다.

P중사는 누룽지를 삶아서 먹고, 외인부대 출신 S병장은 국수를 하루 한 끼씩 먹는다. P중사의 부인이 직접 간병하고 있으나 일 년 내내 병원 생활하면서도 부부는 짜증스런 표정을 짓지 않는다.

"월남에서 매달 꼬박꼬박 보낸 월급을 시숙이 다 써버렸어요. 하지만 어쩌겠어요. 허허허"

지구 중력보다 무거운 삶의 무게를 왜소한 체구에 짊어진 부인은 휠체어를 밀고 인공투석실로 사라져 갔다.

준儁은 쓸개 수술을 받기 전날 입원했다. 외과 L과장이 숙제를 주었다. 숨쉬기 훈련이었다. 세 개의 수직관에 구슬이 한 개씩 들어 있는 기구를 입에 대고 들숨으로 구슬 세 개를 위로 올리는 것이었다.

첫째 관에는 700CC/SEC, 둘째 관에는 1300, 셋째 관에는 1900이 적혀 있었다.

처음 보았을 때 어린아이들 장난감 같아서 쉽게 생각했는데, 배를 안으로 당기면서 입을 크게 벌려서 공기를 몸 밖으로 뱉어낸 뒤 곧장 들숨을 쉬었다. 둘째 관까지 구슬이 잠깐 올라갔다가 금방 떨어졌으나, 셋째 관 안의 구슬은 꼼짝도 하지 않았다.

세 개의 구슬이 모두 올라가는 것보다 중요한 것은, 위로 올라간 두 개의 구슬이 늦게 떨어질수록 성적이 좋다고 한다.

들숨을 훈련하는 까닭은 복강경 수술 때 전신마취를 하는데, 마취 기간 동안 기계가 사람 대신 호흡을 할 때 폐에 공간이 생기면 염증이 생길 수 있어서, 들숨 훈련으로 폐의 구석구석까지 숨이 들어가서 빈공간이 없도록 하는데 훈련의 목적이 있다고 한다.

그날 저녁때부터 잠잘 때까지 계속 불었더니, 공 세 개가 위로 올라갔다. 학습의 효과가 있었다. 방안의 전우들의 응원도 무시못하였다. 프랑스 외인부대 출신 S병장은 앞에 서서 오케스트라 지휘자처럼 온몸을 흔들었고, P중사는 공 세 개가 올라가면 휠체를 타고 빙글빙글 돌았다. 간호사들도 와서 응원했다.

특수훈련이 효과 있어서 숨쉬기가 훨씬 편해져서 잠을 푹 잤다.

이튿날 보무도 당당하게 수술실로 향했다. 침대 수레를 탔으니 밀고 가는 뚱뚱이 간호보조원의 발걸음이 당당했을 것이다.

'드르륵'

엘리베이터가 2층 수술실 앞에 도착하였다. A, B, C… F수술실로 들어갔다. 수술대로 옮겨지자 천장에는 여러 개의 전구가 달려있었다.

마취가 시작되면, 5내지 15분 정도면 신경이 차단이 되고, 10내지 20분 안에 의식 및 감각이 소실될 것이다. 마취제는 환자의 신장과 체중에 따라서 다르다.

3시간 후 병실로 돌아왔으니, 준비 및 대기 1시간, 수술 1시간, 마취 회복실에서 1시간 정도 걸렸을 것이다.

전신마취를 했어도 척추수술 때 비하면 시간이 짧아서 회복 후에도 고통스럽지 않았다. 그러나 수술이 끝난 후에도 L과장은 환자를 그냥 쉬게 하지 않았다. 점심시간에 식당에 가는 길에 병실에 들러서 환자와 함께 복도를 걷는 훈련을 시켰다. 복도를 걸으면서 숨을 크게 들여 마시기를 세 번 반복한 후 기침을 크게 하는 훈련이다.

걷기-숨쉬기-기침하기, 훈련은 그것으로 끝이 아니었다. 점심 식사를 마친 L과장은 외래 진찰실로 가는 길에 또 병실에 와서 환자와 걷기를 하였다. L과장은 퇴근하면서 또 병실에 들러서 환자와 걷기를 한 후 퇴근하였다. 그런데 그것으로 끝나지 않았다. 다음 날 아침 병실 회진 때 동행 걷기를 하였다. 그날 점심시간에는 상처 부위의 드레싱을 L과장이 직접 해주었다.

훈련의 목적은 수술 동안 마취되었던 내장을 깨우는 운동이라고 하였다. 특히 수술 후유증으로 어깨가 아플 수 있는데, 그것은 복강경 시술 때 뱃속에 탄산가스를 주입하여 마치 밀짚 대롱으로 개구리 뱃속에 바람을 넣은 것처럼 뱃속이 볼록하게 공간이 넓어져서 시술을 할 수 있다고 한다. 이때 횡경막이 팽창하였다가 수술 후 제자리로 돌아가는데 시간이 걸리며 횡경막의 통증을 뇌가 의식하기는 어깨가 아픈 것으로 지각한다고 한다.

훈련을 계속할수록 점차 숨쉬기가 편해지고 소변과 방귀가 붕붕 터져 나왔다. 전신마취 수술 후 1주일 만에 해우解憂(응가)할 수 있었다. 큰 수술이든 작은 수술이든 마취는 역시 변비를 동반하는 것이다. 그러나 어깨의 통증은 계속되고 있다.

3박 4일 만에 퇴원하였다. 다음 주 월요일에 외과 외래에 갔더니 상처 드레싱을 해주었다. 직접 드레싱을 하는 이유를 물었더니, 상처의 상태를 직접 관찰하기 위해서란다. 대학병원에서는 드레싱만 전문으로 하는 간호사가 이 병원 저 병실로 찾아다니며 회진한다.

절제한 담낭의 조직검사 결과가 나오지 않아서 목요일에 다시 외래에 오라고 하였다.

L과장은 끝까지 치밀했다. 〈수술 후 유의 사항 안내〉 유인물을 직접 자필로 또박또박 적어주면서, 처음부터 끝까지 자세히 설명 하였다.

수술명 ; 복강경하 담낭 절제술

제거된 조직(기관) ; 담낭

조직 검사 결과 ; ① 만성 담낭염 ② 콜레스테롤 용종

식사 시 유의점 ; ① 가릴 음식 (-) ② 1달간 과식, 과음 금지

몸 씻기 시기 ; ① 샤워 ; 오늘 저녁부터 ② 사우나/탕목욕 7월부터

배변 및 기타 증상 ; ① 무른 변 ② 잦은 변 (2~3개월 후 정상)

회복 기간 운동 ; 심한 운동, 무거운 짐, 힘쓰는 일은 7월부터
다음 외래 진료 ; 7월 4일. 당일 아침 금식 - 채혈
약 복용 ; 퇴원약 15일치

⁂ 복약안내

비오폴 : 장내 세균총을 정상화하여 장 건강 및 정상적인 장 기능을 유지합니다. 1일 3회 매 식후 30분.

우루사정 : 담즙을 생성하고 분비를 원활하게 하는 약입니다. 1일 3회 매 식후 30분.

파자임 : 소화효소제 및 가스제거제의 복합제로서 소화불량, 과식, 체함, 가스제거 등에 사용됩니다. 1일 3회.

"혹, 선생님 쓸개를 떼는 수술을 받았습니까?"

수술 후 어깨 통증, 호흡하기, 장기운동 등 임상 관찰로 알 수 없는 환자의 사정을 너무 잘 알고 있어서 직접 수술을 받은 경험이 있는지 물었다.

"다른 부위는 받았어도 담낭 절제술은 안 받았다."고 하였다.

환자가 담당 의사를 신뢰하는 것은 어떤 시술이나 약보다도 치유에 효과적이라고 한다.

L과장은 철두철미하지만 대화는 언제 어디서나 열려 있었다.

진료실에서 진료할 때, 병실 복도에서 함께 걸으며 나누는 일상적인 대화까지도 진솔하고 다정다감하였다.

일반적으로 실력이 부족한 의사는 소통이 일방적이지만, L과장은 쌍방향으로 소통하였다.

외과 외래에서 첫 만남, 제자들과 격의 없이 소통하였던 퇴계 선생 후손일지 모른다는 생각이 들었다.

퇴계 선생은 제자들과 소통한 언행록을 비롯하여, 27세 연하의 고봉 기대승과 삶의 사소한 문제부터 가장 첨예한 '4단 7정의 철학적 논쟁(4·7논변)'까지 경상도와 전라도에서 편지로써 소통하였었다.

"이 씨이신데, 관향은 어떻게 되느냐?"고 물었더니,

광주廣州 이 씨인데, 호적에 경주 이 씨로 오기된 것을 본인이 직접 찾아가서 수정했다고 한다. 나는 L과장이 백석白石의 詩 〈고향〉의 의원醫員 같다는 생각이 들었다.

> 나는 북관北關에 혼자 앓아누어서
> 어늬 아츰 醫員을 뵈이었다.
> 醫員은 여래如來 같은 상을 하고 관공關公의 수염을 드리워서
> 먼 넷적 어느 나라 신선 같은데
> 새끼손톱 길게 돋은 손을 내어
> 묵묵하니 한참 맥을 짚더니
> 문득 물어 고향故鄕이 어데냐 한다.

평안도平安道 정주定州라는 곳이라 한즉

그러면 아무개氏 故鄕이란다.

그러면 아무개씨氏를 아느냐 한즉

醫員은 빙긋이 웃음을 띠고

막역지간莫逆之間이라며 수염을 쓸는다.

나는 아버지로 섬기는 이라 한즉

醫員은 또다시 넌즈시 웃고

말없이 팔을 잡아 맥을 보는데

손길은 따스하고 부드러워

故鄕도 아버지도 아버지의 친구도 다 있었다.

L과장의 부모님은 파독 간호사, 파독 광부이며, 자신도 의과대학 졸업 후 독일에서 연수를 받았다고 한다. 이러한 사실은 상호 간의 소통으로 가능한 것이다.

'파독 간호사, 파독 광부라면, 파월 장병들과 같은 세대가 아닌가, 급여를 매월 본국에 송금했으나 동생들 학비, 가족의 생계비로 쓰였고 정작 본인들도 불만 없이 당연한 것으로 여겼었다.

후손들에게서 좋은 결실을 얻었으니, 아름다운 청춘, 헛되지 않았구려…'

환자와 의사의 상호 소통은 환자는 의사를 신뢰하고, 의사는 환자에게 정신적 치유를 제공하게 된다.

L과장, 역시 지독한 독일식 외과의사이다.

'쓸개가 빠져도 독일식 의사한테 수술받았으니, 독일식 쓸개 빠진 놈이외다.'

6. 응우옌(Nguyen) 형에게

과일장수(월남전 기록화 中) 오용길의 진중화陣中畵

신차오(Xin chào)! 응우옌(Nguyen) 형,

우리가 헤어진 지 반세기가 지났군요. 형은 나보다 5, 6세 많으니 팔십 대 중반의 할아버지가 되셨네요. 그러나 내가 기억하는 형은 젊고 잘생긴 베트남군 대위 응우옌(Nguyen)으로 남아있습니다.

응우옌(Nguyen) 형, 형이 베트남군에서 주월한국군사령부에 파견 근무하던 민심처(Psychological Operations Unit)와 내가 속한 원호근무대가 골목길 하나 사이에 둔 이웃 건물이어서 우리는 오가는 길에서 가끔 만났었지요.

어느 날, 우리 원호 참모 K중령이 형의 오토바이를 운전하려다가 오토바이와 함께 넘어지자, 형이 곧장 달려가 K중령을 일으켜 세우며 보호했는데, 정작 우리는 곁에 서서 아무도 나서지 않았으며, 오히려 오토바이가 망가질까 걱정했지요,

우리는 상대국 언어를 몰라도 서로 소통할 수 있었던 것은, 생각과 행동에서 자유와 비전을 추구하는 같은 세대의 청년이기 때문이었지요. 내가 미래에 대한 희망을 물었을 때, 형은 서슴지 않고 "행복하게 살고 싶다."고 말했지요.

나는 너무 당연하다고 생각했는지, 베트남의 암울한 정세를 예견한 형의 입장을 이해하지 못했지요.

그 후 남베트남 정권의 몰락을 지켜보면서 나는 우울한 나날을 보내야 했습니다. 천성으로 선하고 긍정적인 정신력으로 어디에 있든지 건강하고 평안한 삶을 살고 있을 것으로 믿습니다.

베트남과 대한민국은 중국 대륙을 중심으로 동서에 위치하고 있어서 수천 년 동안 중국의 영향을 받아 온 한문화권의 국가로서, 대한민국은 사계절이 뚜렷한 작은 반도半島에 비해, 베트남은 열대 계절풍 지역으로 바다와 육지의 산물이 풍부하고 부지런하며, 중국이나 몽고의 침입에도 당당히 맞섰던 강인한 민족이지요.

1945년 2차 대전 종결 후 베트남과 대한민국은 일제에서 광복했으나 다시 남북이 분단되었으며, 베트남은 1946년 말부터 8년 간 제1차 인도차이나 전쟁을 겪었으며, 대한민국은 1945년 8월 15일 일제에서 독립했으나 1950년 6월 25일부터 1953년 7월 27일까지 한국전쟁을 겪었으니, 독립과 분단, 남북전쟁이 베트남과 대한민국이 냉전 시대의 화약고로서 동병상린의 아픔을 겪었지요.

1964년 8월에 발생한 조작된 통킹만 사건을 계기로 미국은 베트남전쟁을 벌였으며, 미국의 요청으로 대한민국은 1964년 8월 제1이동외과병원(130명)과 태권도 교관단(10명) 파월, 주월 한국군사원조단(비둘기부대)이 베트남 건설을 지원했으나, 미국이 대한민국에 주둔해 있던 미군 제2보병사단과 제7보병사단을 베트남에 파병하려고 협박하자, 맹호, 백마, 청룡 등의 전투부대를 참전시켰지요.

1968년 1월 월맹군과 베트콩이 월남 전역에서 일제 봉기와 구정 대공세를 계기로 미국 내에서는 베트남 반전운동이 고조되면서, 1973년 1월 파리 평화협정으로 미국은 철수하였으나 도로·항만·철도·발전소 등의 기간산업이 거의 파괴되었지요.

1975년 4월 30일 오전 11시 30분, 남베트남 독립궁(현 통일궁)에 북베트남기가 게양되고 남북이 통일된 베트남 공화국의 역사가 시작되었으나, 1978년부터 1989년까지 이어진 제3차 인도차이나 전쟁으로 베트남은 캄보디아에 괴뢰정권을 수립하고 군사적 우위를 누렸지만 막대한 군비 지출과 국제적 고립으로 인해 극심한 경제난을 겪게 되었지요.

베트남에서 철수한 대한민국 참전용사들은 1973년부터 새마을운동에 앞장서서 농촌사회를 개선하고 중화학공업을 발전시켰으며, 중동 산유국 개발에 진출하여 막대한 외화를 획득하고, 1988년 서울 올림픽을 개최하면서 타이완, 홍콩, 싱가포르와 함께 대한민국은 '아시아의 네 마리 용'으로 불리게 되었지요.

존경하는 응우옌(Nguyen) 형,

베트남 통일은 민주주의의 패망이며, 응우옌 형과 같은 남베트남 백성의 수난을 의미하기도 하지요.

미국의 베트남 철수작전은 4월 19일부터 공식적으로 시작되었는데 C-130, C-141 등 대형 수송기들이 탄손누트(Tan Son Nhut) 공항에서 임시 캠프인 괌으로 수송되었지요. 공산화로 생명의 위협을 받게 될 남베트남인들은 미국 기관의 고용인, 미국인이 추천하는 인원이었는데, 혹 응우옌(Nguyen) 형도 철수할 수 있었는지요

미국의 철수 인원에 포함되지 못하는 남베트남인들 중에는 거룻배를 이용하여 미군 함정에 올랐지요.

4월 30일, 남베트남 대통령 두옹 반 민(Duong Van Minh)은

"남베트남 사람들은 내 민족이다. 나는 떠날 수 없다."

철수를 거절하면서, 라디오에서 마지막 방송을 하였지요.

"본인은 동포들을 대표해, 우리 베트남인들의 화해에 대한 깊은 신념으로, 불필요한 유혈을 막기 위해 민족의 화합을 제의한다.

베트남공화국 전사들은 무기를 버리고 침착하게 현 위치에서 대기하라. 나는 또 혁명군 전사들에게 사격을 멈출 것을 호소한다.

우리는 질서 있게 정권을 이양하기 위해 이곳에서 임시 혁명정부를 기다릴 것이다."

그는 침몰하는 함선의 선장처럼 8년간 베트남에 억류되었다가, 캘리포니아에서 회고록도 남기지 않은 채 생을 마감했었지요.

마틴 미 대사는 4월 30일 새벽, 마지막 헬기로 부인과 같이 철수하였으며, 미국인 6,763명, 남베트남인과 제3국인을 포함하여 45,125명, 거룻배 어선을 이용하여 미 함정에 탑승한 6,000여 명, 민간 항공기를 이용하거나 비밀리에 수송된 인원도 4,000명 가까이 되어 패망 직전까지 남베트남을 탈출한 남베트남 사람들은 65,000여 명으로 추산되었으나, 주베트남 한국대사 이대용李大鎔은 이후 5년 동안 북베트남 치하에서 온갖 고초를 겪으며 억류생활을 해야 했습니다.

비엣꽁(Việt Cộng)은 1974년 남베트남 공화국을 수립하고 적대관계에 있던 소위 반동분자 색출에 나서면서 남베트남 국민은 가까운 동남아 국가로 배를 타고 탈출하였으며, 그곳에서 일본, 호주, 뉴질랜드, 미국 등 제3국으로 도피하기도 했지요.

베트남에서 남중국해를 거쳐서 긴 항해 끝에 부산에 도착한 난민들은 1977년 9월 15일 부산시 재송동에 마련된 베트남 난민보호소가 입소하여 1989년 8월 16일까지 13년 동안 36차례에 걸쳐 1,382명(출생자 66명 포함)이 머물렀지요. 13년간 매년 평균 106명이 넘는 베트남 난민이 부산에서 임시보호를 받았으며, 1977년 9월 23일을 시작으로 1993년 5월 17일까지 17년간 1,380명의 베트남 난민이 140차례에 걸쳐 철새처럼 머물다가 부산을 떠났습니다.

투옌년비엣남(Thuyền nhân Việt Nam), 즉 베트남 선인船人이란 뜻의 보트피플은 해로海路로 베트남을 탈출하던 난민들을 가리키는데, 베트남 역사상 왕조가 바뀔 때마다 베트남을 떠나는 보트피플이 있었지요.

베트남 제1왕조 리왕조의 마지막 왕자가 가족을 데리고 항해 끝에 고려의 옹진 땅에 닻을 내리고 화산 이씨 성을 부여받아서 지금까지 그 후손들이 대를 이어오고 있습니다.

보트피플을 지켜보면서, 나를 비롯한 우리 파월 장병들은 한 민족의 통일전쟁에 타민족이 방해꾼 역할을 하였으며, 무고하고 선한 백성들에게 삶의 터전마저 잃게 했다는 죄책감을 느꼈습니다.

어떤 목적에서 일으킨 전쟁이라도 언제나 불의이며, 더욱이 전쟁을 빌미로 양민에게 피해를 주는 것은 저주받을 행위이지요.

분명한 것은 결코 전쟁으로써 전쟁을 막을 수 없고, 피로써 피를 씻을 수 없으며, 증오로써 증오를 잠재울 수 없습니다.

존경하는 응우옌(Nguyen) 형,

때늦은 감이 있으나, 베트남 통일전쟁에 끼어들었던 파월 한국군 군인의 한 사람으로서 베트남 국민들께 진심으로 사죄합니다.

스페인 내전에서 불나비처럼 모여들었던 국제여단이나 의용군이라는 명목으로 하인켈 전폭기로 게르니카를 폭격하여 수백 명의 민간인을 학살한 나치 독일을 빗대어 냉전이란 세계사의 흐름 속에서 어쩔 수 없었다고 변명하지 않겠습니다.

퐁니·퐁넛 마을의 비극과 같은 비인도적 민간인 학살 사건을 일개 군인의 일탈행위였다거나 비엣콩(남베트남 민족 해방 전선)과 민간인을 분별하기 어려운 상황이었다고 변명하지 않겠습니다.

'백 명의 비엣꽁을 놓치는 한이 있더라도, 한 명의 양민을 보호해야 하니까요.'

'Quân đội Hàn Quốc bảo vệ một dân thường ngay cả khi họ bỏ sót một trăm Việt Cộng.'

존경하는 응우옌(Nguyen) 형,

베트남은 전쟁을 일삼는 지구상의 여타 공산당과 달랐습니다. 1986년에 베트남 공산당 제6차 전당대회에서 공산주의 기반의 혼합경제의 목표를 달성하기 위해 도이머이(Đổi mới) 정책이 시작되었지요. 1993년 4월 정치국 제10호 결의로 각 농가가 농업 형성의 기본 단위인 것을 인정하면서 베트남 공산당은 사실상 공산주의로부터의 이탈을 결정하였지요. 가격 안정, 분업형 산업구조, 생산성의 향상 등 금융면에서 새로운 전환이 목표입니다.

우리 베트남 참전 용사들은 베트남의 민주화를 바랐으나, 베트남은 무엇보다 통일을 원했으며, 민족의 통일은 이념에 앞선다는 것을 깨달았습니다.

'과거를 딛고 미래로 가자!' 변화된 세계질서 안으로 진입해야 하는 절박함은 치열했던 베트남 통일전쟁은 과거사의 물결 속으로 흘려보내야 합니다.

"지벗비엔 응번비엔(以不變 應萬變)"

호치민 주석이 중국과 미국을 상대로 싸우기 위해 과거 점령국이었던 프랑스와 협정을 맺으면서 했던 말이지요. 즉 변하지 않는 것으로 모든 변화하는 것에 대응한다는 뜻이지요.

존경하는 응우옌(Nguyen) 형,

우리의 시대는 지나갔습니다. 이제 우리의 아들, 손자들이 무대에 등장하고 있습니다. 1992년 한·베트남 국교수립 이래 양국 간 교역규모는 40배 이상 성장하였으며, 베트남은 2015년 기준 우리나라의 4번째 수출 시장이 되었습니다.

베트남 정부는 '2030 국가 마스터플랜'과 '2045 마스터플랜 비전', 2045년까지 1인당 국민소득 4만 달러를 달성해 고소득 선진국가로 도약한다는 계획입니다. 이를 위해 외국계 기업의 투자 기회를 넓히고 교통, 에너지, 정보통신기술(ICT), 농촌·기반시설에 투자한다는 계획을 세웠습니다.

베트남 국민의 근면성과 뛰어난 재주, 미래를 위해 과거를 논하지 않는 국민성으로 장차 인도차이나 반도에서 가장 부유한 국가로 발전할 가능성이 있지요. 베트남 정부가 기업 활성화, 고용 창출, 투자 유치에 적극적으로 나서고 있어, 베트남의 경제성장률은 아세안 국가 가운데 최고 수준으로, 2022년 베트남 연간 경제성장률은 8.5~9% 수준으로 추산됩니다.

삼성전자는 약 2억 2,000만 달러를 투자한 하노이 R&D 센터를 출범시켰습니다. 베트남 북부 타이응우옌 공장은 휴대폰을 생산하고 있으며, 베트남 남부 호치민시에 위치한 삼성전자 가전공장은 약 49억 달러의 매출을 기록했습니다. 삼성은 지금까지 베트남에 180억 달러를 투자했으며 향후 200억 달러까지 투자할 계획이랍니다.

대한민국의 대형건설사들은 국내에서 부동산 개발사업의 경험을 바탕으로 베트남 부동산 개발사업에 적극 추진하고 있으며, 석유화학 플랜트나 철도·도로 등 인프라 사업 수주에 나서고 있습니다.

현재 베트남 토지법은 외국인이 주거용 토지를 소유할 수 없도록 하는 규제를 완화하는 방향으로 개정이 추진될 것입니다.

대우건설은 베트남 북부 하노이에 서울의 '강남' 같은 계획도시를 건설한다는 목표로 스타레이크시티 복합개발사업을 추진하고 있으며, GS건설의 '나베 신도시' 사업은 '나베 신도시'는 호찌민에서 5㎞ 떨어진 나베현에 스마트시티를 건설하는 사업입니다.

롯데건설은 호찌민 투티엠 지구 5만 ㎡ 부지에 지하 5층~지상 60층의 상업시설과 호텔, 아파트 등으로 구성된 대형 복합단지를 개발하는 '투티엠 에코스마트시티' 착공식을 열었지요.

선하고 긍정적인 응우옌(Nguyen) 형,

남베트남 정권의 몰락을 지켜보면서, 나는 우울한 나날을 보내야 했습니다만, 베트남 통일전쟁의 소용돌이가 안정을 되찾아가고 있어서 기쁘게 한량없습니다.

베트남 사회주의 공화국은 일억 명 국민의 60%가 서른 살 이하의 젊은이들로서 지구상의 어느 나라보다도 역동적이지요.

베트남의 2021년 수출액은 전년대비 19% 증가하였으며, 수입액은 26.5% 증가하였으니, 베트남의 컨테이너 선박이 전 세계의 바다를 누비고 있는 현실이지요.

베트남 석유 매장량은 44억 배럴로 세계 석유 매장량의 0.3% 비중이며, 천연가스는 6천억㎥로 세계 천연가스 매장량의 0.3% 비중을 차지하는데, 호치민시에서 200㎞ 떨어진 해안도시 붕타우 앞바다의 베트남 15-1광구는 축구장 크기와 맞먹는 4층짜리 플랫폼에서는 매일 9만 3천 배럴의 원유가 솟아오르고 있습니다.

박항서 감독은 2017년부터 베트남 축구 국가대표팀을 맡아 동남아시안게임 우승, AFC U-23 준우승을 거두었으며, 한국의 젊은이들은 응우옌 쫑 호앙, 응우옌 반 또안, 도 주이 마잉, 꿰 응옥 하이 등의 선수들을 응원하고 있지요.

2018 아시안게임 D조 최종전에서 일본까지 이겨 전승으로 조 1위를 차지하고 결승전에서 승부차기 끝에 아쉽게 패했으나, 머지않

아 월드컵 마당에서 베트남의 금성홍기(旗𧹻𣋀黃, Cờ đỏ sao vàng)가 휘날리고, '사이공 뎁람' 찬가가 전 세계 지구상으로 울려 퍼질 것입니다.

베트남의 역사상 첫 왕조인 리 왕조는 9대, 216년 만에 몰락하였으나, 리 태조의 7대 왕자인 이용상은 남송과 타이완을 거쳐 지금의 황해도 옹진에 상륙한 베트남 최초의 보트피플(boat people)이었으며, 베트남 민족이 푸르고 기름진 홍하의 들판을 떠나 먼 곳으로 이동하여 정착(diaspora)하는 역사가 시작되었지요.

이용상의 둘째 아들 '이일청'이 안동부사로 부임하면서 후손들이 안동과 봉화, 밀양 등 전국에서 화산 이 씨는 230가구 1,775명이 살고 있으며, 임진왜란에서 전사한 '이장발'은 베트남 왕자 '이용상'의 13대손입니다.

봉화군 봉성면 창평리는 신선들이 산다는 청하동천이지요. 지금 이곳 청하동천에 베트남문화원, 리왕조 역사공원, 리왕조 기념도로, 베트남 테마거리가 들어설 계획이랍니다.

1992년 한국과 수교를 하면서, 1995년 베트남 공산당 지도부는 767년 전에 멸족된 것으로 알고 있었던 화산 이 씨 종친회 인사들을 초청하였으며, 리왕조의 도읍지였던 탕롱의 주민들은 옛 궁궐터에 종묘를 짓고, 리왕조 출범일인 3월 15일에는 매년 제례를 지내고 있다고 합니다.

이용상 왕자가 고국을 떠난 지 769년 만이라고 합니다.

베트남에는 '리왕조가 돌아오는 날, 베트남이 번영한다'는 전설이 있어. 전쟁의 고통 속에서도 베트남 민족은 희망의 끈을 놓지 않았다고 합니다.

존경하는 응우옌(Nguyen) 형,

북베트남 홍강 삼각주 유역에서 유행했던 전통 수상 인형극(Múa rối nước)은 농민들이 수확의 기쁨을 나누기 위해 연못이나 호수에서 공연하는 '로이 누억' 이라는 인형극입니다.

우리 한국의 판소리계 소설 《홍보가》는 어느 봄날 홍부는 제비가 구렁이에게 공격당하는 것을 본 홍부가 구렁이를 쫓아내는 과정에서 새끼 제비 한 마리가 둥지에서 떨어져 다리가 부러지자, 홍부는 그 제비의 다리를 치료해주었지요.

이듬해 봄, 강남(베트남) 갔던 제비가 돌아와 박씨를 떨어뜨리자 홍부가 그 박씨를 심었는데, 그 박씨가 자라서 박 속에서 온갖 금은보화가 나와서 홍부네는 큰 부자가 되었다는 이야기입니다.

사랑할 나이에 전쟁을 했던 끼엔과 프엉의 이야기를 그린 《전쟁의 슬픔》 작가 바오 닌이 말했지요.

"아무리 좋은 전쟁도 가장 나쁜 평화보다 나을 수 없다."

전쟁은 불행이며, 평화는 곧 행복이라는 뜻이지요.

응우옌(Nguyen) 형,

형이 염원하던 '행복'은 무엇인가요?

베트남에 제비가 '평화의 박씨'를 물어왔으니, 손자들 손을 잡고 석양이 아름다운 홍강 강변을 거닐다가, '로이 누억(rối nước)'을 관람하며 평화를 즐기는 것도 소박하지만 행복이 아닐까요.

7. 사이공의 추억

베트남 다문화가정이 늘어나면서 베트남 신부와 가족 간의 갈등 문제도 현실화되고 있다.

EBS에서 방영되는 《다문화 고부열전》은 외국인 며느리와 시어머니 사이의 언어, 국적, 문화적 차이에서 생기는 고부갈등을 소재로 하는 프로그램이다. 특히 며느리의 친정에 가는 장면에서 베트남의 시골 풍경을 볼 수 있어서 좋았다.

《다문화 고부열전》의 〈빤질이 며느리와 속 타는 시어머니〉는 사이공시 남쪽 약 360km 정도 떨어진 까마우시(Thành phố Cà Mau) 교외의 농촌에서 안동으로 시집온 빤질이 며느리 '쩐 녹디엔'을 보면서, 파월 당시 사이공에서 만났던 한 베트남 여성을 떠올리게 되었다.

타이피스트 안(Anh)은 인형처럼 예쁘고 성격이 활달하다. 마치

뺀질이 며느리 '쩐 녹디엔'이 안(Anh)으로 착각할 정도로 둘은 너무나 닮았다.

안(Anh)은 준雋의 책상 왼편의 타자기 앞에 앉아 뜨개질로 시간을 보냈었다. 준雋의 업무를 도와주는 역할이지만, 베트남 노동청에 제출하는 연예인 Embassy 카드 작성을 비롯하여 웬만한 것은 준雋이 직접 타이핑하기 때문에 그녀가 할 일은 별로 없었다.

안(Anh)은 뺀질이 며느리처럼 싹싹하고 친절하지만 서툰 한국어 발음 때문에 준雋을 당황하게 하였다. 특히 준雋이 사무실 밖에 있을 때, 이웃 사무실까지 들리도록 큰소리로 외쳤다.

'박 병장, 존나왔어요. 존나왔다니까요…'

그럴 때마다, 발음을 또박또박 따라하게 하였다.

"전화왔어요. 따라 해봐요."

"존나왔어요."

"아니, 그게 아니고 전화왔어요."

"젖 나 왔어요."

"어휴, 그게 아니라 전화왔어요."

"몰라, 몰라…"

그때 마침, 안(Anh)의 친구 비(Vy)가 사무실 안으로 들어왔다.

비(Vy)는 의무실에 근무하는 간호사인데, 피부색이나 얼굴형이 한국 여성과 비슷하여 호감이 갔으나, 오가는 길에서 몇 번 서로 마주쳤을 뿐이었다.

비(Vy)는 조국 베트남에 대한 자존감이 높았다. 그녀는 한국군 군속의 입장인데도 한국군은 미군의 용병으로 베트남과는 적대적이고, 베트남의 서구 문화에 비해 한국문화는 고리타분하고 조잡할 뿐이라며, 마치 인도차이나 반도의 캄보디아나 라오스 정도로 얕잡아 보았다.

1885년, 프랑스는 베트남, 캄보디아, 라오스를 포함하는 인도차이나 반도에 프랑스령 코친차이나(인도차이나 반도)를 세우면서 베트남은 프랑스의 본격적인 식민 지배를 받게 되었다.

베트남은 프랑스의 침략을 받았지만 외부의 문물을 받아들여서 사이공 거리는 프랑스식 건축물이 즐비한 동양의 진주라고 불릴 정도로 베트남의 자존심을 간직한 도시이었다.

사이공시 청사는 사이공의 많은 프랑스식 건축물 중에서도 파리 시청과 비슷한 전형적인 콜로니얼 양식을 띠고 있으며, 에펠탑을 건설한 귀스타브 에펠이 설계한 아치형의 사이공시 중앙우체국은 창구와 전화 부스가 그대로를 간직하고 있다.

노란색 외관의 중앙우체국 맞은편의 성모마리아 대성당은 파리의 노트르담 대성당을 모델링해 프랑스에서 직접 공수한 붉은 벽돌의 전형적인 로마네스크 양식의 전면에 40m 높이의 종탑 두 개가 솟아 있으며, 성당의 제단을 이탈리아의 보석으로 만든 핑크색의 떤딘성당(핑크성당)은 동화 속의 요정이 사는 집 같았다.

베트남 역사박물관은 정문의 베트남식 사원의 탑과 흰색 무늬로 장식된 프랑스식 중앙 홀은 인도차이나와 프랑스 건축양식이 조화를 이루고 있다.

예술은 민족정신의 표현이다. 사이공의 프랑스식 건축물은 수입품일 뿐 베트남인의 고민과 혼이 담긴 창작물이라 할 수 없다.

하노이 탕롱 황성과 호왕조의 성채, 후에 황성, 호이안의 힌두교 성지(미선유적) 등 유적지, 수상 인형극 '로이 누억'과 아오자이에서 베트남 민족의 역사 문화와 독창적인 혼을 느낄 수 있다.

한국군사령부는 장기 근속한 베트남인 군속들을 선발하여 한국 관광을 보냈었다. 비(Vy)는 한국을 다녀온 후 안(Anh)을 만나러 준雋의 사무실에 왔다.

안(Anh)이 비(Vy)에게 한국에 대한 인상을 물었을 때,

"đại hán thiên đường!, apple many many… wonderful!"

비(Vy)는 환상적 표정을 지으며, "한국은 낙원이야." 감동적으로 말했다. 한국에는 애플이 있어서 낙원이라 생각하는 것 같았다.

비(Vy)는 경주로 가는 고속버스에서 차창에 스치는 사과밭을 보았던 것이다. 베트남에는 야생 바나나가 어디서나 쉽게 구할 수 있지만, 사과는 수입품이어서 바나나보다 값이 몇 배 비싸다.

비(Vy)의 눈에 정녕 사과만 보였을까? 토함산에 올라 석불의 미소를 읽었을까, 십일면 관음보살의 살결이 비치는 아오자이를 보았을까, 불국사에서 범종의 여운을 들었을까…

베트남어는 글자 위에 점을 표시하는 6가지의 성조(Tấn)가 있어서 타자가 불편하였다. 비(Vy)는 타이핑하는 준雋을 신기한 듯 바라보더니,

"한국어는 타이핑하기 참 편리해요."

당시 한글 타자기는 오른쪽에 초성·가운데에 중성·왼쪽에 종성을 배치하여 입력하는 일명 빨랫줄식 '공병우 세벌식 타자기'를 사용하고 있었다.

한자는 글자 수가 많아 익히기가 쉽지 않아서 중국은 문맹률이 높았다. 루쉰은 "漢字不亡, 中國必亡.(한자를 없애지 않으면, 중국이 반드시 망한다.)"며, 한자를 폐기하고 중국 문자의 라틴화를 주장하였다. 오늘날 중국은 한자의 필획을 줄여서 공자도 알아볼 수 없는 간체简体로 변형하였다.

베트남도 우리처럼 한문화권이어서 한자漢字(Hán tự)를 썼다. 사이공(Saigon)의 명칭도 서쪽에서 중국에 조공朝貢을 바친다는 뜻의 서공西貢이다.

프랑스 선교사 알렉상드르(Alexander de Rhodes)가 고안한 베트남어의 로마식 표기 꾸옥응으(Chữ Quốc Ngữ)를 채택하면서 프랑스 식민지 시대부터 공식적으로 한자를 사용하지 않게 되었다.

세종대왕이 한글을 창제할 때, 세종 어제御製 훈민정음에,

"나랏말이 중국에 달라 한자와 서로 통하지 아니하여서…"

중국이 왕조가 바뀔 때마다 문자가 변하고 글자 획이 복잡하였기 때문에 우리의 문자를 창제할 필요가 있다고 보았다.

준雋이 사이공에 처음 왔을 때, 새내기 부대원들과 동물원 구경을 갔었다. 람브레터(Lambretta) 운전사에게 'Zoo'라고 행선지를 말했으나, 그는 알아듣지 못했다. 'elephant'도 통하지 않았다. 결국 팔을 엇걸어서 코끼리 코 모양을 연출하는 해프닝(happening)이 통했다. 손짓 발짓 눈짓은 만국 공통어가 틀림없었다.

사이공 시가지 중심가에 동물원과 식물원, 역사박물관, 홍분묘가 함께 있다. 희귀종의 난과 열대 식물들 속에 코끼리, 코뿔소, 하마, 기린, 악어, 각종 새와 뱀 종류 등 약 140년의 역사를 지닌 세계에서 오래된 동·식물원 중 하나로 알려져 있다.

준雋과 그의 친구들은 열대 사바나의 숲속을 걸었으며 달콤한 바나나와 시원한 야자수를 마시며 휴일을 즐겼다.

미군처럼 급료가 풍족하지도 못하고, C-Ration도 배급받지 못하는 처지에 주로 부대에서 가까운 거리나 화교들이 사는 쪼론(Chợ Lớn) 거리를 배회하며 눈요기療飢(eye shopping)만 하였다.

참전 용사가 휴일을 즐기는 것만도 행운이었다.

베트남 상인들도 한국군은 본체만체하고 호객행위를 하지 않았다.

화교의 거리 쪼론(Cho Lon)의 인도 상인들은 묻지도 않았는데,

"이거 진짜요. 진짜 싸요 싸."

한국군은 진짜, 가짜를 먼저 따질 정도로 베트남 물품은 거의 수입품이거나 짜가가 많았다. 여행용 가방이나 의류 중에 괜찮은 것은 국산(Made in Korea)이었다.

한국군 중에 이재理財에 밝은 친구는 국산 라이터돌을 베트남에 팔고, 베트남에서 구입한 미제 라이터돌을 한국에서 팔았다.

어느 휴일, 비둘기부대가 건설한 사이공 외곽 순환도로를 지프(jeep)를 타고 달렸다. 비포장도로의 뽀얀 먼지가 마치 방역차에서 내뿜는 소독약처럼 초록 들판으로 퍼졌다.

벼가 파랗게 자라고 있는 들판 가운데를 전력 질주하면서 '아름다운 사이공'을 합창하였다.

Sài Gòn đẹp lắm, Sài Gòn ơi ! Sài Gòn ơi!

Lá la la lá la …

준雋과 부대원들은 비(Vy)의 집으로 갔다. 비(Vy)는 탄산녓 공항 근처에 살고 있었다. 비행기가 이착륙 할 때, 비행기에서 내려다 본 탄산녓 공항 근처의 평화로운 전원 풍경은 전쟁과는 거리가 멀었다.

비(Vy)의 집은 고무나무 농장의 아담한 프랑스식 주택이었다. 바나나 울타리를 지나서 집안으로 들어서자, 거실 맞은편 벽에 조상신을 모시는 제단이 있었다. 베트남 사람들은 조상들이 돌아가셨지만 자손들 옆에서 늘 지켜주는 신령한 존재이면서, 자손들이 도덕적으로 옳지 못한 일을 하면 노하며 꾸짖을 수도 있다고 믿는다.

비(Vy)의 집에는 그녀의 친구들이 먼저 와있었다. 비(Vy)의 친구들은 자전거를 타고 들판을 달렸다. 초록 들판을 달리는 하얀 아오자이의 행렬은 마치 백학이 날아가는 듯하였다.

아오자이는 두루마기를 뜻하는 아오(Ao)라는 명사와 길다(dai)는 형용사의 합성어이며, 속옷으로 입은 바지를 합한 옷이다. 아오자이는 역사와 문화가 녹아 있는 베트남 민족의 자존심이다.

준雋은 귀국을 앞두고 후임자가 정해지면서, 비(Vy)와 준雋은 스쿠터를 함께 타고 거리의 오토바이의 물결 속에 빨려 들어갔다.

한식당 '아리랑 하우스'에서 저녁을 먹고, 네온사인이 찬란한 사이공의 밤거리를 걷다가 부이 비엔(Bui Vien)거리의 'Buffalo'에서 맥주를 마시며 사이공의 25시를 즐겼다.

준雋은 미스코리아 위문단을 인솔하여 다낭에 갔었다. 다낭에서 치누크 헬기(UH-60 블랙호크)를 타고 호이안의 청룡부대를 방문하였다. 당일 귀환이 예정이었으나, 아름다운 호이안 비치의 청룡휴양소에서 하룻밤을 보내고 다음 날 사이공으로 돌아왔다.

돌아오던 중 바다 위에서 미공군 치누크 헬기(UH-60 블랙호크) 조종사가 마치 헬기가 추락하듯이 급강하急降下하여 헬기에 탔던 미스코리아 미녀들이 아우성을 질렀다. 아마 속곳을 갈아입어야 했을 것이다.

준雋이 마지막 다낭 출장에서 돌아왔을 때, 안(Anh)이 울고 있었다. 어젯밤 스탠드바 'Buffalo'에 폭탄이 터져서 아수라장이 되었는데, 애석하게도 그곳에 비(Vy)가 있었다.

'Buffalo'에는 내국인보다 외국 군인들이 많이 가는 스탠드바이다. 준雋이 귀국을 앞두고 마지막으로 비(Vy)와 만나기로 했으나, 일정보다 하루 지체하는 동안 폭탄이 터진 것이다.

준雋은 십여 년 전 캄보디아 앙코르 와트(Angkor Vat) 가는 길에 톤레삽(Tonle Sap) 호수에 갔었다. 톤레삽호는 인도아대륙印度亞大陸과 아시아 대륙의 충돌로 침하된 동남아시아 최대의 호수이다. 몬순 기간에 메콩강이 역류하여 1만 6,000㎢까지 확장되고 유기물과 플랑크톤이 풍부하여 600여 종의 민물고기가 서식한다.

톤레삽호의 수상가옥에 살고 있는 1,500여 명 이상의 베트남인들은 캄보디아 시민으로 인정되지 않으며, 이들 중에는 베트남 통일전쟁 때 들어온 보트피플도 있다고 한다.

작은 보트를 타고 고기를 잡거나 관광객을 상대로 생계를 유지하는데, 선상 학교와 교회, 그리고 정원이 딸린 대저택도 있었다.

준雋은 이곳에서 안(Anh)을 만났다. 그러나 삼십 대의 젊은 안(Anh)은 그녀의 딸이었다. 안(Anh)은 보트피플로 이곳에 정착했다가 몇 년 전 암으로 세상을 떠났다고 한다.

준雋에게는 빛바랜 사진 한 장이 있다.

한 청년이 긴 머리에 아오자이를 입은 베트남 여인들과 야자수를 배경으로 연꽃이 핀 작은 연못 앞에 서있다.

사진 뒷면의 글씨가 흐릿하다.

- Vy와 Anh의 친구들과 사이공 식물원에서 1969 -

그날 이후, 사이공의 시간은 멈춰있다.

8. 신풍迅風

소위 이대락, 1952년 3월 9일 불시착 후 촬영

1

1952년 3월 9일, 3월이라고 하지만 아직도 응달에는 잔설이 남아 있어 오는 봄을 시샘하듯 꽃샘바람을 일으키니 영하의 기온은 아직 춘래불사춘春來不似春이었다.

난롯불도 사그라진 냉랭한 새벽의 장교 숙소에 갑자기 전화벨이 울렸다. 침낭 속에 웅크리고 달콤한 새벽잠을 즐기던 나는 잠이 덜 깬 목소리로 전화를 받았다.

"소위 이대락…."

말이 채 끝나기도 전에 다급한 목소리가 울렸다.

"비행대, 비행 출동하라."

작전사령부의 전화였다. 나의 소속 부대인 수도 사단과 대치하고 있는 평강지역의 적 후방에 밤새 차량과 탱크 소리가 요란하게 들려왔으니 적의 동태를 파악하라는 비행 출격 명령이었다.

나는 비행점검을 마치고 애기 L-19에 올라 시동을 걸자 프로펠러가 돌기 시작했다. 새벽의 고요함을 깨고 요란한 엔진의 굉음을 내뿜으며 적진을 향해 힘차게 날아올랐다.

그날은 유달리 하늘이 맑아서 어음산 너머로 철원평야가 한 눈에 펼쳐지고 눈 녹은 산야들이 겨울잠에서 기지개를 켜고 있었다.

'전쟁의 포화 속에서도 변함없이 봄이 움트는구나.'

감상에 젖어 있을 때가 아니었다. 장난감 같이 작아 보이는 적 전차나 트럭들을 발견하기란 쉬운 일이 아니다. 죽은 듯이 위장한 적들은 비행고도를 낮추면 금방 어디선가 고사포 탄을 쏘아 올리기 때문에 단초라도 긴장하지 않으면 안 된다.

정찰 비행의 어려움은 적을 위협할 무기도 없이 적정을 살피기 위해 비행고도를 낮추어 저공비행하기 때문에 대공포의 표적이 된다.

나의 L-19 정찰기는 철의 삼각지대에 포진해 있는 들쥐 같은 적들에게 솔개 취급을 받는다. 들쥐들은 솔개가 나타나면 숨었다가 가까이 다가가면 이곳저곳에서 발톱으로 할퀸다. 적진 가까이 접근할 때는 나의 눈은 독수리의 눈이 되어야 한다.

적의 이동은 대체로 밤에 이루어진다. 낮에 이동하다가 우리의 정찰비행에 포착되면 곧바로 포격 세례를 받기 때문에 부대 이동, 보급 차량 이동, 진지구축 등이 야간에 이루어진다.

그날, 적의 경계 지역을 넘어서 예상되는 지점에 도달하여 몇 바퀴 선회 비행하는 동안 적의 고사포와 고사기관포가 작열했다. 1,000피트 아래 장난감처럼 작은 트럭과 탱크 수십 대가 도로에 한

줄로 길게 늘어서 있는 것이 포착되었다. 관측장교는 즉시 작전 상황실에 적의 위치와 현재 상황을 보고하고, 포사격을 요청하였다.

사단포는 전방에서 후방으로 군단포는 후방에서 전방으로 포격을 유도한 지 2시간 쯤 지난 뒤, 적진을 향한 아군포가 발사되고 포탄이 적진지에 작열하면서 검은 연기가 하늘로 치솟아 오르고 있었다.

나는 임무를 마치고 기수를 남으로 돌렸다. 그때 뒷좌석에 동승한 관측장교가 미확인 물체를 파악하기 위해 한 번 더 확인 비행을 요청했다. 나는 위험을 무릅쓰고 기수를 돌려서 다시 800~500피트까지 고도를 낮추어 저공비행으로 적진지 바로 위를 날았다. 검은 연기를 뿜고 있는 적의 진지가 시야에 확연하게 드러났다.

정찰기로 인해 진지가 포격을 받은 적들은 저공비행하는 정찰기를 그냥 보낼 수 없었을 것이다. 정찰기는 자신들을 위협할 공격 무기가 없는 것을 알기 때문에 적은 마음 놓고 조준 사격하였다.

그 순간 "꽝꽝" 하는 벼락 치는 듯한 소리와 함께 시커먼 엔진오일이 유리창에 튀면서 검은 연기가 시야를 가려서 사방을 분간할 수가 없었다.

"적탄에 맞았다. 오버."

나는 작전 상황을 지휘부에 즉시 보고했다.

엔진이 멈춘 비행기는 쇠붙이에 불과하다. 쇠붙이는 아무리 작아도 관성이 소멸되는 순간, 지구 중력에 의해 땅으로 떨어질 수밖에 없다.

비행기가 추락하기 전에 조종사는 낙하산으로 탈출해야 한다. 나는 탈출을 시도하는 순간, 덕천에서 중공군에 포위되어 눈 속을 헤매다가 구사일생 했던 때가 뇌리를 스쳤다.

'적진에 떨어지면 죽는다.'

2

나는 전쟁이 터지던 그해 사범학교 졸업반이었다. 우리 학교 럭비팀의 멤버로 활기가 넘친 학교생활을 하고 있었다. 8월이면 사범학교를 졸업하고 9월부터 교단에서 학생들을 가르치는 꿈에 부풀어 있었다.

그날 6월 25일은 일요일이어서 친구들과 어울려 의성 고운사로 피크닉을 갔다. 고운사는 경상북도 의성·안동·영주·봉화의 4개 시·군, 54개의 말사를 관장하고 있는 본산이다. 고운사 가람이 내려다보이는 3층 석탑 언덕에서 대구에서 온 여학생들과 조우했다.

우리는 고즈넉한 고운사의 가람 여기저기서 젊음과 인생, 그리고 미래의 세계에 대해 많은 이야기를 나누었다.

그날 오후, 우리 일행은 기차를 타려고 운산역으로 갔다. 싱그런 녹음 사이로 짝을 이루어 걷는 남녀들의 풋풋한 젊음은 폭풍전야의 평화로움이었다. 운산역 대합실에는 사람들이 웅성거렸다.

"전쟁이 터졌데?"

"뭐라고? 무슨 전쟁이…."

"어디서? 누가? 왜?"

태평양 전쟁이 끝난 지 채 5년이 지나지 않았는데 또 전쟁이 났다는 것이 믿기지 않아서 사람들은 우왕좌왕했다.

그날 새벽 북한군이 삼팔선을 넘어 남쪽으로 쳐들어왔으며, 국군은 적의 탱크 앞에 속수무책으로 계속 밀리고 있었다. 전쟁 소식을 듣고 나서 어쩔줄 모르는 여학생들을 기차에 태워 보내고 우리 일행은 안동행 기차를 기다렸다.

'일어나선 안 될 전쟁, 도대체 무엇을 위한 전쟁이냐?'

기차를 기다리면서, 소박한 내 꿈이 전쟁의 참화에 산산이 부서질 것이라는 생각에 미치자 절망했다.

6월 28일, 서울이 함락되자 한강다리를 폭파하고 후퇴했다는 소식에 머지않아 공산군이 들이닥칠 것을 염려하여 우리 가족은 안동에 남아 있을 수가 없었다. 우리 집은 피난길에 나섰다. 나의 부모님은 와룡으로, 고모네 식구들은 고모부의 고향인 풍호리 큰댁으로 떠나갔다.

나는 부모님과 할머니를 와룡에 모셔놓은 후, 하룻밤을 부모님과 보냈다. 할머니는 밤새 한잠도 주무시지 않고 나를 지켜보시다가 다음 날 아침에 잠에서 깨어나는 나의 손을 잡고 당부하셨다.

"니는 우리 집안의 대를 이을 4대 독자아이가. 우째든동 목숨을 부지해서 돌아오니라. 알았제?"

"할매, 걱정 말게. 내가 누고? 천지개벽이 되도 나는 꼭 살아온다. 할매는 절대로 내 걱정 말게."

아버지는 사랑에서 신문을 보고 계셨다. 나는 어린 시절에 아버지를 모르고 지냈다. 일제 강점기 동안, 중국 상해로 만주 봉천으로 다니시다가 일본이 패망하고 한참 뒤에야 집으로 돌아오셨다.

아버지가 집에 오시던 날, 학교에서 돌아와 보니 어떤 낯선 신사분이 와계셨다. 아버지가 그랬듯이 이번에는 내가 집을 나서야 할 운명이었다. 큰절을 올리고 무릎을 꿇어앉았다.

"인명재천人命在天이요 사즉필생死則必生이니 의연하여라. 급할수록 큰길을 택하고 신독愼獨하여라."

"명심하겠습니다."

나는 미숫가루와 간단한 옷가지를 챙겨서 배낭을 메고 피난길에 올랐다. 내가 약해질까 봐 할머니와 어머니도 눈물을 보이시지 않았지만 동네를 벗어나서 고개를 넘어갈 때까지 동구 밖 정자나무 아래 서계셨다.

안동에서 친구 몇 명을 만나 함께 가기로 했으나 막상 어디로 가야할지 결정하기 어려웠다. 북쪽에서 침공해오니 무조건 남쪽으로 방향을 잡아야 했다.

무주무 고개를 넘으면 안동 시가지가 시야에서 사라진다. 고개를 피해서 캄캄한 터널 속을 더듬어 걸었다. 마치 앞이 안 보이는 앞날과 같았다. 터널을 지나면 무릉이다. 무릉은 황학산에서 발원한 맑은 물이 깎아지른 암벽 아래 소沼를 이루고 강 언덕 복숭아 밭 뒤로 신선이 있음직한 고산서원이 소나무 숲속에 고즈넉한 무릉도원이다.

첫째 날은 강변에서 야영했다. 무릉은 어린 시절부터 우리들의 소풍을 즐기던 아름다운 낙원이었다. 피난길에 찾아든 무릉은 내 마음속의 낙원이 아니었다. 강변에 팔을 베고 누워 하늘을 본다. 안동을 떠나올 때 울먹이던 미령의 얼굴이 떠올랐다.

“몸조심하고…. 꼭 돌아와…”

“7월의 밤은 아주 짧아요, 아가씨. 그저 조금만 참으면 된답니다.”

알퐁스 도데의 ‘별’에서 갑자기 내린 비로 산에서 밤을 보내야만 하는 소녀에게 양치기 소년이 했던 말이 생각났다.

밤하늘에 수놓은 무수한 안개꽃 같은 성단이 은하수 되어 흐르는 강 건너 반짝이는 견우직녀가 안타깝다.

‘어디로 가야 할지, 전쟁이 빨리 끝나야 할 텐데, 전쟁을 피할 수 없으면 결국 나도 참전해야겠지…’

북쪽 하늘 가 북극성이 유난히 반짝이고 유성이 은하수를 가로질러 남으로 흘렀다.

‘양치기는 별똥별을 천국으로 들어가는 영혼이라고 했었지.’

무릉을 떠나 운산, 단촌을 지나서 의성 친구네 집에서 하룻밤을 묵은 뒤 다음 날은 그 친구도 우리와 함께 피난길에 올랐다.

의성역 앞 큰길에 나서니 피난민들의 행렬이 하얗게 깔렸다. 소달구지에 살림살이를 가득 싣고 어린아이들을 이불에 싸서 짐짝 사이에 태운 패, 지게에 쌀부대와 이불을 짊어진 자, 돼지를 몰고 가는 사람, 노인을 가마에 눕혀서 메고 가는 무리…. 피난 행태가 각양각색이었다.

'저들은 어디로 가나? 우리는 어디로 가야 하나?'

우리 일행은 한반도 최후방 부산을 목표로 영천 방향을 택했다. 의성을 출발하여 고개를 넘어 탑리를 지나서 의흥을 향해 걷다가 저녁 무렵 우보역 건너편 강에서 멱을 감고 강둑에서 밤을 보내었다. 피곤한 몸은 금방 잠에 곯아떨어졌다.

우보에서 갑티를 넘어서 신령까지 하룻길이다. 우리는 신령고개를 피해서 기찻길을 택했다. 캄캄한 터널 속을 더듬어 걸었다. 터널을 지나자 좁은 구릉 사이로 난 철길을 한참 걸어서 왼편 언덕 위에 기와집 몇 채가 모여 있는 갑티 마을에 들어갔다.

갑티 마을은 임진왜란 때 왜적을 격퇴한 권응수 장군의 고향이다. 경상좌수사 박홍朴泓의 막하에 있다가 임진왜란이 일어나자 고향에 돌아가 의병을 모집하여 각 고을의 의병장을 규합해 의병대장이 되었다. 문경 당교唐橋에서 적을 대파하고, 산양탑전山陽塔前에서 왜군 100여 명의 목을 베는 등 큰 전과를 올렸다. 좌도병마절도사에 이어서 경상좌도방어사를 겸했다.

장군의 위패를 모셔 놓은 사당이 있는 큰 기와집은 종가라고 하였다. 종가의 샘가에 둘러 앉아 맑은 물에 미숫가루를 타서 마셨다. 종가에서는 감자와 옥수수를 삶아서 김치와 함께 한상 차려서 내어놓았다.

'참으로 인심이 넉넉한 집안이구나.'

갑티 마을을 나와서 저녁 무렵 신령에 닿았다. 신령 초등학교 교실에서 하룻밤을 보내고 다음 날 또 걸었다. 영천에 도착하니 거리마다 각처에서 모여든 피난민들로 인산인해였다.

부산으로 향하던 우리의 여정은 영천에서 끝났다. 영천 서문오거리를 지날 때 헌병이 도로를 차단하고 지나가는 젊은이들을 모두 영천 고등학교 운동장으로 끌어들였다. 안동에서 피란을 함께 떠났던 일행 중 나이가 많거나 몸이 불편한 몇 명을 제외하고 모두가 자원해서 입대했다.

"자넨 4대 독자니까 함부로 나서지 말게."

우리 집 사정을 잘 알고 있는 외사촌 '운하'가 막아섰다.

"고향으로 도로 가면? 인민군에 끌려가도 좋아?"

나의 완강한 태도에 더 이상 말리지 않았다.

전쟁을 피해서 피난길에 올랐다가 아이러니하게도 나는 전쟁 속으로 들어가고 있었다.

집을 떠나올 때 아버님이 하신 말씀이 생각났다.

"인명재천人命在天이요 사즉필생死則必生이니 의연하여라.

급할수록 큰길을 택하라."

내가 나아갈 바를 미리 알고 가르쳐 주시는 것 같다. 군인으로서 내가 전사할 수도 있지만 전시에 군인이 되는 것은 살기 위한 방편일 수도 있다.

'내가 군인이 되었다는 사실을 알게 되면 할머니와 어머님이 얼마나 걱정하실까?'

우리는 대구의 집결지로 보내져서 훈련도 받지 않고 7사단 8연대에 배속됐다. 우리는 총 쏘는 법과 약간의 각개 전투만 훈련한 후,

군번과 총을 지급받았다. 학교에서 목총으로 군사 훈련을 받은 적이 있지만, 실제로 사격을 해본 적은 없었다.

내가 배속된 7사단 8연대는 영천 신령 전투에 참가했다가 포항·감포 전투를 거쳐서 9월에는 북으로 진격하였다. 후퇴하는 적을 파죽지세로 밀어 붙이면서 압록강까지 단숨에 진격해 갈 기세였다.

11월 23일 국군 6사단이 이미 초산에서 압록강으로 다가서고 있을 때, 우리 7사단은 덕천으로 들어갔다. 청천강을 건너면 중국과의 국경인 압록강에 닿을 수 있었다.

이제 북한군을 한만 국경 너머로 밀어붙이면 전쟁이 끝나는 것은 시간 문제였다. 한국군과 미8군은 마지막으로 총공세를 펴면서 압록강을 향해 부대끼리 경쟁하듯이 올라갔다.

그때, 꽹과리 소리가 들려왔다. 덕천 북방의 묘향산 일대에서 중공군 제38군이 한밤중에 꽹과리를 치면서 기습공격해 왔다. 8연대를 비롯한 7사단의 방어선이 무너지면서 사단 전체가 괴멸을 피해 작전상 후퇴했다.

11월 26일 후퇴하던 7사단은 덕천에서 중공군에게 후방의 퇴로가 차단되면서 포위당하고 말았다. 그 전투에서 7사단 병력 대부분이 죽거나 부상당하고 포로가 되었다. 시체와 뒤섞여 하얀 눈 위에 선혈이 낭자한 채 쓰러져 몸부림치며 죽어가는 부상자, 후퇴하는 국군을 향해 그칠 줄 모르고 쏘아대는 총소리, 부상병들의 단말마는 산 메아리를 타고 우리들의 등 뒤로 끝없이 울려 퍼졌다. 한 마디로 아비규환이 따로 없었다.

연대장과 중대장이 포로가 되면서 지휘체계가 무너졌다. 우리는 각자가 제 살길을 찾아서 눈 덮인 산등성이로 골짜기로 여기저기 뿔뿔이 흩어졌다. 나는 앞에 보이는 저 산등성이만 넘으면 포위망을 벗어날 수 있을 것을 기대하면서 산등성이를 향해 언덕을 허겁지겁 사력을 다해 올라갔다. 그러자 산등성이에 매복해 있던 중공군이 기관총을 쏘아댔다. 전우들이 픽픽 쓰러지고 아우성이 골짜기를 울리고 시체가 되어 나뒹굴었다. 나는 눈앞이 캄캄하였다. 머릿속이 하얗게 아무 생각이 없었다. 산등성이를 기어오르자 앞쪽에서 총소리가 콩 볶듯 했다.

나는 뒤도 돌아보지 않고 허겁지겁 달아나면서 총도 한 번 못 쏴보고 도망 다니는 자신이 밉고 한편으로 청춘이 애달팠다. 돌아서서 또 골짜기로 달아나자, 중공군은 등 뒤에 기관 총알을 쉴 새 없이 퍼부었다.

그때부터 들리지도 보이지도 않은 무아지경의 상태에서 숨이 턱에 닿도록 뛰어가는데 갑자기 '픽' 하는 소리와 동시에 철모가 벗어져 눈 위에 뒹굴고 '헉' 하며 고개가 젖혀지면서 다리가 저절로 꺾여 쓰러졌다. 철모를 뚫고 유탄 파편이 나의 머리에 박힌 것이다. 내 머리에서부터 끈적끈적한 것이 얼굴로 흘러 코로 입으로 들어가면서 피비린내가 났다. 그리고 머리가 시원한 것을 느끼면서 잠이 쏟아졌다.

다시 정신이 들었을 때, 눈 속에 널려져 있는 시체들 사이에 엎어져 있는 나를 발견했다. 정신없이 뛸 때는 몰랐는데 머리가 깨질듯이 아팠다.

어둠 속에서 꽹과리와 북소리가 들리더니 맞은편 언덕 너머에서 중공군들이 총을 쏘면서 새까맣게 다가오고 있었다.

'사즉필생死則必生', 나는 손목에 차고 있던 시계를 풀어서 옆에 던져놓고 머리에 유혈이 낭자한 채 죽은 듯이 숨을 죽이고 엎어져 있었다. 중공군은 시계를 줍더니 머리와 얼굴에 선혈이 낭자한 나를 발로 한번 걷어차면서 죽은 시체임을 확인하고 지나갔다. 중공군 1개 연대가 다음 목표물을 향해서 산등성이 너머 어둠 속으로 사라져 갔다.

살아남은 대원들이 서로 부축해가면서 허리까지 빠지는 눈길을 더듬어서 밤새도록 걷고 날이 새면 바위틈 굴속이나 나뭇잎으로 몸을 파묻고 숨었다. 나는 상처를 눈雪으로 씻어내고 담배가루로 지혈을 한 후 내의를 찢어 감았다.

우리는 칡뿌리를 캐어 먹으며 산속을 헤매었다. 우리는 동물이 되었다. 경계하고, 먹고, 마시고, 자는 것 말고는 아무것도 생각할 수 없었다.

"저기 불빛이 보인다."

한 대원이 속삭이듯 말했다. 그가 가리키는 쪽 어둠 속에서 희미한 불빛이 보였다. 그 불빛은 구원의 신호이기도 하고 그 반대로 목숨을 빼앗는 적일 수도 있었다. 정찰조로 2명의 대원이 그 불빛이 있는 곳을 살피고 돌아왔다.

"농가가 몇 채 보이는데 화전민촌인 것 같다."

정찰조로 나갔던 대원 2명이 첫 번째 집으로 조심스럽게 다가가서 문을 두드렸다.

"누구요?"

한 남자가 문을 열고 얼굴만 빼꼼이 내밀었다.

"저희들은 국군입니다."

눈 속에 굶어 죽으나 총 맞아 죽으나 죽을 각오가 되어 있었다.

집주인은 한참 말없이 주위를 살피더니,

"일행이 있소?"

"네, 네댓 명 더 있소."

"그럼, 나를 따라 오시기오."

그는 집 뒤에 쌓아놓은 짚더미로 우리를 데려갔다. 짚더미를 헤치자 가마니로 덮힌 구덩이의 입구가 나타났다. 그곳은 김장독과 감자, 무, 배추 등의 저장고로서 안으로부터 훈기가 뿜어져 나왔다.

"이곳은 중공군 지역입네다. 곧 떠나야 합네다."

그 노인의 자식을 비롯하여 그 마을의 젊은이들이 국군을 도와주다가 국군을 따라 남쪽으로 내려갔다는 내력을 일러주었다.

집주인은 발자국을 눈으로 덮어서 흔적을 없앴다. 그 구덩이는 아늑하고 따뜻하여 감자와 고구마로 배를 채운 우리를 금세 곯아떨어지게 했다. 그곳은 고요하고 편안한 무덤 속이었다.

다음날 저녁, 우리는 그 무덤 속에서 다시 살아나왔다. 무덤 밖은 숲 사이로 빈 하늘에 별빛이 차가왔다.

그 마을 노인네들은 우리에게 먹을 것과 군복 대신 위장할 옷을 챙겨주었고, 마을과 마을끼리 연계하여 안전하게 후퇴할 수 있도록 도와주었다. 군복을 벗고 엄동설한에 삼베옷으로 위장하였다. 궁핍한 산촌에 삼베옷 말고 다른 옷은 없었다.

우리는 북극성을 찾아서 등에 지고 남쪽으로 향했다. 12월의 눈 덮인 덕천 골짜기의 매서운 추위는 우리를 곱게 보내주지 않았다. 얼마 못가서 삼베옷이 얼어서 부서져 날카로운 칼이 되어 살갗을 에는 고통은 말로 표현할 수 없었다.

우리 일행은 눈 속의 언진산맥의 깊은 골짜기를 나침반에 의지해서 남쪽으로 헤매었다. 낭림산맥에서 남서방향으로 뻗어 내려 평안도와 황해도의 경계를 지나는 언진산맥은 하람산(1,485m)·노고산(1,181m)·대각산(1,277m)·백산(1,140m)·언진산(1,120m) 등 높이가 1,000m 이상인 고봉들이 연이어 솟아 있다. 다행히 중공군의 포위망을 뚫고 20여 일 만에 평안남도 순천으로 빠져나왔다.

그동안 나의 상처는 곪기를 반복하더니 파편을 제거하지 않은 채 아물어서 내 머리에 작은 파편이 박혀 있다.

덕천 전투는 중공군이 한국전쟁에 첫 개입한 전투로서 국군 7사단의 3연대를 비롯해서 5연대, 8연대가 중공군에게 포위당하여 거의 대부분이 부상당하거나 전사한 6·25 전사 중에서 가장 비참한 패전으로 기록되었다. 지옥 같은 덕천 골짜기에서 우리가 살아난 것은 기적이었다. 무엇보다도 4대 독자인 내가 살 수 있었던 것은, 나의 개인적인 삶을 넘어서 우리 가문의 맥을 보전할 수 있어 다행이었다.

3

서울 근처의 퇴계원까지 후퇴한 후에 부대 재편성 때 나는 간부후보 학교에 입교하였다. 대다수의 후보생들은 지옥 훈련에 견디기 힘들어 하였지만, 덕천 전투를 겪은 나에게는 배불리 먹여주고 따뜻하게 재워주는 훈련소는 천국이었다.

우리는 간부후보생 훈련을 마치고 육군 소위 임관과 동시에 '소모 소위' 소리를 들으며 대구 보충대로 이동했다. 이제, 전방으로 배속되면 부대의 최전선에 서서 부대를 지휘하다가 적의 총탄에 산화되는 수밖에 없었다.

전쟁 중에 소위의 전방 배치는 개인적으로 원치 않아도 어쩔 수 없는 일이었다. 보충대에 들어갔을 때, 마침 육군항공대 조종훈련생을 모집하고 있었다. 소대장이 되어서 땅에서 기다가 죽으나, 비행기 타고 날아가다가 죽으나 죽기는 마찬가지지만, 비행기 타고 날아가다가 죽는 것이 좀 더 폼 나는 죽음이라고 생각했다.

'별똥별이 천국으로 들어가는 영혼이라고 했지….'

그 순간, '지옥의 덕천'이 떠올랐다. 나는 가끔 덕천의 악몽을 꾸기도 했고, 잠에서 깨었을 때 문득 그 생각을 떠올리면 몸서리쳐진다. 지옥의 덕천을 경험한 나로서는 차라리 천국으로 들어가는 별똥별이 되기로 했다.

보충대에서 대기 중이던 신규 장교와 각 부대에서 조종사를 희망하는 장교 등 약 400여 명이 지원하였다. 1차 시험은 육군 병원에서 신체검사를 하였다. 시력검사를 무려 5가지를 검사하였다. 조종사의 체격조건 중에 시력이 중요하였다. 2차 시험은 국사와 영어시험을 치르고, 3차 시험은 면접이었는데, 시험 기간이 3일이었다.

면접시험은 가족과 학력, 군 경력을 확인하고, 조종사를 희망하는 목적을 묻고, 비행사의 흥미·적성을 검사하였다. 면접이 시험의 합격을 결정하는 것은 아니지만, 합격을 기대하지 않았다. 필기시험이야 전쟁터에서 누구나 사정은 비슷할 터이니, 결국 합격의 당락은 눈眼 검사에서 결정될 터인데 나는 왠지 자신이 없었다.

'4대 독자가 조종사라니….'

불합격을 당연지사로 받아들이기로 했다. 최종 합격자가 발표되었다. 조종사 최종 합격자는 400명 중에 28명이 선발되었다.

'소위 이대락' 28명 중에 나의 명단도 있었다. 합격이 행인지 불행인지는 알 수 없다. 합격했다고 좋아할 것도 아니고, 불합격했다고 실망할 것도 아니었다.

육군 항공대 조종사를 양성하는 것이지만, 아직 육군항공대가 창설되기 전이어서 육군에는 조종사 훈련기관이 없었다. 경남 사천에 있는 공군 제10 전투비행단에서 위탁 교육을 받게 되었다. 기본 조종 교육과정에서 L-16형 경비행기로 6개월간 각 과목을 이수하였다. 그리고 광주비행장으로 이동하여 L-19형 항공기로 또 6개월간 전술과정 훈련을 받았다.

우리는 약 1년 과정의 비행훈련을 받았다. 28명 중에 비행 적성과 기술 부족으로 탈락하고 최종 합격자 12명이 조종사 자격을 인증하는 '윙'을 가슴에 달았다. 나도 영광의 '윙' 마크를 가슴에 달게 되었다.

나는 조종학교 수료와 동시에 휴가도 없이 바로 부평 비행장으로 이동하여 비행기와 지도 한 장을 수령한 즉시 임지로 향해 비행했다. 지도에 의지해서 전쟁터 위를 날아가야 했다. 내가 조종해 가는 비행기 바로 아래의 전장에서는 나를 환영하는 신고식을 하듯이 이곳저곳에서 포성이 울리니 조종간을 쥔 손이 덜덜 떨렸다.

임지를 찾아서 이륙한 나의 첫 비행은 6·25 격전지로 유명한 철의 삼각지 중 금화지역에 주둔한 수도 사단 가설 비행장에 안착하였다.

대한민국 육군 항공대의 창설 멤버로서 사단에 배속되는 것은 내가 처음이었으며, 허허벌판에 비행기 한 대에 정비사와 취사병, 그리고 비행장 경비요원과 함께 공병대를 동원하여 천막 치고 비행 계류장 만드는 데 일주일간 분주하게 일한 결과 작전에 투입되는 데는 지장이 없을 정도로 비행장 부대시설을 만들었다.

육군 항공대의 임무는 항공 정찰과 업무연락이었다. 항공 관측은 주로 적진을 넘어서 적의 진지 후방에 침투하여 적의 군사 활동 상황을 정찰 파악하여 작전 지휘소에 보고하고, 지휘소의 지시에 따라 관측하는 것이다.

적 포부대나 탱크, 차량, 벙커, 군사병력 이동 및 배치 상황, 진지의 위치와 규모를 관측·파악하여 포격을 유도하고, 작전 범위에 따라서 근거리는 105mm 사단포로 유도하고 원거리는 155mm 군단포로 포격하도록 유도하고, 때로는 공군 전투기의 지원을 요청하여 폭격할 수 있도록 정보를 제공하는 역할을 하였다.

나는 수도사단의 눈이 되어서 지상에서 보이지 않는 적 후방에 있는 정보를 정찰하여 보고하고 각 포대의 포격을 관측하였다.

매일같이 계속되는 정찰 임무이지만, 수도 사단과 대치한 적정을 살피기 위해서는 평강 후방 10km까지 침투하여야 하는데, 적진지 근처에 접근하면 이미 적의 고사포와 고사기관포의 표적이 되어서 사격을 받게 된다.

고사포 탄이 공중에서 비행기 동체 근처의 상하좌우에서 폭발하면, 폭발할 때 생기는 후폭풍에 경비행기 L-19기는 폭풍 속의 조각배가 파도에 떠밀리 듯 동체가 꿈틀거리며 진동한다.

몇 차례의 비행기 출격에 정찰기는 폭격기나 전투기와 다르다는 것이 학습이 된 적들은 비행기를 피하기는커녕 기관총을 발사하기도 하고, 심지어는 장총이나 따발총 같은 개인 화기를 쏘아대기도 한다.

'비행기가 투명 망토를 입은 것 같이 눈에 띄지 않는 물질이나 전파흡수물질을 비행기 표면에 덧씌우거나, 비행기 엔진소리가 밖으로 새어나가지 않게 소리 차단 장치를 하면 적에게 들키지 않을 텐데….'

4

"꽝꽝"

벼락 치듯 한 폭발 소리와 동시에 동체가 흔들렸다. 애기 L-19기가 적의 고사포에 맞았다. 시커먼 엔진오일이 유리창에 튀면서 검은 연기가 시야를 가려서 사방을 분간할 수가 없었다.

6기통 엔진 두 개 중에 한 개의 엔진이 파손되고, 한 개 뿐인 프로펠러가 멈추자 계기판도 모두 멈춰 섰다. 귀청을 흔들던 엔진 소리가 멈추자 갑자기 사위四圍가 조용해지자 오히려 귀가 멍했다.

검은 연기를 내뿜으며 비행기가 추락하였다. 비행기 동체가 좌우로 흔들리면서 곤두박질치자 산천이 빙글빙글 돌았다.

뒷자리의 관측장교가 고함을 질렀다.

"이 소위, 비행기가…"

"걱정 마. 내가 해낼 테니까."

나는 정신을 차리고 조종간을 힘껏 잡았다. 곤두박질치며 추락하는 비행기를 간신히 수평으로 균형 잡을 수 있었다.

비행기가 금방 폭발할 것처럼 검은 연기가 점점 더 검게 많이 퍼져 나왔다. 연료통에 남아 있는 연료를 모두 비웠다.

그때 우리의 위치는 적 후방 6Km 지점이었고, 본대의 비행장에 귀항하기 위해서는 9Km를 날아가야 하고, 적의 수중에서 벗어나기 위해서는 엔진이 정지된 상태에서 최소한 6Km를 활공 비행해야 아군 진지에 불시착할 수 있다. 불시착으로 죽는 한이 있더라도 아군

진지에 떨어져야 한다.

나는 눈앞이 캄캄했지만, 뒷좌석에 탄 관측 장교를 안심시켜야 했다.

"김 소위, 걱정마라. 활공 하나는 끝내주거든."

비행기 엔진에서는 점점 더 시커먼 연기가 뿜어져 나와 눈앞을 가린다.

"이 소위, 넌 할 수 있다. 유도 지시에 따라라."

부대에서는 우리를 안심시키는 무선을 보내왔다.

'내가 죽기로 한다면, 덕천 전투에서 죽었겠지.'

내가 죽는다는 것이 실감나지 않았다.

'안 되면 폼 나게 죽는 수밖에….'

엔진이 정상이라면 이 정도 거리는 금방 빠져나갈 수 있는데, 비행기가 점차 아래로 가라앉고 있었다. 적의 진지에서는 고사포를 계속 쏘아 올렸다. 비행기가 포탄 후폭풍으로 심하게 요동치지만, 엔진이 정지된 비행기 동체는 나의 의도대로 조종이 안 되니 속수무책으로 피폭되기 일보 직전이었다.

"인명재천人命在天이요 사즉필생死則必生이니 의연하여라."

아버님의 말씀대로 하늘에 맡기기로 했다.

그때, 추락하고 있는 비행기에 갑자기 북풍이 세차게 불어서 우리 비행기를 밀어내듯이 남쪽으로 날려 보냈다. 신풍迅風이었다. 비행기 동체가 바람을 한껏 받은 방패연처럼 하늘 위로 날아오르자 나는 날개를 조종하여 동체를 안정시키고 독수리가 된 기분으로 바람을 타고 하늘 위를 유유히 유영하였다.

적의 수중에서 벗어나자 기지基地가 가까이 다가오고 있었다.

어느 순간부터 적의 포화가 그쳤다. 연기를 뿜어내며 추락하는 비행기를 구경하고 있었을 것이다.

나는 글라이더를 조종하듯이 비행기의 평형을 잡고 각도를 조절하여 비행기 동체의 침하를 지연시키면서 서서히 활주로에 다가가서 가볍게 내려앉았다.

9. 광야曠野

새벽 물안개가 영도다리를 덮으면, 자동차들이 앙증맞게 줄지어서 안갯속으로 빠져 들어갔다.

1

그날 밤, 곰장어에 소주 한 잔으로 저녁을 때우고 추위에 몸을 웅크리고 대신동 꽃마을 길을 올라가고 있었다.

"학생!"

가게 아주머니가 나를 불러 세웠다.

'외상값 때문이겠지.' 걸음을 멈추고 돌아보았다.

"어떤 형사가 찾던데. 무슨 일 있는가?"

아주머니가 걱정스런 표정으로 물었다.

"아니요."

별생각 없이 대답하고, 돌아서 가다가 형사가 나를 찾았다는 말에 미심쩍어서 되돌아와서 가게로 들어갔다.

그 형사란 사람의 인상착의와 그가 한 말에 대해 물었다.

"검정색 가죽잠바 입은 형사가 학생이 언제쯤 오는지 묻던데?"

"……"

고개를 갸우뚱하면서 돌아서서 언덕길을 올라갔다.

'혹시?'

그날 오후, 김 씨를 만나러 갔을 때 일이 생각났다.

영도다리를 건너서 영도 경찰서 앞을 지나면 선창으로 통하는 골목길이 있고, 그 골목 끝에는 각종 선박들이 정박한 선창이 있다. 그 선창에는 크고 작은 갖가지 종류의 통선이 정박해 있는데, 통선은 외해에 정박해 있는 대형 선박을 왕래하며 선원을 태워주기도 하고 선박에 필요한 유류나 식품을 운반하기도 한다.

나는 국사관 건물을 끼고 돌아 선창으로 통하는 골목에 막 들어서는 순간, 마침 내가 만나려던 그 김 씨가 선창 쪽에서 걸어오고 있었다.

나는 그에게 인사를 하려다가 흠칫하고 섰다. 그는 혼자가 아니라 동행이 있었다. 김 씨는 손을 뒤로 한 채 고개를 숙이고 앞서 걸어오고, 그 뒤를 검정색 가죽잠바 차림의 사람과 또 한 사람이 뒤따라 걸어왔다.

'어, 잡혀가나?'

그가 체포되어가고 있다는 생각이 들자, 순간적으로 위협을 느끼면서 나도 모르게 뒤로 돌아서서 영도 경찰서 옆 골목으로 몸을 피했다. 잠시 망설이다가 김 씨 일행이 궁금해서 영도 경찰서 정문이 보이는 곳으로 갔다. 영도다리 난간 뒤에 몸을 숨기고 눈만 빠끔히 내밀고 경찰서 정문 쪽을 살폈다.

김 씨와 그 가죽잠바 차림의 일행이 경찰서 안으로 들어가는 뒷모습이 보였다. 나는 그 길로 영도다리를 건너서 자갈치시장 건어물 골목으로 들어갔다. 건어물 상가 뒤쪽 해변에 서서 바다 건너편 영도 경찰서 쪽을 살폈다.

'무슨 일일까?'

크고 작은 통선들이 통통거리며 다리 밑을 바쁘게 지나고 자갈치시장 어물전에는 사람들이 붐볐다. 천마산 산그리매가 남항 바다를 검게 덮으며 봉래산으로 오르자 산위의 하늘이 붉게 물들어 갔다.

나는 자갈치시장 곰장어 좌판 불빛 속으로 불나비가 되어 들어갔다. 곰장어 좌판에서 일어설 때쯤에는 낮에 있었던 그 일이 나 자신과는 무관한 것으로 다짐하듯이 선을 그었다.

'나까마를 사지 않았으니 나와는 상관없어.'

대신동 오르막길을 오를 때는 낮에 선창에서 목격한 사건을 이미 잊고 있었는데, 느닷없는 그 아주머니의 말에 김 씨와 형사 일행이 생각나는 순간 겁이 덜컹 났다.

'형사가? 여기까지… 어쩌지?'

나는 발길을 돌려서 언덕길을 도로 내려갔다.

'경찰서에 가서 사실 대로 말하자.'

2

그 당시, 나는 19세의 공장 노동자 처지에 경찰의 수사망을 피해서 온통 하얀 겨울을 보내야 했다.

나는 중학교를 졸업할 때까지 경상북도 북부의 한 군청소재지 B읍에서 살았다. 아버지는 교육청의 일반직 공무원이었고, 어머니는 부업으로 포목점을 하였으니, 나의 누나와 동생 둘에 여섯 식구가 경제적인 부족함을 모르고 살았다.

아버지는 양자를 들었기 때문에 친가 양가의 재산을 모두 상속받아서 큰 부자는 아니지만 서울에 유학할 수 있을 정도였고, 나의 외가는 Y읍의 양조장집이었으니 큰 부자는 아니라도 경제적으로 어렵지 않았다.

어머니는 궁핍함을 모르고 자라서 그런지 어려운 사람을 보면 그냥 지나치지 않고 돕는 성품이다. 어머니가 포목점을 하는 동안 주위 사람들을 많이 사귀게 되면서 주위의 부추김에 어쩔 수 없이 계주가 되었지만 큰 탈 없이 몇 번의 성공을 거두었다.

주위에서는 어머니가 계주가 되면 성공할 수 있다고 믿었다. 그 믿음 속에는 만의 하나라도 파계가 되는 경우, 집을 포함한 부동산, 그리고 공무원인 아버지의 직장도 보험으로 담보가 되었을 것이다.

내가 중학교 3학년이 되던 해, 예기치 않았던 불행이 닥쳤다. 어머니의 낙찰계가 거액의 계금을 먼저 탄 사람이 야반도주를 하게 된 것이다.

"안 먹고, 안 입고 모은 천금 같은 돈 내놔라."

"내 돈 안 내놓으면 네놈도 직장을 그만둬라."

수십 명의 피해자 가족들이 몰려와서 어머니의 머리채를 잡아 혼드는 이, 가게에 드러눕는 이, 어떤 사람은 아버지의 직장에 찾아가서 생떼를 썼다. 그렇게 착하고 순하던 시골 사람들이 돈 앞에는 의리와 체면이 간 곳 없었다.

남에게 폐 끼치는 일은 절대하지 않는 아버지의 성격으로 보아 죽고 싶은 심정이었을 것이다. 전답과 가게는 물론 살던 집까지 정리하여 빚잔치를 벌였고, 월급을 차압하는 조건으로 아버지의 직장만은 겨우 유지되었다.

나는 그때부터 신문배달을 했다. 학비라도 보탬이 되기 위해서다. B읍 소재지에서 기차역까지 왕복 시오리 길을 새벽 안갯속을 달려서 서울에서 열차편으로 보내오는 신문을 받아서 시내의 집집마다 배달하고 난 뒤에 등교하였다.

나는 중학교를 졸업하였지만, 우리 집 형편으로는 고등학교 진학은 꿈도 꿀 수 없었다. 중학교 동기생 중 고아원에 있던 친구 3명이 부산의 S합판 회사에서 운영하는 S공업고등학교에 진학하게 되었다. 고향의 학교에도 진학할 수 없는 나의 처지에 그 친구들이 한없이 부러웠다.

나는 고등학교 진학을 포기할 수밖에 없었다. 다행히 나를 딱하게 여겼던지 고아원 원장님이 그의 족형이 운영하는 부산의 S공업고등학교에 추천해 주었다. 나는 고아원 원장님이 마치 장발장에게 은혜를 베풀었던 밀리에르 신부처럼 여겨졌다.

'고등학교를 졸업하면 대학교 야간부에 진학할 거야.

내가 성공하면 이 은혜를 꼭 갚아야지.'

고등학교에 다닐 수 없었던 처지에 대도시의 학교에 진학할 수 있었고 잘하면 대학까지도 갈 수 있다는 꿈에 부풀었다.

입학한 지 보름 정도 지났을 때, 총무과에서 나를 불렀다.

"너, 고아가 아니지? 너는 학비를 내어야 한다."

그분은 회사 규칙을 부드럽게 설명하였지만, 그의 말 한 마디 한 마디는 나의 정수리를 쪼개는 청천벽력이었다. 기숙사 담벼락에 웅크리고 앉아서 아무리 생각해도 대책이 떠오르지 않았다. 고향에서 함께 온 다른 친구들이 부러웠다.

'차라리 나도 저 친구들처럼 고아였으면….'

장차 어떻게 해결해야 할지 막막하였다. 퇴교 신분으로 기숙사에도 있을 수 없고 그렇다고 고향으로 갈 수도 없다. 부모님도 어려운 형편인데 고향으로 돌아갈 수는 없었다.

'부산에서 버텨보자.'

기숙사 식당 아주머니의 5학년생 아들의 공부를 봐주면서 얼마 동안 기숙사에 붙어 있었으나 그것도 한계가 있었다.

그때 마침, 회사의 용도계에 자리가 생겨서 기숙사비와 학비를 마련할 수 있게 되었다. 내가 하는 일은 합판공장 각 부서에 필요한 물품들을 배부하는 일이었다. 내가 맡은 일은 용도계의 급사에 불과했지만 학교를 졸업할 때까지 학비와 기숙사 문제가 해결되었다.

'열심히 공부하면 대학에도 갈 수 있을 것이다.'

학교가 여름방학에 들어갔지만 다른 학생들처럼 고향에 갈 생각은 꿈도 못 꾸고, 직장과 학교생활이 안정된 것만으로도 다행으로 여겼다. 여름방학이 끝나고 2학기가 시작될 무렵에 고향에서 전보가 왔다.

'서울의 K고등학교로 전학. 즉시 상경'

3

나는 서울의 K고등학교에 편입 수속을 마쳤고, 숙소는 어머니가 일러준 대로 고향에서 온 친구네 집으로 갔다. 그 친구는 나와 초등학교 동창이었고, 그의 아버지는 나의 외가 쪽 먼 친척으로서 고향 B읍의 J병원 원장님 이다.

자녀 교육을 위해 가회동에 마련한 집인데, 그 집 식구들은 나를 가족처럼 대했으며, 무엇보다 나를 서울로 유학시킬 수 있을 만큼 우리 집이 안정되었다는 것이 기뻤다.

K고등학교의 학교생활은 꿈을 꿀 수 있게 했다. 노동을 하지 않아도 학비 걱정 없으니 공부만 열심히 하면 된다는 생각에 대학은 무슨 학과를 선택할 것이며, 어느 대학을 갈 것인지 행복한 고민을 시작했다.

K고등학교에 다닌 지 일주일 정도 되었을 때, 서무실 직원이 등록금을 독촉했다.

"등록금을 납부할 때까지 정학 조치한다."

서무과장의 싸늘한 한 마디에 나는 절망했다. 부모님이 부산에서 고생하는 자식 걱정을 하자, 어떤 사람이 접근하여 나를 빌미로 돈을 뜯어내려는 술수를 부린 것이다.

아버지의 월급이 차압당하는 처지에서도 당시로서는 거금의 학자금을 구하여 그 사람 편에 학자금과 생활비까지 전했는데, 정작 학비가 나에게까지 전달되지 못하고 중간에서 가로채인 것이다.

나는 정학 당한 처지가 창피해서 집안사람들에게 눈치 채이지 않게 등교 시간에 책가방을 들고 등교하듯이 집을 나와서 서울 시내를 배회했다.

가회동에서 안국동 사거리로 걸어 내려와서 명동 쪽으로 갈 때도 있고 동대문으로 신설동으로 가기도 했다. 어딜 가든지 내 눈에는 음식점만 보였다. 중국집 자장면 냄새는 배가 안 고파 본 사람은 모른다. 볶음밥에 노란 계란을 덮어서 그 위에 빨간 케첩을 뿌린 오므라이스는 두 그릇이라도 먹음직했다. 그때는 돌아서면 배가 고팠다.

어머니가 부탁한 것이지만, 얹혀 지내는 나로서는 편치 않았다. 고향에서 쌀 한 가마니라도 부쳐주기를 기대했지만 부모님의 형편이 아직 그렇게 안 되는 것 같았다.

친구 집에 마냥 눌러앉아 있을 수가 없어 숙식이라도 해결해 보려고 애썼지만 주변머리가 없는 데다가 전차비도 없이 허기진 채 걸어 다녔더니 지치기 시작했다.

한 달쯤 지났는데도 고향에서 아무런 연락이 없었다. 심신이 피곤해지고 스트레스가 쌓이면서 전차 소리도 귀에 거슬렸고, 서울 사람들의 말소리조차 듣기 싫어지면서 서울이 아닌 곳이면 어디든지

가야할 것 같았다.

고향에는 돌아갈 수 없었다. 낙심하시는 부모님의 얼굴을 상상하면 가슴 아팠다.

어디든지 가야 한다면 부산으로 가야 한다. 내가 아는 곳이라고는 고향 이외에는 부산 밖에 없는 데다가 급사이긴 하나 S합판 회사의 용도계에 나의 일자리가 있기 때문이다.

부산에 가서 바다 구경이 갑자기 하고 싶어졌다. 갈매기가 '끼륵끼륵' 날아다니는 파란 바다에 하얀 물거품을 뿌리면서 거대한 선박이 장난감 같이 작은 예인선에 끌려서 오륙도를 돌아드는 그림 같은 풍경들이 눈에 선하였다.

나는 부산으로 가기로 결정하자, 한시도 지체할 수 없었다. 교과서를 헌책방에 팔고 누나가 사준 손목시계를 전당포에 맡겨서 부산행 기차표를 마련한 후 남는 돈으로 서울에서의 마지막 저녁밥을 중국집에서 자장면으로 배를 채우고 경부선 야간열차를 탔다.

그 당시, 나의 선택이 옳았는지 판단할 겨를이 없었다. 그것은 나의 의지에 의한 선택이 아니라, 서울에서의 피로가 쌓이면서 결국 서울이 나의 영혼을 서울 밖으로 밀어낸 것이었다.

부산에 도착하자마자 S합판 회사 용도계 사무실로 갔다.

"야, 서울 친구. 너 오랜만이다."

"저…, 다시 왔어요."

"그래? 이걸 어쩌나…."

그 직원의 난처한 표정으로 미루어 짐작컨대, 이미 다른 사람이 그 자리를 차지하고 있었다. 일자리를 내 스스로 포기하고 갔으니 할 말이 없었다.

사무실을 나가지 못하고 서있는 나의 사정을 눈치 챈 용도계 직원의 배려로 그때 마침 새로 건축한 포르마린 공장의 3층 난간 쇠 파이프의 녹을 제거하는 작업을 하게 되었다. 하루 종일 녹 먼지를 마셔가면서 사포로 난간을 문지르는 일을 하였으나 기숙사비와 학비에는 턱없이 모자라는 형편인데다가 그 일도 임시로 생긴 일이니, 녹 제거 작업이 끝나면 그 다음 일자리도 막연하였다.

'녹 제거가 끝나면 그 다음은 어떻게 하지? 복학도 안 되고 기숙사에 들어갈 수 도 없으니…'

마침, S공고 원예과 학생 중에 자신이 현장 실습을 하던 농원에 일자리를 소개해 주었다. 나의 처지에 숙식을 해결할 수 있다는 점에 귀가 솔깃하였다.

그 학생이 일러준대로 81번 시내버스를 타고 구덕운동장 뒤쪽 대신동 종점에 내렸다. 주위를 둘러보니 집이 몇 채 안 되는 농촌 같은 산동네였다. 약도를 따라서 꽃마을 쪽으로 오르다가 왼쪽 산기슭에 L화원이란 간판을 발견하고 찾아들었다.

L화원은 구덕운동장이 내려다보이는 언덕에 있었다. 정원수를 재배하여 판매하기도 하지만 토지가 많아서 농사를 직접 짓는 농원이었다. 대티에서 괴정동 동아대 실습지에 이르는 대부분의 농토가 L화원 소유라고 했다.

나는 두 사람의 인부와 함께 밭에서 농사일을 했다. 시골에서 한 번도 농사일을 해 본적이 없는데 부산에서 머슴이 되었다.

"L화원 주인집에 예쁜 딸이 있는데, 이름은 '은경', 내 애인이니까 그리 알고 잘 모셔라. 응"

나에게 일자리를 소개해 준 친구의 말이 생각이 나서 그 여학생이 어떻게 생겼는지 궁금하였다.

어느 날, 그 여학생을 보는 순간 그 친구의 말은 뻥이라는 것을 알 수 있었다. 그 여학생은 겨우 중학생이었으며 천지를 모르고 날뛰는 버릇없는 망아지 같았다. 나 같은 머슴은 안중에도 없는 듯 눈길 한 번 주지 않았다. 머슴의 입장에서 '은경'이란 그 여자애와 터놓고 이야기 할 수 있는 처지가 못 되었고, 나를 농원에 소개해줬던 그 친구도 나와 다를 바 없었을 것이다.

'머슴인 주제에 감히…'

내 주제를 파악하고 피식 웃고 말았다.

나는 L화원에서 '김철한'으로 소개되었고, 그때부터 '철한'이라 불렸다. 나의 본래 이름은 아버지를 양자로 들인 나의 할아버지께서 귀한 손자에게 지어준 거룩한 이름이다.

내 이름을 머슴의 이름으로 불리기는 싫었다.

"철한아"

L화원에서는 사장도 전무도 일꾼들도 동네 개 부르듯 그렇게 불렀다. 그런데 그 '은경'이라는 여학생은 나를 직접 부르는 일은 거의 없었지만 어쩌다 제가 필요할 때는 코맹냉이 소리로 "한이 오빠"라고 불렀다.

나의 하루 일과는 언제나 농기구를 둘러메고 농장으로 나가서 농삿일을 하였다. 아침 일찍 농장이 있는 대티를 향해 언덕길을 올라가면 구덕운동장 너머로 멀리 영도섬이 안갯속에 몽롱한 잠에서 깨어나지 않고 있다.

봉래산을 휘감고 피어오르는 새벽 물안개가 영도다리를 덮으면, 영도다리를 건너는 자동차들이 앙증맞게 줄지어서 안갯속으로 빠져들어갔다.

대티에 올라서면 멀리 서쪽으로 아스라이 펼쳐진 하구의 모래톱 사이로 흐르는 강물이 물고기 비늘처럼 햇볕에 반짝이는 낙동강이 눈에 들어온다.

나의 고향 내성천이 예천 용궁에서 낙동강과 합수하여 상주, 구미, 대구, 고령, 그리고 경남 함안과 삼랑진 들을 적시면서 하단까지 흘러온다는 생각에 늘 고향 같은 강이었다.

"철한이처럼 일하면 누구든 성공할 수 있을 거야."

농장 관리인 K전무의 칭찬은 나를 곰처럼 일하게 만들었다. 처음에는 500원의 월급을 받았으나, 그의 배려로 석 달 후부터는 월급을 1,000원씩 받게 되었다.

L화원 바로 근처에 마침 K공업고등학교가 있었다. 나는 배움의 열망으로 L화원에 가던 날, 바로 그 학교의 야간부에 등록부터 했다. 내가 부산에서 고생하는 이유는 학업을 계속하기 위해서였기 때문이다. 녹 제거 작업으로 받은 50원을 입학금으로 주고 월급을 타면 학비를 내기로 약속하고 입학하였다. L화원 머슴이면서 야간학교

학생이 되었다.

나는 시골에서 낫자루 한번 잡아본 적이 없었으면서 대도시에서 머슴이 된 자신을 돌아보니 나 자신이 한심하기 짝이 없었다.

일에는 귀천이 없다. 나는 농장에서 갖은 허드렛일을 마다하지 않고 내일처럼 열심히 했다. 나의 손바닥은 살갗이 벗겨지고 갈라져서 피가 나고 아물기를 반복하는 사이에 손바닥은 굳은살에 못이 박혔다.

햇볕에 검게 탄 나의 얼굴과 허름한 작업복은 제쳐놓고라도 나의 거칠어진 손만 봐도 영락없는 농사꾼이었다.

4

그해 봄, 주인집 딸 '은경'이 고등학교에 진학하였다.

구덕산 언덕에 벚꽃이 화사하게 피던 4월 어느 날, 나는 주인집 딸에게 도시락을 전해주기 위해서 부민동에 있는 B여고를 찾아갔다. 교문을 들어서는 순간, 그 자리에 멈춰서고 말았다.

교문까지 무심코 왔다가 여학교라는 것을 알고 나서, 여학교에 남학생이 들어가기가 뭣해서 주저했다.

그러나 도시락을 전해주지 않으면 점심을 굶을 테니 하는 수 없이 그 아이의 교실을 찾아갔다.

'그렇지, 오늘만은 오빠 행세를 해야지.'

교실 앞문으로 갈 수 없어서 뒷문을 열었다. 조용하던 교실에 갑자기 뒷문이 '드르르' 열리는 소리에 한두 학생이 뒤를 돌아보더니 '킥킥' 소리를 내자, 모든 학생들이 얼굴을 돌려서 예기치 않게 갑자기 나타난 남학생을 주시했다.

교실 안을 두리번거려서 앞쪽에 앉아 있는 '은경'이를 겨우 찾은 후 나는 친오빠처럼 손을 흔들어 굵직한 소리로 그네를 불렀다.

"얘, 경아야!"

그네는 한번 돌아보고 머뭇거리더니 나에게로 왔다. 나는 도시락을 내밀었다.

"자, 배고프지?"

그네는 샐쭉해서 도시락을 낚아채더니 싹 돌아서서 제자리로 갔다. 제가 뭔데 오빠 행세를 하느냐는 투였다.

"오빠, 오빠…."

교실을 빠져나오는 나의 등 뒤에서 여학생들이 책상을 두드리면서 연호했다. 여학생들의 눈에는 갑자기 나타난 여드름이 벅벅 난 얼굴에 색이 바랜 야간학교 교복, 둥둥 걷어올린 바짓가랑이, 헐렁한 슬리퍼 차림의 몰골이 영락없는 채플린으로 보였을 것이다.

'쪽팔려서, 원'

경아의 오빠 행세를 한 것을 후회하면서, 뒤도 돌아보지 않고 뛰었다. 여학교 교실에서 여학생들의 놀림감이 된 모멸감에 얼굴이 화끈거리면서 그때까지 아무렇지도 않게 지나온 나의 처지가 바로 보이기 시작했다.

나는 매일 아침 구덕운동장 앞까지 뛰어내려가서 대신동에 있는

'백설세탁소'에 '경아'의 교복을 맡기고 또 찾아와야 했다. 아침마다 헐떡거리면서 뛰어다니는 나에게 눈길 한번 주지 않으면서 심부름만 시키는 '은경'이 얄미웠지만 지금까지 한 번도 싫은 내색하지 않았다.

부산 시내에서 갈 곳이 없는 나로서는 밥 세 끼에 잠잘 곳에 만족하면서 벌써 오래 전부터 내 집인 양 안주하고 있었다. 그러나 그날은 여느 날과 달랐다. 나를 발견했다.

지금까지는 혼자서만 참고 넘기면 되었지만 수많은 여학생들이 보는 데서 바보처럼 한 마디 말 못하고 놀림감이 된 모멸감은 참기 어려웠다.

'의성 김 씨 양반 자손이 계집애의 몸종 노릇을 하다니, 할아버지가 살아계셨다면 통곡할 일이다.'

생각이 거기에 미치자 그 길로 L화원을 뛰쳐나왔다.

장차 어떻게 할지 구체적인 대안이 없었지만 그대로 눌러 있을 수는 없었다. 무엇보다 지금까지 동네 개 부르듯 굴러다니던 천한 이름 '철한'이를 벗어던지고 당당하게 나의 본명 '진기晋基'를 찾게 된 것이 다행이었다.

권투선수 무하마드 알리는 백인 주인이 붙여준 노예 이름이다. 그는 챔피언 박탈을 감수하면서까지 '캐시어스 마셀러스 클레이'라는 자신의 진짜 이름을 찾았다. 그는 조 프레이저와 싸운 것이 아니라 세상과 싸운 것이다.

L화원을 뛰쳐나왔지만 막상 갈 곳이 없었다. 가방 하나 들고 헤매

다가 저물어가는 구덕산 언덕에 쭈그리고 앉았다.

가로등이 하나 둘 불을 밝혔다. 밤이 깊어지면서 별이 머리 위에서 쏟아져 내릴 듯 반짝이고 시내의 전등 불빛은 보석처럼 반짝였다.

나는 하모니카를 꺼내어 '고향 생각'을 불었다.

'해는 져서 어두운데 찾아오는 사람 없어…'

어디선가 목탁소리가 들려왔다. 하모니카를 멈추고 귀를 쫑긋하고 들어보니 L화원 근처의 암자였다. 암자 툇마루에 앉아서 동정을 살폈다. 그날따라 더 시장기를 느꼈다.

그 암자의 보살 할머니는 안면이 있었지만 그렇다고 친한 사이는 아니었다. 암자의 전등이나 문고리 고장 난 것들을 내가 손봐주거나 암자의 나무를 전지해주는 정도였다.

나는 그 보살이 차려준 저녁밥을 걸신들린 사람처럼 허겁지겁 퍼먹었다.

"총각, 갈 곳이 없구먼, 쯧쯧"

나는 밥을 한 입 물고 눈만 껌뻑거렸다.

"우리 집에도 방이 없는데. 어쩌지…."

그날 밤부터 그 암자의 헛간에 둥지를 틀었다. 바람벽 틈새로 들이치는 찬바람이 선풍기 바람처럼 시원했다.

헛간에 가마니를 깔고 누워 팔을 괴고 잠을 청했지만 쉽게 잠이 들지 않고 생각이 고향을 헤맸다.

'고향의 부모님은 어떻게 지내실까?'

부모님 생각에 미치자, 현실의 괴로운 처지를 애써 지우고 아무 걱정 없이 뛰놀던 유쾌한 어린 시절을 떠올렸다. 나와 함께 몰려다니던 친구들의 얼굴이 하나 둘 떠올랐다.

'짜식들 보고 싶다.'

내일 당장 고향으로 가고 싶었다. 그러나 나는 그럴 처지가 못 된다는 것을 알고 돌아누웠다.

향수는 외로운 객지 생활에서 돈 없이도 즐길 수 있는 사치스런 위안이었다.

암자의 헛간에서의 생활은 한 마디로 거지나 다름없었지만 세상천지에 오갈 데 없는 나의 처지에 감지덕지했다.

당분간 헛간에서 살아갈 수 있는 살림살이를 장만하였다.

살림살이라야 석유곤로와 양은솥과 숟가락, 그리고 바가지 정도였다. 바가지는 물 뜨고 쌀 씻고 밥 담고 설겆이까지 다용도 복합기구였다.

사과 궤짝을 구해다가 문종이로 안팎을 발라서 찬장 겸 각종 자질구레한 물품 수납장으로 사용했다. 궤짝을 바르고 남은 문종이로 헛간의 문틈을 발라서 바람을 대강 막았다.

헛간 바닥은 뒷산에서 풀을 베어다 깔고 가마니를 덮었다. 국제시장에서 중고품 침낭을 큰맘 먹고 구입했다.

나의 독립생활은 초라했지만 만족했고 마음 편했다.

5

다음 날, 서면으로 나갔다. 호구지책을 해결해야 할 처지에 학교는 이미 생각 밖이었다.

어디로 가야 일자리가 있을지 고민하면서도 S합판 회사에는 돌아가지 않기로 마음먹었다.

'뜻을 푸는 한이 있더라도 남모르는 곳에서….'

기술을 배우는 데는 상가가 즐비한 광복동 쪽보다 공장이 밀집해 있는 서면 뒷골목 부속 가게 골목으로 갔다.

가게와 공장이 혼재되어 있는 골목을 이리저리 기웃거리며 다녔다. 시내 중심가의 뒷골목이어서 많은 사람들이 바쁘게 오갔다. 나처럼 가게를 살피며 별 볼일 없이 걷는 사람은 아무도 없었다. 다들 자기 일에 바빠서 나에게 눈 한번 맞추는 사람이 없었다.

그때, 어떤 말라깽이 중년 남자가 무거운 상자를 가득 실은 리어카를 힘겹게 끌고 지나가는 것을 보자, 나는 리어카를 뒤에서 밀어주었다.

리어카는 M화학 공장으로 들어갔다. 상자를 공장 안으로 옮긴 후, 리어카를 끌던 그 사람과 공장 마당에 앉아서 땀을 닦았다.

"팔뚝 근육을 보니, 학생은 힘이 무척 세겠다."

병약해 보이는 그가 농장에서 길들여진 나의 팔뚝과 벌어진 어깨, 그리고 여드름이 벅벅 난 얼굴을 힐끔힐끔 살피면서 말하자, 나는 얼굴을 붉히면서 히죽이 웃었다.

그는 그 공장의 주인이었다. 직공 몇 사람을 데리고 플라스틱 사출기로 머리빗을 뽑아내는 소규모 공장이었다.

나는 속내를 결코 내비치지 않았다. 사실 나의 사정을 이해할 수 있을지 모르는 이에게 함부로 자신의 문제를 털어놓을 수는 없는 일이었다.

내가 공장을 나올려는 찰나에, 그가 나의 등 뒤에 한 마디 던졌다.

"마침, 직공 한 사람이 나갔는데…."

힘깨나 써 보이는 건장한 체구에다 남의 어려움을 돕는 태도, 그리고 나의 순진해 보이는 얼굴에서 직공으로 써볼 생각이 났던 것으로 짐작된다.

운명은 우연하게 결정되는 것 같다. 세상의 숱한 일 중에 내가 일생동안 그 일에 매달릴 줄은 미처 몰랐다.

그 공장에 출근하면서 암자의 헛간에 그대로 눌러 앉았다. 보살도 혼자 있기는 적적한 터에 젊은이가 옆에 있으면 든든하였고 빈 헛간에 거처하는 것은 절간으로서 부담스런 것이 아니다. 계약은 정식으로 한 것은 아니지만 두 사람 공히 내가 오래 있지 않을 것임을 무언으로 전제한 것이다.

새벽에 일어나자마자 언덕길을 뛰어내려가서 운동장 전차 종점에서 전차를 타고 서면으로 출근하였다. 나의 노동의 결과로 여러 가지 모양과 색깔의 머리빗이 만들어지는 것이 신기했다.

공장에 다니기 시작한 지 얼마 되지 않아서 공장장은 나를 신임하여 모든 것을 맡겼다. 오갈 데 없는 나를 받아준 것에 감사하면서 부속품 구입, 납품, 기계 수리, 심지어 리어카 펑크 수리 등 허드렛일까지 닥치는 대로 했다. 그가 나를 낚았는지, 내가 그에게 낚인 것인지 나는 학교에 가는 것도 잊고 밤늦게까지 공장일에 매달렸다.

공장에서 돌아오면 석유곤로에 된장을 데워서 식은 밥으로 저녁을 때우고 헛간에 곯아 떨어졌다가 아침 일찍 일어나서 공장으로 출근하는 것이 나의 일과가 되었다.

'기술을 익히고 돈을 모으면 공장을 차려야지.'

바쁜 일과에도 '플라스틱 기술자'가 되는 꿈을 꾸기 시작했다. 꿈꾸는 동안에는 고달프거나 외롭지 않았다.

겨울날 새벽, 시계가 없으니 시간을 짐작할 수 없기도 하였지만 헛간이 너무 추워서 잠에서 깨어났다. 머리맡에 두었던 물그릇이 얼어 있었다. 추위를 견딜 수 없어서 후다닥 일어나서 언덕을 뛰어내려갔다. 어둡고 한적한 거리에 서서 전차를 기다리다가, 사람도 전차도 보이지 않게 되자 무엇이 잘못된 것을 눈치 채었다. 통금해제가 안된 것이었다.

길가에 덜덜 떨고 서있으려니 파출소 직원이 손짓을 했다. 겁이 덜컹 났다. 통금 해제가 안된 시각이니 파출소에 잡아 가두는 줄 알았다. 몸을 움츠리고 출입문을 여는 순간, 파출소 안의 열기가 얼었던 얼굴에 확 덮쳐왔다.

"추운데 난로 곁에서 기다려라."

나이 지긋한 순경이 말을 걸었다.

"아직 학생 같은데 새벽에 어딜 가는가?"

그는 추위에 떨면서 전차를 기다리는 나를 여러 번 보았다고 한다.

그 매섭고 춥던 겨울도 아무 탈 없이 지나고 이듬해 봄이 되면서 나는 괴정동에 있는 대신화학공장으로 옮겼다. 대신화학은 내가 거처하는 곳에서 걸어 다닐 수 있을 정도로 가까운 곳에 있었다.

나는 화장품통 뚜껑을 리어카에 가득 싣고 까치고개를 넘어서 충무동에 있는 M유기로 배달하는 일을 하였다. M유기는 호프화장품을 만들어서 시장에 유통하는 화장품 회사였다.

나는 부전동의 M화학에서 시작하여 대신화학, 그리고 M유기로 옮겨 다니면서 플라스틱의 제조와 유통경로를 파악하게 되면서 큰 사업자금 없이 나 혼자서 할 수 있는 일을 찾아낼 수 있었다.

그 일은 플라스틱 재료를 M화학이나 대신화학 등의 플라스틱 제조공장에 납품하는 것이었다.

사업에 성공하려면 먼저 사업 선택을 잘해야 하고, 그 다음으로 중요한 것은 제품의 유통경로를 알아야 한다. 그리고 미래를 정확하게 예측하는 것이다. 현재에 비추어 미래를 가늠한다는 것은 새로운 것을 창의적으로 개발하는 발전적 과정이다.

플라스틱은 쇠붙이와는 달라서 가볍고 공정 과정이 간단하고 색깔이나 모양, 그리고 강도가 제작자의 의도대로 만들 수 있다. 플라스틱은 장난감을 비롯해서 바다의 선박, 육지의 자동차, 그리고 하늘을 나는 비행기까지 광범위하게 활용될 수 있다.

'플라스틱 연금술사가 되어야지.'

나는 플라스틱 재료를 제조하여 공장에 납품하는 일을 했다. 그것은 플라스틱 원재료를 화학공장에서 뽑아내는 것이 아니라 폐플라스틱을 고물상에서 구입하여 양잿물에 세척한 후 파쇄기로 플라스틱 분말을 만드는 과정을 거치는 것이다. 특별한 기술이 없어도 몸만 튼튼하면 누구나 할 수 있는 일이다.

폐플라스틱을 고물상에서 수집하여 내가 거처하는 암자 언덕 아래의 구덕천 천변에서 양잿물로 세척하였다. 플라스틱 분말을 충무동에 있는 D화학공장에 납품하였는데, 플라스틱 재료가 없어서 못 팔 만큼 공급이 딸렸다.

어느 날, K고물상에 들렀다가 한 인부가 눈짓을 하더니, 나에게 귀중한 정보를 귀띔해 주었다.

"대평선창에 가면 '나까마'를 헐값에 구할 수 있다."

나는 폐플라스틱을 힘들여서 세척하고 파쇄하는 공정을 거치지 않아도 플라스틱 분말을 싼값에 구입할 수 있다는 그의 말에 귀가 솔깃하였다.

지금까지 고물상의 눈치 보며 구걸하듯이 폐플라스틱을 구해서 그것을 손바닥이 부르터지도록 세척해야 하고 어깨, 팔, 온몸이 쑤시도록 노동해야 플라스틱 재료를 만드는데 비해서 '나까마'는 힘 안 들이고 헐값에 구할 수 있다는 그의 말에 나는 일확천금의 기회라고 여겼다.

'나에게 행운이 찾아온 것이 틀림없어. 운명아 열려라, 파이팅'

6

고물상 직원이 알려준 영도 대평선창에 그 김 씨를 찾아갔다. 그러나 그는 없었다. 틈나는 대로 자갈치에서 남항을 건너는 떼배를 타고 가기도 했지만 헛걸음만 했다.

어느 날 저녁 무렵, 대평선창에 그를 만나러 갔다가 그날도 헛걸음하고 선창에서 골목을 빠져나오는데 어두컴컴한 구석에서 검은 그림자처럼 나타난 어떤 사나이가 나의 어깨를 툭 치고 지나가면서,

"따라오시오."

작은 소리였지만 굵고 낮은 톤에 거역할 수 없는 힘을 느꼈다. 나는 영문도 모르고 따라갔다. 그는 어두운 골목으로 들어가더니 돌아서면서 갑자기 칼을 내 목에 들이대었다.

"김 씨는 왜 찾나?"

내가 M화학과 대신화학, 그리고 M유기와의 관계를 말하면서 플라스틱 재료를 구입하기 위하여 그를 찾아왔다고 하자, 그는 나의 촌스럽고 아직 학생 티가 나는데다가 순진한 말 속에서 진실성을 파악하였는지 주의를 풀고 슬그머니 칼을 거두었다.

그가 바로 김 씨 본인이었다. 내가 그를 찾아서 그 선창에 갔을 때마다 나는 그에게 김 씨의 행방을 물었고 그때마다 그를 모른다고 했던 바로 그 김 씨였다. 그는 나에게 다음번에 만날 장소와 시각을 정해주었고 물량과 돈 액수도 일방적으로 정하여 그 돈을 미리 준비해 오라고 명령하듯 했다.

"다른 사람에게 말하면, 당신은 끝장이요."

다짐하는 그의 말에는 비수가 들어 있어서 절대로 거역할 수 없는 명령처럼 들렸다. 그와 헤어지고 영도다리를 건너는 나의 발걸음은 허공을 딛는 것 같았다. 다리 난간을 잡고 주저앉았다가 속이 매스꺼워서 헛구역질로 토했다.

'이럴 수가. 발을 잘못 들여놨구나….'

그의 정체는 무엇이며, 그가 왜 그런 행동을 하는지에 대해서 곰곰이 생각했다. 나는 무엇인지 확실히 알 수는 없었지만 틀림없이 그의 행동에서 정상이 아닌 비밀스러운 뭔가가 있는 것을 의심하지 않을 수 없었다.

'훔친 물건을 되팔려는 것일까? 아니면….'

이튿날 K고물상에 가서 그 인부에게 물어보았다.

"나까마가 어떤 플라스틱인데요?"

"……"

그는 무엇을 묻는지 이해가 안 된다는 듯이 내 얼굴을 유심히 보더니 어이없다는 듯 픽 웃으면서

"아, 그거? 밀수품 아이요."

'나까마'가 밀수품이란 말에 충격을 받았다.

그 당시 우리나라는 공산품이래야 비누, 치약, 고무신, 옷가지 정도였다.

공산품은 주로 미국과 일본 제품이었는데, 일본과 교역을 정상적으로 하지 않았기 때문에 전자제품을 비롯하여 일제품이 주로 밀수

입 되었다.

밀수는 국내 산업발전이나 관세에 미치는 영향이 크기 때문에 밀항이나 밀수꾼에 대한 단속이 심했으며, 밀수가 적발되면 밀수꾼의 사진과 함께 신문기사가 실리면서 밀수는 도둑질보다 더 악질적인 범법행위로 인식하고 있었다.

'아버지가 경찰에서 곤욕을 치렀는데, 나까지 밀수꾼이라고 소문이 퍼지면….'

그 김 씨와 약속한 것을 후회했다. 그렇다고 그 약속을 파기할 수도 없는 것은 그의 보복이 두려웠기 때문이다. 그날 내 목에 들이대었던 그 칼끝이 생각나면서 나의 목 언저리가 아려왔다.

"아…."

불행의 조짐으로 온몸이 옥죄이는 기분이었다.

'그의 손아귀에서 벗어나야 한다.' 밤새도록 악몽에 시달렸다. 그리고 약속한 그 시각에 맞추어서 빈손으로 그 장소로 가려고 암자를 나섰다.

'돈을 도둑 맞아서…. 비밀로 할 테니….'

그를 설득할 말이 잘 생각나지 않았지만, 그를 꼭 만나야 했다. 그는 나의 허둥대는 언동에서 진실을 간파할 것이니까 둘러대봤자 소용없음을 알았다. 그렇지만 그와의 관계를 끊기 위해서는 한 번은 그를 만나야 했다.

남포동에서 버스를 내려서 영도다리를 걸어서 건넜다. 남항과 북항을 오가는 통통배가 하얀 물살을 가르면서 영도다리 아래로 들어가서 모습을 감추었다가 숨바꼭질 하듯이 반대편으로 다리를 빠져 나와 통통거리며 달아나버렸다.

영도 경찰서 앞을 지나 대평선창으로 통하는 골목길로 막 들어서려는데, 골목 끝 선창 쪽에서 그 김 씨가 걸어오고 있었다.

손을 뒤로 한 채 고개를 푹 숙이고 걷는 김 씨 뒤에 바짝 붙어서 검정색 가죽잠바 차림의 사나이와 또 한 사람이 김 씨 뒤를 따라오고 있었다.

김 씨가 형사들에게 붙잡혀서 영도 경찰서로 들어갔다.

7

나는 그날 밤, 형사가 찾아왔었다는 가게 아주머니의 말을 전해 듣고 암자로 들어갈 수 없어서 그 길로 돌아서서 자갈치 해변으로 갔다. 자갈치 해변에 서서 경찰서 쪽을 힐끔거렸지만 무슨 뾰쪽한 수가 없었다. 자갈치 골목에 어둠이 깔리고 인적이 없어지자 갈 곳이 막막하였다.

'어디로 가지?'

암자로 돌아갔다가는 형사가 찾아올 게 뻔한데 거기로 갈 수 없으니 갈 곳은 한 곳뿐이었다. 버스를 타고 S합판 회사 기숙사로 갔다.

고향에서 부산으로 함께 온 '정길'을 불러내었다.

"너, 무슨 일이 있구나?"

나의 몰골을 보더니 고아원에서 눈칫밥을 먹고 자란 그는 무슨 일이 벌어진 것을 눈치 채고 다급하게 물었다.

나와 정길은 초등학교부터 남달리 친했다. 사실은 그때 나는 그가 시키는 대로 하는 처지였다. 그는 나와 학교 동기생이었지만, 나보다 두 살 많을뿐더러 동급생 간에도 그는 리더 역할을 했다. 그는 전쟁통에 부모를 잃고 혼자서 갖은 고생을 하면서 자랐기 때문에 세상을 읽는 데는 특별한 재주가 있었다.

내가 고등학교에 갈 수 없는 형편이었을 때, 그가 고아원 원장님께 부탁해서 부산 S공업고등학교에 함께 올 수 있었다. 그는 고등학교를 졸업하고 S회사의 합판 운반 트럭 조수로 사회생활을 시작했지만 아직 세상 때가 묻지 않은 정의롭고 순수한 영혼의 청년이었다.

나의 문제를 터놓고 의논할 수 있는 유일한 나의 맨토이며, 나는 그를 친구로 둔 것을 참 다행으로 여겼다.

정길은 나의 이야기를 듣더니, 겁먹은 나를 안심 시키려고 문제될 것이 없으니 걱정할 필요가 없다고 했다.

"형사가 찾아왔다고 했는데, 네가 직접 만난 것도 아니고 그 사람이 형사라는 확실한 증거가 없지 않나."

"그 검정색 가죽잠바가 김 씨를 체포해 가는 것을 내 눈으로 분명히 봤어."

"그가 아주머니에게 자신이 형사라고 말한 것은 아니잖나. 가게 아주머니의 짐작이지."

"그렇긴 해도 그 형사 말고는 구덕산 산골짜기까지 나를 찾아올 사람이 없잖나?"

"……"

"그 사람의 인상착의가 내가 본 그 형사가 틀림없어."

"그래? 그럼 그가 형사라고 해도 네가 밀수품을 아직 사들인 것도 아닌데 무슨 걱정이냐?"

"아니지, 그가 제 살기 위해서 덮어씌울 수도 있고, 또 경찰이 고향집에 나를 찾아가게 되면 우리 부모님이 얼마나 걱정하시겠냐. 고향 친구들까지 알게 된다면…,"

내가 밀수용의자로 수사 당하는 것보다 부모님이 알게 될까 걱정이었다.

"그 밀수꾼이 네게 덮어씌운다 해도 죄가 없는데 무슨 걱정이냐. 진실은 밝혀지게 될 거야."

"진실? 내가 그 밀수꾼과 밀수품 거래를 약속한 것은 범법 행위가 아닌가? 죄 없는 사람도 죄인으로 만드는 세상인데…"

영화에서 본 경찰서 취조실의 무시무시한 취조 행태가 머리를 스쳤다. 고문에는 어떤 장사도 견딜 수 없어 결국 거짓 자백할 수밖에 없다.

"그 형사가 이미 나를 찾아온 것만 봐도 나에게 혐의를 둔 것이 틀림없어."

나를 찾아왔다던 검정색 가죽잠바가 그날 내가 본 형사와 동일인이라는 생각을 떨칠 수 없었고, 이미 경찰이 나를 표적으로 수사를 하고 있다고 확신했다.

“그 김 씨 말이야. 그놈 얼굴을 네가 못 봐서 그렇지. 그놈은 영락없는 범죄자 얼굴이었어. 범죄자가 아니라면 내 목에 칼을 들이대겠어?”

사실, 나는 형사보다도 그 김 씨가 더 무서웠다. 밀수는 열 번 잡혀도 한 번 성공하면 큰돈을 벌 수 있기 때문에, 밀수꾼들은 잡혀 들어가도 곧 풀려나와서 또 밀수를 한다고 들었다.

“그리고 그 김 씨 말이야. 그놈 한 놈 뿐일까? 밀수는 혼자서는 할 수 없어. 자금을 대는 자금책, 직접 밀수하는 밀수꾼 그리고 운반책, 판매책 등 김 씨가 잡혀 들어갔으니 그 패거리들이 나를 그냥 둘 것 같아?”

김 씨를 찾아다녔을 때, 대평선창에 정박하고 있는 수많은 소형 선박들이 모두 밀수선으로 여겨졌으며, 선박마다 엎드려서 일하는 선원들은 사실은 일하는 척하면서 나를 힐끔힐끔 보던 그 눈초리들이 영락없는 밀수꾼이란 생각을 떨칠 수 없다.

“밀수꾼들이 사람을 잡아다가 바다 원목 틈새에 집어넣는다고 들었어. 그 속에 들어가면 내년 봄쯤이면 시체가 고기밥이 되고 흔적도 없어지지.”

합판 공장의 저목장은 수입 원목을 바다 위에 띄워서 절이고 보관하는 곳인데, 저목장의 원목들은 그 무게가 수 톤씩 나간다. 그 원목들 사이에 빠지면 아무리 힘센 헤라클레스라도 그걸 양쪽으로 밀쳐내고 밖으로 나올 수 없을 것이다.

그날 밤, 우리는 대책을 세웠다.

첫째, 암자로 돌아가지 않아야 한다. 형사가 찾을 수 없도록 숨어 지내기로 했다. S합판 회사 기숙사에 숙식하면서 때를 기다린다.

정길은 밖으로 나가는 일이 많으니까 점심과 저녁밥은 되도록 외식을 하고, 나는 하루 한두 끼씩 그의 식권을 이용한다.

둘째, 플라스틱 관련 일은 절대로 하지 않는다. 틀림없이 플라스틱 공장이나 폐플라스틱 수집상들을 대상으로 수사할 것이 불 보듯 했기 때문이다.

마지막으로 친구들에게도 절대 비밀로 해야 한다. 누구 한 사람이라도 알게 되면 범죄자로 취급받아서 결국 기숙사에도 들어갈 수 없게 된다.

그날 밤부터 회사의 기숙사 신세를 졌다. 그러나 식권이 있다고 해서 기숙사에 마음대로 기거할 수 없었다. 기숙사는 한방에 여러 명이 거처하는 처지에 다른 사람의 양해를 구해야 하고, 그들의 불만을 고려하지 않으면 안 된다.

처음 며칠은 오랜 만에 만난 친구를 반갑게 대해주었지만 새로 들어온 낯선 친구들은 날이 갈수록 시선이 곱지 않았다. 정길이 그들을 윽박질러서 잠재우려 했지만, 그럴수록 경찰에 알리기라도 한다면 큰일이라는 생각이 들었다.

며칠이 지난 후 결국 잠은 다른 곳에서 자고 식사는 기숙사 식당을 이용하기로 했다.

잠잘 곳이 없었다. 부산에 친척집도 없는 데다가 내가 거처하던 암자와 L화원 근처에도 갈 수 없는 형편이니 아무리 생각해도 갈만한 곳이 없었다. 여름철이면 바닷가 해변에서 노숙을 할 수도 있지만 한 겨울철에 노숙할 수 없었다.

궁리 끝에 목욕탕을 찾아갔다. 목욕탕을 청소해 준다면, 나는 이튿날 새벽까지 목욕탕에서 잠을 잘 수 있을 것이고, 목욕탕은 청소관리하는 사람을 따로 쓸 필요가 없게 될 테니 양자가 이득이라고 생각했기 때문이다.

"목욕탕 청소를 무료로? 왜?"

목욕탕마다 청소하는 사람이 있었고 그들은 자신의 일자리를 빼앗길까 염려해서 목욕탕 주인에게 말을 걸 기회를 사전에 가로막았다.

'목욕탕 청소를 공짜로 해주겠다는데도…'

발품을 팔아서 목욕탕을 찾아다닌 끝에 기숙사가 있는 우암동에서 멀리 떨어진 좌천동 어느 병원 골목 입구의 목욕탕에서 겨우 허락을 받았다.

목욕탕 관리인이 퇴근하고 나면, 그때부터 나는 목욕탕 구석구석을 정돈하고 마지막으로 탕 안의 물을 뺀 뒤에 말끔히 닦아내고 빈 탕 속에서 잤다. 탕 속은 온돌방처럼 따뜻하였으며 다음 날 아침까지 식지 않았다. 모처럼 호텔처럼 따뜻하고 편안한 곳에서 잠을 잘 수가 있었다.

그러나 목욕탕에서 기숙사까지 거리가 너무 멀어서 식사하러 다니려면 왕복 버스비가 식사비만큼 들었다. 무엇보다 신경 쓰이는 것은 목욕탕을 관리인이나 손님 중에 어떤 이는 나를 수상하게 여기는 것 같았다.

그 당시에는 간첩신고를 해서 성공하면 상금을 타고, 성공 못해도 애국심이 있다고 칭찬 받는 사회 분위기였다.

"총각, 고향이 어디야? 멀쩡한 사람이 왜 취직은 하지 않고 목욕탕 청소나 하고 다니지?"

얼굴이 화끈거려서 머리만 긁고 있었다. 그럴수록 수상하게 보일 수밖에 없었다.

버스비도 없고 식사비도 없으니 굶고 목욕탕에 버티고 있을 수 없는 형편이었다. 무엇보다도 내가 열심히 하면 할수록 자신의 일자리가 위태로운지 그 목욕탕 관리자의 태도가 경찰에 신고할 것 같은 예감이 들었다.

목욕탕에 더 이상 있을 수 없는 일이 벌어졌다. 그곳에 기거한 지 일주일쯤 되는 날 오후였다. 목욕탕 주인의 심부름으로 부산진 시장 비누 도매상에 갔다가 목욕탕으로 돌아가기 위해 좌천동 경부선 철로 건널목 앞까지 왔을 때 마침 차단기가 내려갔다.

기차가 지나가기를 기다리고 섰을 때였다. 철로 건너편 좌천동 쪽에 검정색 가죽잠바 차림의 사나이가 나를 노려보고 있었다. 열차가 철로 이음새를 '철거덕 철거덕' 쇳소리를 내면서 지나갈 때 열차와 열차 사이에 그가 나타났다 사라지고, 또 나타났다가 사라지는 것이 보였다.

그가 형사라는 것을 직감하자, 나는 순간적으로 고개를 숙이고 뒤

돌아서서 부산진 시장 뒷골목으로 빠져서 범5동 적산가옥 골목으로 숨어서 5부두 쪽으로 내달렸다.

허치슨 부두 입구에서 뒤돌아보았을 때 그 형사의 모습은 어디에도 없었다. 나는 S합판 회사가 있는 우암동 쪽으로 걸어가면서 두근거리는 가슴을 겨우 진정시켰다. 그 가죽잠바 사나이가 바로 그 형사인지 확실하지 않았지만, 그를 피한 것은 잘한 일이라 여겨졌다.

솔직히 나는 처음부터 그 형사의 얼굴을 기억하지 못하고 있지만 만약의 경우를 생각해서 검정색 가죽잠바를 입은 사나이는 무조건 피해야 했다.

내가 기숙하는 목욕탕 근처까지 수사가 좁혀졌으니 이제 더 이상 목욕탕에도 갈 수 없게 되었다.

낮에는 기숙사 뒷산 언덕에 올라가서 부산항을 드나드는 크고 작은 선박들을 내려다보면서 시간을 보냈지만 오륙도 너머 수평선 위의 하늘은 늘 잿빛이었다.

기숙사에서 하루 두 끼의 식사를 했지만 한창 젊은 나이에 점심을 굶었으니 늘 허기져 있었다. 밤이 되기를 기다렸다가 S합판 회사의 합판 야적장 구석에 합판을 둘러치고 몇 날 밤을 보내기도 했다. 정길 몫의 식권도 달랑 한 장이 남았다.

8

나는 부산지방 병무청으로 가서 입대 지원서를 제출했다. 그러나 입대는 본적지 관할 병무청에서 할 수 있다고 했다. 입대 절차를 미처 모르고 있었던 것은 입대할 연령에 해당되지 않아서 한 번도 관심을 가져본 적이 없었기 때문이다.

입대는 신체검사 통지를 받은 사람만이 정해진 날짜에 신체검사를 하고 신체검사에 합격해야만 입대 영장이 나온다고 했다. 대개 신체검사를 하고 나서 한 1년 쯤 경과해야 입대하게 된다. 적어도 1년 이상의 세월이 지나야 입대가 가능했다.

"입대도 마음대로 할 수 없다니…."

군을 기피하는 사람들이 있는데 자원입대를 받아주지 않는다는 것은 이해가 안 되었다.

나는 현실 문제를 해결하는 길은 내가 입대하는 것이 한 가닥 희망이었는데, 자원입대도 할 수 없게 되자 허탈해진 기분으로 병무청 문을 나오려는데, 해병 중사 한 분이 준雋을 불러 세웠다.

그는 해병대 모병관이었다.

"야. 너 해병대 지원 안 할래?"

"예?"

"해병대 말이야."

그 중사의 빨간 명찰을 보는 순간, 나는 무엇인가 강렬한 것이 눈을 찌르는 것 같아서 고개를 돌렸다.

'해병대는 기합도 심하고 고생을 무지하게 하는데…,'

그 당시만 해도 일반적인 시각으로 해병대는 깡패들만 가는 특수 집단으로 알고 있었다.

"아니오."

고개를 흔들어서 거부감을 표시하고 재빨리 빠져나오는데, 그 중사가 뒷덜미를 잡는 것 같은 느낌이 들었다. 병무청을 도망치듯이 뛰어나왔지만 그렇다고 달리 갈 데도 없어서 부전역 대합실로 발걸음이 옮겨졌다.

사람들이 하나둘 몰려 들어와서 왁자지껄하던 대합실이 기차가 들어오자 썰물처럼 빠져나갔다.

대합실 벽에 중앙선 기차역과 요금표가 커다랗게 적혀 있었다. 울산, 경주, 영천, 의성, 안동, 영주, 그리고 B읍이 눈에 들어왔다.

"아, 나도 기차를 타고 고향에 갈 수 있었으면."

고향의 부모님과 동생들, 그리고 친구들 생각이 간절했다.

가야산 해인사에 홍류동紅流洞계곡이 있다면, 내 고향 B군에는 하늘의 신선이 사는 마을이란 뜻인 청하동천靑霞洞天이 있다.

청하동천靑霞洞天은 B읍의 대표적인 계곡으로 금강송 숲과 기암괴석이 어우러진 골짜기로 맑은 내성천이 흐르는 언덕에 석천정사는 경관이 좋아서 도깨비들이 몰려와서 계곡을 온통 헤집고 다녀서 그곳에서 공부하는 유생들을 방해하기 때문에 석천계곡 인근 닭실마을의 명필 권두웅이 이 계곡 입구의 바위에 靑霞洞天을 쓰고 붉은색 주사 칠을 하여 그 필력으로 도깨비들을 쫓았다는 전설이 있다.

어린 시절 석천계곡은 여름철 아이들의 천국이었다. 아이들은 너나없이 벌거숭이가 되어 석천정사 앞 너럭바위 위로 흐르는 물 미끄럼을 타고 놀았다.

무심코 본 대합실 창문 유리창에 비친 내 몰골을 보자 실소하지 않을 수 없었다. 눈이 움푹 들어가고 광대뼈에 여드름투성이, 소매가 댕강한 옷차림…, 어느 한 구석 곱상한 데가 없이 거칠고 고단해 보였다.

가을부터 암자에도 돌아가지 못한 채 한겨울 동안 벌벌 떨고 다니는 나를 본 고향 친구 낙현이 그의 재킷을 벗어주었다. 체구가 남달리 작은 그의 재킷은 나의 어깨를 조이고 기장과 짧은 소매가 희극배우 채플린처럼 나를 억지로 웃겼다.

그날 아침만 하더라도 내가 처한 어려움은 삶의 과정에서 한순간에 불과하며, 이 절박함도 언젠가는 벗어날 수 있을 것이며, 미래의 나를 위해서 젊은 날의 값진 체험이 될 수 있으리라고 각오를 다졌다.

'플라스틱 연금술사'가 꿈이었는데, 시작도 못해보고 불안과 공포에 떨며 도피자가 된 나 자신이 한심했다.

'청하동천에서 쫓겨난 그 도깨비 신세로구나.'

이젠 더 이상 갈 곳이 없는 도깨비 처지라는 생각에 미치자, 절망의 늪에 갇힌 기분으로 숨 막힐 듯이 가슴이 답답해져 왔다.

지금까지 아등바등 매어 달렸던 끈을 놓아버리고 모든 것을 운명에 맡기고 싶었다.

'경찰서에 찾아가서 자수하자.'

경찰서로 가려고 일어서는 순간, 그 김 씨의 험상궂은 얼굴과 협박조의 목소리, 그리고 날카로운 칼과 함께 김 씨를 체포하여 영도 경찰서로 들어가던 그 검정색 가죽잠바 형사가 나를 죽일 것만 같은 생각에 몸서리쳤다.

역대합실의 유리 창문 틈으로 바람이 세차게 불어왔다. 아무도 없는 썰렁한 대합실에 혼자 있고 싶지 않았다.

한 역무원이 아까부터 힐끔힐끔 나를 훑어보고 있었다.

'어디라도 가야 한다.'

이제 이 상황을 종결지우고 싶었다.

'어딘가 가야만 한다. 가야 한다면…. 그렇다.'

그때, 뇌리에 한 가지 방도가 스쳤다. 나는 중대 결심을 하고 대합실을 나와서 성큼성큼 걸어서 병무청 안으로 다시 들어가서 그 해병 중사 앞에 섰다.

"저…. 해병대에 지원하겠습니다."

경찰서가 아니라 해병대를 택한 것이다.

"그래? 그럼 한 달 뒤에 다시 와서 입대해."

그 중사는 지원서와 볼펜을 주면서 말했다.

"지금 당장은 안 됩니까?"

"야, 이 친구야. 해병대가 애들 장난하는 데냐? 네 맘대로 들어가고 나가게."

일단 지원서를 작성하고 나왔다. 부전시장 쪽에서 자장면 냄새가 솔솔 날아와 코를 자극했다. 배에서 쪼르륵 소리가 났다. 주머니를 뒤져보니 동전이 몇 개가 만져졌다.

'대포 한 잔에 20원이라…, 그렇지.'

나는 불현듯 묘안이 뇌리를 스치자 마지막 기회로 여기고 병무청 출입문이 보이는 곳에 서서 기다렸다.

'기회는 그를 잡는 자의 것이다.'

이윽고 그 중사가 병무청 현관에 나타났다. 나는 뛰어가서 그에게 군인처럼 거수경례를 하였다.

"충성! 잠시 드릴 말씀이 있는데요."

"응, 그래. 말해봐."

"잠시만 들어가시지요."

그의 팔을 잡고 부전시장 골목 대폿집으로 들어갔다.

대포 한 잔을 시켜서 그 중사 앞에 내었다.

"왜, 나만 한 잔이야. 너는?"

"지는 술을 못 먹심더. 중사님만 한 잔 드시소."

"짜식, 술 못 먹는 해병이 어디 있어. 주모, 여기 한 주전자 주소. 그리고 수육 한 접시하고…."

내 주머니 사정에 가슴이 철렁했다. 그 중사가 술을 권해서 못 이기는 척하고 몇 잔 받아먹었다. 빈속에 술이 들어가니 속이 짜릿하면서 얼굴이 화끈거리기 시작하자 나도 모르게 용기가 났다.

나의 광야 생활의 전말을 사실대로 털어놓았다.

"내일 입대하지 않으면 안 되는 이유가 그거야?

짜식, 순진하기는. 내일 아침 8시까지 내 사무실로 와. 입대 준비해서…"

그는 주머니 속을 반지작거리는 나의 사정을 이미 꿰뚫고 있었는지, 주모를 불러서 술값을 계산하더니 뒤도 돌아보지 않고 휑하니 문밖으로 나가서 성큼성큼 걸어갔다.

그 해병의 뒷모습이 황홀할 정도로 멋있었다. 그의 뒷모습에 대고 거수경례를 올렸다.

9

날아갈 듯이 흥분된 기분으로 정길을 찾아갔다. 그때 나의 기분은 대학에 합격한 기분이라도 이보다 더 좋을까 싶었다.

그날 밤, 범일동 철둑 야시장 고래 고기 좌판에 앉아서 이별주를 나누었다.

"세상에는 나쁜 사람도 더러 있지만, 좋은 사람도 무지하게 많은 거여. 그 해병 중사, 참 멋있더라."

그날로 광야 생활을 마쳤고, 이튿날 젖과 꿀이 흐르는 가나안 땅으로 들어갔다.

해병대는 내가 들은 그대로 군기가 엄했고 고된 훈련의 연속이었다. 그것은 전쟁터에서 살아남기 위한 훈련이었다. 훈련과정마다 교관들은 해병대원으로서 긍지를 심어 주었다.

"누구나 해병이 될 수 있다면, 나는 결코 해병을 택하지 않았을 것이다."

정의롭고 용기 있는 해병으로 자존감을 높이기 위해서는 훈련의 강도와 군기가 살아야 하는 것은 당연하다. 우리는 훈련장으로 출정할 때마다 군가를 불렀고, 훈련을 마치고 막사로 돌아올 때까지 수도 없이 불렀다.

'귀신 잡는 용사 해병 우리는 해병대
젊은 피가 끓는 정열 어느 누가 막으랴,
라이라이라이라이 차차차….'

'브라보 해병'을 부르면서 당당하던 훈련병들은 훈련을 마치고 막사로 돌아올 때는 녹초가 되었다. 날이 갈수록 피로가 쌓이면서 혹독한 훈련을 견디기 힘들어 했으며, 반찬 타령, 잠자리 타령, 불침번 타령, 사역 타령 사사건건 불평불만이었다.

나는 불평 한 마디 없이 그들이 기피하는 사역이나 불침번을 자청했고 내무반 청소는 혼자서 도맡아 했다. 그들은 나를 이상한 놈으로 여겼고 내무반장도 나를 고문관으로 취급했다.

"야, 저 새끼 돈 거 아냐?"

그렇게 생각하는 것은 당연하다. 내가 광야에서 온 것을 그들이 알 턱이 없기 때문이다.

애급을 탈출한 모세 일행은 홍해에서 가나안까지는 열흘길이었지만, 광야에서 40년을 보냈다. 만약 광야를 거치지 않고 가나안으로 곧장 갔다면, 그들은 가나안에 대한 기대에 실망하고 발길을 돌렸을 것이다.

광야를 경험하지 않은 사람은 이보다 더 좋은 환경에 처했다 하더라도 나처럼 고마움을 느끼지 못할 것이다. 광야의 삶은 고난의 길이지만 자기 자신에 대한 성찰과 다양한 경험을 감내할 수 있는 인생의 중요한 과정이다.

나에게 해병대는 지상낙원이었다. 헐벗고 굶주리고 잠잘 곳도 없이 죄인처럼 공포에 떨며 숨어 다녔던 불쌍한 영혼에게 해병대는 한 푼의 대가도 바라지 않았다.

난방 장치가 잘 된 아늑한 내무반에 따뜻한 제복에 기름진 음식, 몸이 약해질까봐 체력 단련도 시키고…, 무엇보다도 그 형사가 못 들어오게 보초까지 서주었다.

10

나는 귀신 잡는 해병으로 훈련되었고, 청룡으로 베트남에 출정하게 되었다. 베트남 수송선에 오르자 이제 아무도 나를 따라오지 못할 것이라는 생각에 안도했다.

'어떤 놈이 베트남까지 날 찾아오겠나. 이제 해방이다.'

부산항을 떠나던 날, 환송 인파들이 3부두에 가득 모여 들었다. 부산 시민이 다 나온 것 같았다. 그렇지만 나를 아는 이가 있을 리가 없다. 부두를 뒤덮은 태극기 물결 속을 무심코 내려다보다가 한 사람에게 시선이 멈추었다.

'어, 저 사나이….'

수많은 군중 속에 검정색 가죽잠바를 입은 사내가 나를 향해 손짓을 하였다.

'여기까지 좇아오다니, 정말 지독한 놈이구나.'

그런데 검정색 가죽잠바 입은 사나이가 그 사람뿐 아니라 여기 저기 있었다.

'꿈인가? 부두의 환송 인파, 수송선의 수많은 병사들. 이 모든 것이 꿈일 수는 없다.'

이 꿈같은 현상은 바로 손쉽게 일확천금을 노리던 나의 허황된 욕심이 만들어낸 신기루 같은 허상이라는 것을 깨닫게 되는 순간, 지금까지 가슴을 누르던 불안과 공포가 사라졌다.

나를 집요하게 쫓던 그 마왕 같은 사나이가 누구든 간에 이제 진실 여부는 의미가 없다. 파병선에 승선하여 전쟁터로 가는 이 순간도 현실적으로 광야의 연속이다.

나는 광야를 두려워하지 않을 것이다. 가진 자는 사회통념에 따르기만 하면 살아갈 수 있지만 나 같은 사람은 스스로의 노력하지 않으면 안 된다. 그러나 절박한 상황에서 가진 자는 절망하지만 광야를 경험한 사람은 내부의 잠재력을 최대한 끌어냄으로써 초능력을 발휘할 수 있다.

내가 꼭 돌아와야 하는 이유는 플라스틱에 대한 열정이다. 놋쇠그릇, 양은 냄비, 양철통 등의 철물에 비하면 가벼우면서 강하고 제작자의 의도대로 변형시킬 수 있는 플라스틱의 무한한 가능성에 매료되었기 때문이다. 나는 광야를 떠돌면서도 플라스틱으로 세상을 변신시키는 꿈을 꾸고 있다.

'양잿물 통을 어린이가 쉽게 열지 못하게 할 수 없을까? 가볍고 철

보다 강한 플라스틱을 만들 수 없을까?'

남이 개발한 금형으로 사출하는 요령만 익혔다면, 나는 결코 '플라스틱 연금술사'가 될 수 없을 것이다.

내가 돌아와야 하는 또 다른 중요한 이유가 있다. 어느 날 저녁 무렵, 허기진 몸으로 대신동 언덕길을 힘들게 오르고 있을 때, 뒤에서 한 여인의 청량한 목소리가 나를 불러 세웠다. 그 목소리는 계곡을 흐르는 물소리처럼 맑았다.

"오빠, 한이 오빠 맞제?"

목소리의 주인공을 알아채지 못하고 멍하니 서있었다. 가로등 불빛에 비친 그 여인의 얼굴은 뜻밖에도 그동안 까마득히 잊고 지냈던 L화원의 주인집 딸 '은경'이었다.

그네의 얼굴을 보는 순간 가슴이 싸한 느낌에 '아' 소리가 저절로 나왔다. 그네가 고3이 되었으니, 내가 화원을 나온 지 2년이 지났다. 새봄이면 그도 어엿한 대학생이 될 터이니 처녀티가 완연한 여인으로 성장해 있었다.

"오빠는 아직 그 암자에 있어?"

"어, 으음"

당황해서 대답을 얼버무렸다. 화원을 나온 후 모든 것을 잊어버리고 지나는 동안, 그네는 내 주변을 맴돌고 있었다.

"그날 그 도시락…, 정말 잘못했어."

그네는 구차하게 변명하지 않았으며 진심으로 사과하는 행동에서 진정성이 보였다.

"으음, 뭘 그 까짓것을…"

그때의 '경아'가 아니었다. 망아지처럼 분별없던 그 아이가 성숙한 여인으로 내 앞에 서있었다. 대학입학시험을 준비하느라고 학교에서 늦게 오는 길이라고 했다. 얼른 보기에도 얼굴빛이 해쓱하고 마른 기침을 내뱉는 것을 보아 공부가 힘에 부치는 것으로 여겼다.

가끔 손수건으로 입을 막으면서 기침을 하는 그의 핏기 없는 하얀 얼굴이 순결해 보였다. 우리는 대신동 꽃마을 언덕길을 올랐다. 그네는 숨이 찬 듯 잠깐 섰다가 다시 걸었다. 구멍가게 앞 삼거리에서 우리는 헤어져야 했다.

"오빠, 오빠 만나러 가도 돼?"

다가와서 속삭이는 그의 말소리에서 묻어나오는 날숨과 입 냄새가 청량했다.

"으, 으음, 그래…"

그날 이후 그네가 딱 한 번 나를 찾아왔었다.

어느 일요일, 모처럼 고향 친구 정길을 만났다가 해 질 녘에 암자로 돌아왔다. 경아가 암자 툇마루에 오도카니 앉아있다가 나를 반겼다.

"오빠 어서 와."

"어, 왔구나."

저녁노을에 비친 그네의 두 볼이 홍시처럼 빨갛게 보였고, 얼굴에 피곤이 묻어 있었다.

"시험이 며칠 남지 않았을 텐데…"

그네를 바로 쳐다보지도 못하고 걱정 투로 말을 건넸다.

"아, 시험? 으음"

시험에 자신이 있는지, 아니면 시험 같은 건 별로 중요하지 않은 듯한 말투였다.

"오빠는 건강하니까, 뭐든지 할 수 있지?"

그네가 나를 빤히 쳐다보면서 말했다.

"뭘…"

계면쩍어서 머리를 긁적이며 비시시 웃었다.

"오빠, 오빠는 꼭 성공할 거야."

그네가 왜 그런 말을 하는지 그 당시에는 미처 알지 못했다. 경아를 집에 데려다주고 골목길을 돌아 나올 때까지 경아는 그 자리에 서있었다.

"총각, 그 처녀가 아침부터 종일 기다렸다."

나에게 보살 할머니가 귀띔해 주었다.

'아, 그랬구나.' 경아의 피곤했던 모습이 스쳤다.

그날 이후 그네를 생각할 겨를 없이 바쁜 나날을 보냈다. 암자 언덕에 산도화가 붉게 피고 뻐꾸기가 울던 오월 어느 날, 보살 할머니가 애석한 표정을 지으며 말끝을 흐렸다.

"아까워라…"

"무슨 일 있어요?"

"화원집 딸이…."

“경아가? 왜요?”

“가슴을 앓는다더니만, 그만…”

거짓말 같은 황당한 말을 이해하는 데 한참 걸렸다.

갑자기 귀가 멍하면서 세상이 조용해졌다. 다리에 힘이 빠져 제 자리에 주저앉았다.

‘어쩌나…, 어쩌나…’

경아는 대학 입학식에도 갈 수 없었단다.

거친 광야에도 꽃이 핀다. 아침 일찍 피었다가 해가 비치면 눈이 부신 듯 흔적도 없이 사라져 버린다. 일찍 지는 꽃일수록 색과 향기가 진하듯이 경아는 돌연히 져버린 광야의 꽃이었다.

‘뻑꾹, 뻑꾹…’ 뻐꾸기의 상고喪告가 골짜기에 메아리치고 산도화 붉은 꽃이 눈물처럼 떨어졌다.

‘경아’, 경아는 나의 젊은 시절의 생손앓이였다.

사랑이 어떤 것인지 그 실체를 짐작할 수 없지만, 내가 살아서 돌아와야 하는 이유는 경아처럼 영혼이 순수한 여인을 만나서 진실로 가슴 아린 사랑을 느끼기 위해서다.

‘윤사월’의 눈먼 산지기 딸이 ‘경아’라는 생각이 들었다.

‘송홧가루 날리는 외딴 봉우리 윤사월 해 길다 꾀꼬리 울면 산지기 외딴집 눈먼 처녀가 문설주에 귀 대고 엿듣고 있다.’

3부두 특별 환송 무대에서 김 씨스터스가 ‘서울의 찬가’를 불렀다.

'그리워라 내 사랑아, 내 곁을 떠나지 마오. 처음 만나고 사랑을 맺은 정다운 거리, 마음의 거리….'

파병선이 환송객들의 태극기 물결에 밀려 부산항 3부두를 떠나기 시작했다. 오륙도와 아치섬 사이를 서서히 빠져나오자 구덕산이 점점 멀어지고 태평양 거센 파도가 뱃전에 부딪혀 하얀 포말이 되어 흩어지고 또 밀려온다.

구덕산은 광야에 헤매는 나를 품어준 어머니 같은 산이다. 시야에서 사라져가는 구덕산을 향해 소리쳤다.

"나는 광야의 초인超人이다. 나는 꼭 돌아온다."

10. 청하동천 青霞洞天

세상의 모든 강은 산에서 시작된다. 태백산과 소백산을 어깨 걸고 강원도를 등 뒤로 막은 봉화의 진산인 문수산(1,207m)은 낙동강과 내성천의 원류이다. 문수산의 동쪽 도심천은 낙동강으로 흐르고. 문수산의 서쪽으로 흘러내린 물야천과 문수산의 남쪽 우곡 골짜기에서 시작되는 창평천이 내성리 삼계에서 모여서 비로소 내성천이 된다.

동고남저東高南底의 영남의 지형은 봉화에서 발원한 내성천 강물이 예천의 회룡포를 돌아서 삼강나루에서 낙동강으로 유입되어 부산의 하단下端 다대포 앞바다까지 쏟아져 내리듯 기울어져 있다.

문수산 남쪽 기슭 양지바른 땅, 문수산文殊山 줄기가 동북에서 뻗어내려 동남북 세 방향을 개미둑처럼 에워싸고, 문수산 골짜기에서 시작한 물은 무한의 에너지가 쏟아지듯 들판 가운데로 흘러내리면서 따뜻한 햇볕과 산들바람이 함께 어우러져서 푸르른 바다처럼 넓은 창평은 과수가 영글고 소와 닭이 살이 찌며 곳간에는 나락이 가득하니 예부터 인심이 풍성하였다.

문수산 남쪽 신방터산 양지바른 기슭, 은행나무 밑에 맑은 샘물이 솟는 은행정銀杏井 마을에 특별한 사연을 품은 사당이 있다.

임진왜란 때 전사한 화산 李 씨 이장발李長發의 충효 정신을 기리는 뜻에서 그의 후손을 도와서 지역 인사들이 세운 충효당이다.

일찍이 아버지의 아버지가 그랬듯이 화산花山 李 씨 희문希文은 해마다 삼짇날에는 장발을 데리고 문수산에 올랐다. 눈 녹은 실개천에 버들가지 움트고 봄빛을 머금은 산야에 진달래, 산벚, 생강나무 다투어 꽃을 피웠다. 금강송 숲속 오솔길 지나서 키 작은 관목을 헤치고 오르니 시야가 확트인 문수산 정상이었다. 태백에서 지리산으로 뻗어가고, 문수산에서 갈방산 풍락산 학가산으로 이어지는 산봉우리들이 첩첩이 겹쳐서 멀리까지 아득하였다.

아버지는 아들에게 노을 지는 서쪽 하늘 가 아득한 곳을 가리키며, 선조의 고향 '대월大越' 이야기를 들려주었다. 사철 꽃 피고 과일이 익어가며 일 년 내내 마르지 않는 홍강(Red river)에는 물소들이 살찌고 한 해에 두 번 벼농사를 짓는 상하常夏의 땅, 그곳은 제비가 날아가는 강남땅이라고 하였다.

임금이 내려준 사성賜姓인 화산花山 李 씨의 시조는 베트남 리왕조李朝(Ly, 1009~1225)의 왕자 리롱뜨엉(이용상李龍祥)이다.

베트남은 한무제 이후 천 년 동안 중국의 지배하에 있었는데, 1010년 태조太祖 이공온李公蘊(Lý Công Uẩn)이 하노이〔河內〕에 도읍하였으며, 태종太宗이 국호를 '대월大越'이라 하였다. 리 왕조는 베트남의 3대 왕조 가운데 첫 번째 왕조이며, 리트엉끼엣(이상걸李常傑) 등의 걸출한 왕들에 의하여 200여 년간 번영하였다.

베트남 최초의 학교인 문묘, 과거제 시행, 베트남 국보 1호 연우사(Dien Huu, 延佑寺), 수도 하노이〔河內〕 건설, 남진과 북진의 동시 성취, 칭제 건원 등 베트남 굴기의 왕조였다.*

송나라와의 전쟁 때 민족의 독립을 노래하였는데, 오늘날에도 이를 베트남 '독립선언문' 처럼 여긴다고 한다.

南國山河南帝居　남쪽 나라에는 남쪽의 황제가 산다고
裁然定分在天書　하늘의 책에도 분명히 쓰여있는데,
如何逆虜來侵犯　어찌하여 역노는 이 땅을 침범하는가.
汝等行着取敗虛　너희는 참담한 패배를 피할 수 없다.

1213년 리 왕조의 제8대 황제 혜종의 외척 쩐투도(陳守度)가 혜종의 딸 소성 공주에게 왕위를 강제로 양위시킨 다음에 조카인 태종과 결혼시켜 여제가 남편에게 선양하는 방식으로 태종이 황제의 자리

---

*박순교, 이장발의 임란 참전과 「충효당 유집」 발행의 시말, 2019.

에 올라 쩐陳 왕조를 건국하였다.

쩐陳 왕조는 리 왕조의 황족을 살해하자, 리 황족은 성姓을 응우옌(阮, Nguyễn) 씨로 고쳤다. 마치 고려가 망할 때 王 씨를 玉 씨나 田 씨로 바꿈 같이, 베트남 성씨 중에서는 응우옌(阮, Nguyễn)이 가장 많다. 베트남의 민족 지도자 호찌민胡志明 주석의 본명은 응우옌신꿍阮生恭이니, 호胡가 아니라 응우옌(阮, Nguyễn)이다.

1226년 리 왕조 6대 영종의 7번째 왕자인 리롱뜨엉(이용상李龍祥)과 그의 가족은 황관皇冠, 용포龍袍, 상방보검尙方寶劍을 배에 싣고 정처 없이 항해하는 베트남 최초의 보트피플이었다.

고려의 무역항 벽란도에는 중국과 일본, 동남아시아와 아라비아의 대식국大食國의 무역선이 드나들었다. 고려의 상선을 따라서 옹진 해안에 도착하였을 때, 마침 도적들로부터 고려 사람들을 구해주었다. 옹진 현령은 '안남국〔大越〕의 왕손이 도적을 퇴치했다'는 상소문을 고종에게 올려 그의 일행을 받아주기를 청원했다.

이용상이 몽골군과 전투에서 공을 세우자, 고려 고종이 그를 화산군花山君에 봉하고 식읍을 내려서 화산 이 씨가 되었다. 공민왕 때 이용상의 둘째 아들 이일청李一淸이 안동부사로 왔다가 문수산 남쪽 햇볕 바른 창평에 정착하게 되었다.

이일청李一淸이 창평에 정착한 지 200여 년, 이일청의 후손 이희문李希文은 주부主簿(종 6품) 윤관尹寬의 딸 덕성 윤 씨가 남매를 낳았으니, 희문希文의 아들 이장발은 리롱뜨엉(이용상李龍祥)의 14세 후손이다. 젊은 나이에 남편을 사별한 덕성 윤 씨는 어렵게 남매를 키웠다.

500여 년 전에 창평에 입향한 반남 박 씨 박승준朴承俊은 세종 원년에 집현전을 설치를 건의한 좌의정 박은朴訔의 현손으로, 영주에 살았던 7형제가 모두 과거에 급제하였는데, 넷째인 박승준朴承俊은 1543년 사마시에 합격하여 성균관에 유학하였으나, 1545년 을사사화, 1547년 양재역 벽서사건으로 사림士林이 화禍를 입게 되자, 벼슬〔出仕〕을 단념하였다.

박승준은 창평에 낙한정樂閑亭(현, 문수골 마을 뒤)을 지어서 처부모 권윤형權允衡을 봉양하며 이희문, 금오琴梧를 비롯하여 원근의 선비들과 교제하고 후학들을 가르쳤다.

羅浮瓮西已無塵 나부산의 옹기 서쪽에 이미 티끌이 없고
紅杏東風漸向新 붉은 살구꽃은 봄바람에 점점 싱그러워지네.
亭是樂閑閑未得 정자가 낙한정인데 한가함을 얻지 못하고
一春長見白衣人 온 봄날 오랫동안 선비(白衣人)만 보이네.

한 방울의 빗방울이 흐르면서 강을 이루듯이, 한 인간이 태어나서 그 자손이 대대로 이어진다. 낙한정樂閑亭 박승준 공의 아들 용湧은 영주 부석 우곡愚谷에 살았던 민시원閔蓍元(퇴계의 맏형 이잠李潛의 사위)의 딸과 혼인하여 체무棣茂를 낳고, 왜란이 일어나자 종제從弟인 영주 의병장 박록朴漉과 함께 왜군에 맞섰으나, 전상戰傷을 회복하지 못하고 법전 모레골〔沙谷〕선친의 묘소 앞에 임시 매장되었다.

정유년(1598년)에 왜군이 재차 침입했던 때라 봉분을 쌓지 않아서 후세 사람들은 박승준 공의 말〔馬〕무덤으로 전해지고 있다.

박용朴湧은 장발의 누이를 자신의 종제從弟인 박전朴淟의 아들 박근무朴根茂와 맺어주었다. 근무根茂의 할아버지 박승윤朴承倫은 창평 마을의 낙한정 박승준의 7형제 승문承文, 승건承健, 승간承侃, 승준承俊, 승인承仁, 승임承任, 승윤承倫 중 막내로서 영주 이산 수구리〔林丘〕내성천변 이산서원 마을에 살았다.

이장발李長發은 봉화 문단 마을의 창원 황 씨 직장直長(정7품) 황소黃昭의 딸을 아내로 맞아서 1592년 3월 25일 아들 진남振南이 태어났다.

어린 장발에게 글을 가르쳤던 박용朴湧은 대월국의 왕손으로서 의지意志가 굳어 배움에 부지런한 장발을 권사온에게 보내었다. 동강東江 권사온權士溫은 예천 용문 맛질에 살았는데, 자신의 딸을 장흥효에게 시집보낸 후 봉화 법전 어지리 화장산 서편 골짜기로 옮겨 살았다. 후세 사람들은 그 마을을 봉화 맛질이라 하였다.

권사온의 사위 경당敬堂 장흥효張興孝는 안동 금계마을에 살면서 학봉 김성일과 서애 류성룡, 한강 정구의 문하에서 퇴계의 학통을 이어받았다. 장흥효와 권사온의 딸 안동 권 씨의 무남독녀 장계향張桂香은 《음식디미방》 일명 '규곤시의방閨壺是議方'이라는 조리서를 펴냈으며, 셋째 아들 갈암 이현일이 사헌부대사헌에 올라, 정부인貞夫人으로 추증되었다.

1592년 4월 15일, 700여 척의 왜선이 부산포에 쳐들어왔다. 왜군은 동래성을 짓밟고 파죽지세로 한양성을 향하여 거침없이 나아갔다. 학봉 김성일이 초유사가 되어 쓴 초유문招諭文 〈초유일도사민문招諭一道士民文〉이 경상도 각 고을로 전해지고, 1592년 5월 경상도 안집사 김륵이 근시재近始齋 김해金垓를 안동 의병장으로 임명하였으며, 안동 의병장 김해는 이장발에게 서기書記를 맡게 하였다.

김해金垓의 통보를 받은 이장발李長發은 노모와 처자를 두고 참전하느냐, 아니면 문수산 골짜기로 잠시 기피하느냐를 고민했다.

장발은 먼저 어머니 윤 씨에게 아뢰었다. 분명 사지死地임을 알면서 오히려 아들의 의병 참전을 권하였다고 한다.

"너는 대월국大越國의 왕손이니라, 외적의 침입에 어찌 처자식 걱정만 하느냐."

장발은 스승 권사온을 찾아갔다. 전장에 솔선해서 나아가려는 제자의 비장한 각오를 듣고 스승은 깊은 침묵에 잠겼다.

《사기史記》의 〈위공자열전〉에 부자父子가 함께 군중軍中에 있는 자는 아비가 고향으로 돌아가고, 형제가 함께 군중에 있는 자는 형이 돌아가서 부모를 봉양하며, 형제 없는 외아들은 전장에 가지 말라.〔父子俱在軍中者父歸, 兄弟俱在者兄歸奉養, 獨子無兄弟者不赴.〕

이장발은 아우도 없이 홀어머니를 모셔야 하고, 어린 외아들과 청상의 부인을 둔 가난한 처지에 약관을 채 넘긴 젊은 나이, 고을의 안

위를 책임질 군장君長도 아닌 이장발은 징집 대상이 아니었다.

무거운 침묵을 깨고 스승이 말문을 열었다.

"꼭 그래야만 하겠느냐?"

"나라가 위기에 처했는데, 어찌 강 건너 불 보듯 하겠습니까〔隔岸觀火〕. 구차스럽게 제 한 목숨 부지한다면 선현들을 뵐 수 없습니다."

"왜적이 올 때까지 기회를 보아 세력을 확장시키는 것은 어떨는지〔假道伐虢〕."

"이미 그때는 늦습니다. 우리 고을의 안위를 위한다면, 먼저 나아가서 적을 막아야 합니다."

이장발은 문수산에 올라 고국 대월이 있는 서쪽을 향해 가부좌로 앉아서 명상하며 출정의 각오를 다짐하고, 문수산 서편 기슭 축서사鷲捿寺로 하산하여 개단 마을 언덕에 조성한 화산 이 씨 선영先塋을 참배하고 죽어서 혼이라도 고국 땅을 찾겠다고 하였다.

준雋은 문수산 골짜기로 올랐다. 이장발이 문수산을 오르던 갈방산과 신방터산 사이의 골짜기로 올랐다. 길 옆 도랑에는 눈 녹은 계류溪流가 봄 햇살에 반짝이며 옹알이 하듯 조잘거린다. 가는 곳이 어딘지도 모르면서 긴 여정에 오른 순진무구純眞無垢한 어린 것, 그들은 내성천의 시원始原이다.

고개를 뒤로 제키고 올려다보는 산과 산, 어깨를 서로 엇걸고 연이은 산 무리들 위로 지나던 빈달이 걸린 듯 헌팅캡을 머리에 얹은 듯한 문수산 정상이 보일 듯 말 듯 아련했다.

나지막한 초가들이 몇 채 어우러진 산촌 마을을 지나서 산길을 돌아 오르다가 냇물 위에 걸쳐진 다리 위에 멈춰 섰다. 저 멀리 숲속에 자그마한 성당이 나뭇가지 사이로 보였다. 천주교 우곡 성지에 들어선 것이다. 이 다리 저편은 사자死者의 천국天國, 이 다리를 건너는 것은 요단강을 건넘과 같다.

다리를 건너서 왼편의 집 한 채, 길과 맞닿은 울타리도 없는 그 집 마당에 하릴없이 서성이던 노인이 말없이 멀거니 건너다보는 눈길이 사람이 그리운 듯 잔잔하다.

팔순八旬을 넘긴 외로운 촌로는 산비둘기처럼 찾아든 길손에게 따끈한 차 한 잔을 내어놓더니, 산채山菜로 만든 안주 한 접시와 큰 소주병을 들고 나왔다.

서거정의 시詩 한 구절이 떠올랐다. 강호江湖의 맛을 모르는 봉화촌 사람은 '산나물 캐다가 술안주를 마련했다[採採山蔬具酒肴].'

외로운 촌로村老는 우곡성지愚谷聖地의 내력을 길손에게 알리는 것을 마치 술을 대접하듯 정성을 다했다.

한국 천주교회가 세워진 1784년보다 30년 전에 '칠극七極'으로 28년간 천주교 수계생활을 했던 한국 최초의 수덕자修德者 농은隴隱 홍유한洪儒漢의 묘와 그의 후손 순교자의 묘역이 있는 곳이다.

풍산 홍 씨 16대손인 농은隴隱은 1726년 서울 아현동에서 태어났다. 그는 정조의 어머니 혜경궁 홍 씨의 아버지 홍봉한과는 12촌으로, 16세에 성호 이익李瀷의 문하에서 학문을 닦은 후 1750년부터 〈천주실의〉·〈칠극〉 등을 공부하였다.

1757년 경 한양에서 충청도 예산으로 내려가 18년간 수계하고, 1775년 경상도 영주시 단산면 소백산 깊숙한 구구리 배나무실로 옮겨 다시 10년 간 수계생활을 하였다. 기도 책도 축일표祝日表도 없었으나 7일마다 축일(주일)이 축일을 지켰고, 금식일을 알지 못했지만 언제나 좋은 음식을 먹지 않았다. '주님의 산에 숨은 자'로서, 은둔하여 천주교 수계생활을 했다.

1993년 10월 홍유한의 묘가 이곳에서 발견된 후, 그의 후손인 홍관희 선생이 가토加土를 위해 봉분封墳의 흙을 파헤치자, 「山林處士洪公之墓」라고 숯으로 쓴 명정銘旌이 덮여 있었다.

1995년 천주교 안동 교구에서 묘 주변 임야를 매입한 후 묘지와 주변을 정비하여 사제관과 피정의 집, 수련원, 한복에 비녀를 꽂은 여인이 아기를 안고 선 마리아상과 야외제대, 십자가의 길 14처 등의 성지를 조성하였다.

갈방산 골짜기에 조성된 홍유환의 후손 13위의 순교자의 묘역에는 제주도를 비롯하여 전국 각지의 순교지와 순교자의 묘갈명이 새겨진 화강암 판석이 줄을 지어 있었다. 신유박해(1801년)·기해박해(1839년)·병인박해(1866년) 때 순교한 각 순교 터의 흙으로 가묘假墓를 조성한 것이다.

홍유한의 제자이자 재종질(7촌 조카)인 홍낙민은 과거에 급제한 관리로서, 1801년 신유박해 때 이승훈과 함께 서울 서소문에서 참수

형을 당하였다. 이들 중에는 홍(아기) 베드로, 홍(아기) 복자 등 아기 순교자도 모셔져 있다.

준雋은 아기의 묘지 앞에서 백석의 시 〈여승女僧〉의 '어린 딸은 도라지꽃이 좋아 돌무덤으로 갔다.' 시구詩句를 떠올렸다.

> 섶벌같이 나아간 지아비 기다려 십년十年이 갔다.
> 지아비는 돌아오지 않고
> 어린 딸은 도라지꽃이 좋아 돌무덤으로 갔다.

누구나 산 자의 땅에 머물고 싶어 한다. 예수도 십자가에서 절규했다.

"엘리 엘리 라마 사박다니"

반석이라 불리는 시몬 베드로(Petros)는 예수를 세 번 부인하였으나, 로마로 돌아와 십자가에 거꾸로 매달려 순교했다.

믿음은 체험의 대상이지, 결코 인식의 대상이 아니다. 순교殉教는 헌신이며 승리이다. 십자가의 도道는 하나님의 아픔을 덜어드리기 위한 예수의 헌신이다. 현실에 절망하거나 누군가를 탓하기보다 스스로 한 점 등불이 되고자 한 것이다.

C. 휘틀리는 〈영국인 회중會衆의 교회〉에서 순교를 세 가지로 분류하였다.

첫째는 의지에 의해 실제로 순교했으며, 둘째는 의지로 순교했으나 실제 순교한 것이 아님, 셋째는 실제로 순교했으나 의지로 순교치 않은 것.

참된 순교자는 '신의 뜻대로' 하였지만, 결국 신의 의지 속에서 자신의 의지를 찾은 것이다.

F.W. 니체는 〈인간적인, 너무나 인간적인〉에서 순교자들보다 그의 제자들이 더 고통을 받는다고 했다.

네덜란드에서 두 사람의 아우구스티노파가 이단으로 몰려서 화형 당한 소식을 듣고, 루터는 탄식했다.

"제2의 순교자는 '나'라고 생각했다. 그러나 그 가치 있는 일을 할 수가 없게 되었다."

신앙이 순교자를 만드는 것이 아니라, 신앙을 더욱 공고히 다지는 것이 순교자들이다.

500년 전 임진왜란 때 19세의 젊은 이장발은 문경전투에 참전하여 순교하였다. 지방의 사족士族들이 모두 산속 깊이 숨어들었으나, 장발은 서기書記로 초치 받았고 소모召募의 명을 좇아 문경 전장으로 향했다. 그러나 이미 왜군은 4월 28일 문경을 출발해 조령을 넘어서 5월 2일 한양이 함락되었다.

1592년 6월 10일, 이장발이 문경에서 전사한 것은 문경에 거점을 둔 왜군, 혹은 왜군의 첩자들과의 충돌 등 진위眞僞가 밝혀지지 않았다. 일본은 대규모의 첩자를 파견하여 조선 전역을 탐색했었다. 이장발의 장인 황소黃昭 공公이 그의 시신을 찾았을 때, 그의 소맷부리에서 유명시遺命詩를 발견하였다.

百年存社稷　백년 사직을 구할 계획을 가지고
六月着戎衣　유월에 갑옷을 입었네.
憂國身空死　나라 위한 근심에 몸은 비록 헛되이 죽고 말지만
思親魂獨歸　홀어머니 못 잊어 혼백만 외로이 돌아가네.

30년 뒤(1622), 경상감사 김지남金止南이 장발의 행적을 상주하여 정3품 당상관 통정대부 공조참의水部侍郎에 증직되었으며, 그의 순절시殉節詩는 충효당의 네 기둥에 주련柱聯으로 남아있다.

이장발의 순교는 더 큰 순교로 이어졌다. 1592년 8월, 가또기요마사〔加藤淸正〕가 안변에 있으면서 일개 부대가 영동嶺東의 고성·강릉을 따라 지나는 곳마다 노략질하며 평해에 이르러 죽령을 넘기 위해 현동에서 화장산을 향해 오고 있었다.

화장산 너머 봉화, 영주 지역이 위기에 처해 있었다. 앞장서서 고장을 지켜야 할 지방의 사족士族들은 달아났다.

"만일 군사를 모으면 적을 불러들일 뿐이다."

부친상을 당하여 상운면 문촌에서 삼년상을 치르던 사간원司諫院 전적典籍 유종개柳宗介가 이장발의 순직 소식을 듣고 춘양 백성들을 모아놓고 설득했다.

"왜적이 쳐들어오고 있다. 앉아서 죽으나 싸우다 죽으나 죽기는 한 가지다. 죽기로 싸우면 우리 가족은 살릴 수 있다."

장정들은 늙으신 부모와 눈물어린 처자식을 떠올렸다.

유종개柳宗介의 의병은 비록 낫이나 도끼, 농기구를 들었지만 군령軍令을 정하여 엄정한 군기를 유지하였다.

8월 22일 새벽, 왜군 선발대를 맞아서 물리쳤으나, 조총으로 무장한 3,600여 명의 본대가 개미 떼처럼 몰려왔다. 춘양에 살았던 예천 사람 윤흠신 형제를 비롯하여 의병들은 후퇴하지 않고 끝까지 항전하다가 죽거나 사로잡혔다.

왜군이 대장 유종개를 사로잡아 그의 살가죽을 벗기자, 피가 땅바닥에 떨어져 고였지만 그는 도리어 소리치다가 순국하였다.

총독의 군병들이 예수의 옷을 벗기고 가시관을 그의 머리에 씌우고 침 뱉고 희롱하여 골고다에 이르러 십자가에 못 박았다.

왜군이 유종개 대장의 살가죽을 벗긴 곳을 살피령, 의병들의 목을 많이 베었다 하여 목비골, 목을 베어 나무에 메달았던 곳이라 하여 달래골이라 부른다. 화장산은 예수가 십자가에 못 박힌 골고다 언덕과 같이 이 땅을 지키다 순교殉敎한 현장이다.

화장산 전투에서 혼쭐이 난 왜적은 죽령 길을 포기하고 되돌아갔다. 죽령에 이르는 풍기·영주·예안·봉화 등 여러 고을이 병화兵火를 입지 않았으므로 선조실록에 이 지역을 복지福地라 기록하였다.

이장발의 죽음은 결코 헛되지 않았다. '청하동천靑霞洞天'이 한 치도 훼손毁損되지 않고 옛 그대로 보존되었으니, 이장발의 순교, 유종개와 봉화 의병들의 피가 땅에 떨어져 자유의 꽃을 피우고 열매 맺은 것이다.

이장발이 순교한 후, 그의 처 창원 황 씨는 시어머니를 지극 정성으로 모시고 독자 진남을 훌륭히 양육하고 일생을 다한 후 장발의 무덤 곁에 안장되었다. 장발 부처의 무덤은 창평 저수지가 내려다보이는 신방터산 중턱에 있다.

이장발의 손자 유안惟顔이 할아버지를 추상하며 지은 〈유사遺事〉에는 장발의 출생, 품성, 효제孝悌, 스승 권사온, 의병 참전과 전사, 절명시, 장지, 장발의 장인 황소와 스승 권사온의 추념, 경상감사 김지남의 계문, 공조참의 추증, 집안 형편, 유지遺地, 장발에 대한 추념과 심회 등 전체 6단락으로 구성되어 있다.*

권사협權思浹이 쓴 묘지명, 이야순李野淳의 묘갈명, 이인행李仁行의 유허비명, 이야순의 '충효당기忠孝堂記', 권재대權載大의 유집 발문, 박시원朴時源의 묘표가 있다. 영주 서릿골〔蟠谷〕의 반남 박 씨 일포逸圃 박시원朴時源은 박승임의 아들 록漉-손자 회무檜茂의 후손으로 1822년~1824년까지 봉화 현감으로 재임했다.

문천文泉 김희소金熙紹의 '순절사략후', 이은순李殷淳의 묘표, 이휘재李彙載의 '유집후서'가 있다.

《충효당 유집》은 명망 높은 류이좌柳台佐를 필두로, 생원시에 장원 급제한 이휘재 찬술 후서後序로 이어지고 있으며, 이인행, 김희주

---

*박순교, 이장발의 임란 참전과 「충효당 유집」 발행의 시말, 2019.

등 10여 명의 지역 문사들이 참여하였으며, 특히 1622년 경상감사 김지남金止男은 충효당 추념의 단초를 제공한 인물이다.

충효당 상량문을 작성한 이재頤齋 권연하權璉夏는 1895년 을미사변이 일어나자 울분으로 이듬해 분사憤死한 인물이며, '유허비각 상량문'은 인암忍庵 권상규權相圭가 작성한 것이다. 권상규는 의병장 권세연權世淵의 아들로서 을미사변 직후 의병장으로 활약하였고, 경술국치 이후로는 아예 절속絶俗한 인물이다.

《충효당 유집》은 특히 화산 이 씨가 아닌 타성他姓의, 학문적 고아함으로 널리 존숭 받던 인사들이 대거 충효당을 추상하며 유집에 참여한 것은 주목되는 사실이다.

《충효당 유집》은 17세기 이장발의 손자 유안惟顔의 노력에서 시작하여, 19세기 초반 만운晩運에 걸쳐 집약되었다.

이장발의 가계는 그의 9세손 종덕宗德에 이르러 장발의 종통은 끊어졌다. 종덕宗德은 밀양파 광춘光春의 아들 만운을 자신의 양자로 삼아 종통을 잇게 했다.

전란을 거치면서도 어렵게 이어졌던 만운이 3남 2녀를 두었고, 그 혈통이 현재까지 이어져 화산 이 씨 주요 세거지로는 경북 봉화, 경남 밀양, 경북 영주 등이다.

준儁은 천국의 실체를 모른다. 하늘까지 닿은 문수골 양지 바른 언덕에 철 따라 꽃 피고 벌 나비 호호 날아다니는 솔숲 사이로 맑은 바람 불고 뻐꾸기 울어주는 밤에는 무수한 별들이 내려와 반짝이는 이 안식처安息處가, 곧 근심 걱정〔喜·怒·哀·懼·愛·惡·欲〕이 없는 천국天國 이라 여겨진다.

"너의 이웃을 네 몸처럼 사랑하여라."

예수는 일생을 통해 이웃 사랑을 몸소 보여주었다.

교황 프란치스코의 본명은 호르헤 마리오 베르고글리오(스페인어: Jorge Mario Bergoglio)이다.

어느 기자가 프란치스코 교황에게 돌발적으로 질문하였다.

"베르고골리오(Bergoglio)가 무엇입니까?"

교황은 잠시 생각에 잠겼다가,

"저는 죄인입니다. 우리는 누구나 여러 개의 가면을 바꿔 쓰고 살아갑니다. 아버지로서, 어머니로서, 자식으로서, 친구로서, 누구와 함께 어디에서 무엇을 하느냐에 따라 가면은 수시로 달라집니다. 하지만 오직 하느님 앞에서만은 그 모든 가면이 사라집니다."

자신을 포장하고 합리화했던 것들이 모두 지나가고, 결국 우리가 하나님 앞에 할 수 있는 말은, 단 한 가지 고백은,

"나는 죄인입니다. 당신의 사랑이, 당신의 자비가, 당신의 치유가 너무나도 절실한 죄인입니다."

자신을 죄인이라고 고백할 때, "너는 의롭다."라 할 것이다.

준雋은 우곡성지의 그 다리를 건너왔다. 천국의 동산에서 강호江湖로 되돌아온 것이다. 햇살이 밝고 스치는 솔바람이 신선했다. 아

직 살아 있음에 감사할 뿐이다.

창평의 와란臥丹·우곡愚谷·두곡杜谷 마을은 옛 순흥부 와단면 소재지였다. 볼일 보러오는 사람들이 말을 매어 놓던 말목재〔馬頭峙〕, 용의 머리와 같다고 하여 용머리 마을이다.

용머리를 돌아들면 와란臥蘭(蘭谷)이다. 1842년 1월 28일(헌종 8), 봉화 와란촌臥蘭村에 한 아기가 세상을 향해 고고지성呱呱之聲을 울렸다. 조선의 마지막 큰 선비 이관필李觀必이 대사성을 지낸 복재復齋 이휘준李彙濬의 둘째 아들로 태어났다. 본래 퇴계 선생의 묘소를 모신 안동시 도산면 하계마을이 고향이지만, 그의 조부 하계霞溪 이가순李家淳 공이 1831년 사헌부司憲府 교리를 마지막으로 난곡에 은거하였기 때문이다.

하계霞溪 공은 퇴계의 9세손으로 '도산구곡'을 설정하여 〈퇴계구곡〉 시詩를 지었으며, 경주 옥산서원의 〈옥산구곡가〉도 그가 지었다.

〈퇴계구곡〉의 토계천은 온혜리에서 시작해 상계마을의 퇴계 종택 앞과 하계마을의 이황 묘소 앞을 지나 낙동강에 흘러든다.

토계천의 굽이마다 퇴계의 탄생과 성장 등 구체적 삶의 흔적을 알 수 있는데, 그중 삼곡은 이황이 띠집을 짓고 살았던 곳으로 이율곡이 사흘을 묵었던 계당이다.

三曲茅齋小似船　삼곡이라 띠집은 조각배처럼 작은데
不堪風雨庇多年　비바람 막지 못한 채 여러 해 지나왔네.

山空鳳去篁無實　산은 비고 봉황이 떠나고 대나무 열매도 없어
石丈千尋任護憐　천 길 바위가 맡아 보호하니 가련하구나.

하계霞溪의 손자 관필이 아직 돌이 되기 전에 안채에서 한밤중에 불이 났는데, 아버지는 외출 중이었고 어머니가 혼자서 당황하던 차에 미처 아기를 생각하지 못하였다. 늙은 종이 황급히 방으로 들어가니, 아기가 포대기 속에서 깊이 잠들어 있었다. 그가 아기를 안고 밖으로 나오자마자 집의 용마루가 무너져 내려 앉았다.

이관필李觀必은 11세까지 살았던 봉화 와란을 떠나 문수산의 도심리에 살다가 14세 때 선대 고향 도산의 하계마을로 돌아갔다.

향산響山 이만도李晩燾의 자字가 관필이다. 퇴계 이황의 직계 11대손 이만도는 봉화 유곡의 기천杞泉 권승하權承夏의 사위가 되어 혼인하던 18세 부터 유곡의 처가에서 권승하와 권연하權璉夏의 문하에서 공부하여, 23세 되던 1866년 식년시에 장원급제하였다.

그는 정승 반열班列에 오를 수 있는 탄탄대로가 보장되었으나, 1876년 일본과 강화도조약 체결에 반대한 최익현의 상소를 두둔하다 파직되었고, 1895년 을미사변과 단발령이 안동에 전해지면서 의병대장이 되어 선성 의진을 조직하였다.

1905년(고종 42) 을사조약이 강제로 체결되고, 1910년 일본에 의해 나라가 멸망하자, 적의 백성으로는 하루도 살 수 없다면서 봉화 재산의 묘막에서 단식에 들어갔다. 가족들의 간청으로 종가인 율리栗里 만화공晩花公 댁으로 자리를 옮겼다.

향산 이만도는 1910년 10월 10일 단식 24일 만에 순국하였다.

봉화에서 태어나 봉화에서 수학하고, 봉화에 묻혔으니, 향산響山은 오직 봉화 사람이다.

와란에서 산수유 길을 따라 문수골(문수산 골짜기)로 오르면 '띠띠물' 동네가 있다. 문수산 골짜기에서 계류가 흐른다고 해서 '뒤떠물', 또는 '뒷골(後谷, 뒤뒤물)'이라 한 것이 '띠띠물'로 변했다.

이 마을 입향조는 두곡 홍우정洪宇定이 이천에서 산수유 종묘를 들여와 심었는데, 400여 년의 세월이 흐른 지금은 골짜기가 온통 산수유 꽃이다. 어머니의 품속 같은 문수산의 햇볕과 물, 골짜기 바람이 키워낸 산수유가 노랗게 핀 이상향의 세계이다.

와란 마을 초입에서 좌측의 가계천을 따라서 들목으로 들어서면, 금봉리의 과수원과 기름진 농토가 봄볕에 화사하다. 과수원을 지나면 금봉저수지가 문수골 맑은 물을 가득 담고 넘실거린다.

관란골, 미개놀, 오르정, 대추나무가 많은 대추정, 덕촌, 큰배리골, 작은 정자골, 큰동막골, 문수산 갈부자리 등 이름도 정겹다.

띠띠물과 금봉 마을 들머리의 문화마을은 금봉저수지 준설과 제방보수로 농토가 수리안전답이 되면서 마을 앞 넓은 들이 비옥한 토지로 바뀌어서 마을 사람들에게 큰 덕을 주는 마을이라는 뜻에서 덕창德昌이라 부른다. 이 마을은 귀농인들이 정착하면서 전원주택 단지가 되었다. 금봉교를 건너서 마을에 들어서니, 왼편의 넓은 공터에 주차장과 어린이 놀이기구, 노인회관을 중심으로 아담한 양옥집

들이 농촌가옥과 어울리며 마을을 이루고 있다.

창평천을 따라서 유곡으로 가는 길 옆 소나무 숲속에 충재 권벌의 둘째 아들 송암 권동미權東美가 건립한 송암정이 계암溪巖 일화를 간직한 채 늙어가고 있었다.

안동 외내마을〔烏川〕의 계암 김령金坽이 맏아들 요형耀亨을 데리고 유곡의 처가에 갔다. 그날 저녁 김령의 처남과 사촌 처남들이 송암정에 모였다. 둘째 처남이 맛 좋은 술을 내어오자 밤이 깊도록 자리를 떠날 줄 몰랐다. 다음날에는 풍산에 갔던 친구 효중까지 합류하고, 권 씨 형제의 지인들까지 모여들어 송암정의 술자리는 사흘째 계속 이어져 모두 크게 취하여 봉두난발蓬頭亂髮하였으나, 또 술상을 들여 술잔을 돌렸다.

김령은 더는 버티기 어려워 살며시 자리에서 일어나 처가에 가려고 송암정을 나섰는데, 송림 사이로 비치는 달빛에 취한 김령은 송암정 돌계단에 걸터앉아 달빛을 안주 삼아 술잔을 기울였다.

물은 그냥 흐르지 않고 굽이마다 풍광이 아름다운 산수가 어우러져 살아가는 생태계를 이루고, 천변마다 인간이 살 수 있는 터전을 만들어 간다.

창평천은 금봉리 저수지와 띠띠물 산수유 마을의 계류를 합류하여 유곡들〔平野〕을 적시고 안동 權 씨 집성촌 닭실 마을 앞을 흐르면서 들녘을 풍성하게 하고, 숲과 물이 어우러진 산자수명山紫水明한

풍광을 이루면서 세상을 밝히는 위대한 인물을 탄생시켰다.

전형적인 배산임수背山臨水는 암탉이 알을 품듯 포근하게 마을을 감싸고 있다. 마을의 서쪽 산에서 이를 바라볼 때 수탉이 활개 치는 모습이어서 닭이 알을 품은 형국인 금계포란金鷄抱卵형이라 하여 닭실 또는 유곡酉谷이라 한다. 유곡리는 구현(구무고개)·궉말(우촌)·유곡(닭실)·토일(묘곡)·사동(사막골)·새마을·송생(송생이)·중촌(안닭실)·탑평리(탑돌이) 등의 자연부락을 포함한다.

닭실 마을의 입향조 권벌權橃 선생의 증조 권계경과 전주 李 씨 사이의 2남 1녀 중 둘째 아들 곤琨의 손자가 권벌이며, 딸 안동 權 씨는 대사헌을 지낸 이승직李繩直의 아들 이시민李時敏에게 출가하였다. 이시민과 안동 권 씨의 딸이 예천 대죽리 박치와 혼인하여 낳은 외손녀가 퇴계 이황의 어머니 춘천 박 씨이며, 권벌의 할아버지 권곤權琨은 도계촌의 정약鄭若의 딸 청주 정 씨와 혼인하는 등 안동 지역의 사족들과 혼인을 통해 향촌사회에서 기반을 다져갔다.

권벌은 명종이 즉위하자, 어린 왕을 보좌하는 원임대신〔院相〕을 맡았으나 1545년 을사사화의 화禍를 면할 수 없었다.

1526년 충재는 자신의 집 서쪽의 커다란 거북바위 위에 청암정靑巖亭을 짓고, 이우, 이현보, 손중돈, 이언적 등과 교유하였으며, 청암정에는 충재의 친필 글씨와 퇴계 이황, 번암 채제공의 시, 미수 허목의 '청암수석青巖水石' 현판이 걸려 있다.

청암정은 거북바위 둘레에 해자垓字를 파서 걸음을 머뭇거리게 한다는 척촉천擲燭川을 둘러서 마치 거북이가 물에 뜬 형상을 하고 있다. 청암정은 자연적인 요소 외에 인위적으로 조성된 서재인 충재冲齋와 주거생활 공간인 종택宗宅의 마당과 청암정을 둘러싼 정원이 상호 유기적인 관계를 이루고 있다.

건축가 류춘수는 어린 시절에 거북바위의 청암정에 소풍하였던 기억이 영감靈感이 되어 소반과 방패연을 조합하고, 이를 선線으로 형상화하여 서울월드컵경기장을 설계하였다. 전통이 세계적 명물로 새롭게 창조된 것이다.

닭실 마을 앞 솔숲 사이로 난 호젓한 길을 돌아들면 석천정사에 닿는다. 들판 가운데 독존적 청암정과 완전히 다른 분위기였다.

석천 계곡의 물은 닭실 마을 앞을 빠르게 지나서 석천정사 앞에서 잠시 머물러 천혜의 경관을 만든 후 너래 반석을 타고 흘러내리면서 자연의 물길이 형성한 골짜기의 풍광은 숲과 물이 어우러진 연비어약鳶飛魚躍의 생태계가 눈앞에 펼쳐졌다.

풍수지리는 자연을 거스르지 않고 자연과 조화를 이루는 것이다. 자연을 훼손하고 자연과 배타적이라면 당연히 인간의 삶에도 좋을 수 없다. 내성천이 흐르는 석천계곡의 풍광을 거스르지 않고 산세를 따라 비킨 듯이 수줍게 자리 잡은 석천정사는 인간과 자연의 정적情的 교감과 지리의 이적利的 상교相交를 갖춘 걸작이다.

권벌의 후손들이 가문의 명예를 이어갈 수 있었던 것은, 문수산 갈부자리에서 시작한 동막천과 우곡에서 흘러온 창평천이 합류하여 맑은 숲과 석천정石泉亭이 어우러진 천하제일의 임천林泉 청하동천靑霞洞天에서 웅지雄志를 품을 수 있게 한 것이다.

1728년 이인좌李麟佐의 난이 일어나자, 안동 의병장 유승현柳升鉉을 도와서 창의倡義하였으나, 죄인들의 초사招辭에서 오히려 난에 연루된 혐의를 받게 되자, 석포에 문행당文杏堂을 지어 낙강洛江의 안갯속을 거닐던 자유로운 영혼 일보一甫는 병조 좌랑 강좌江左 권만權萬이다.

강좌江左는 1742년 춘양 한수정 중수를 계기로 세상 속으로 돌아왔다. 그는 소극적 자유를 버리고 적극적 자유를 택한 것이다.

어린 시절 유곡에 살았던 강좌江左는 《유곡잡영酉谷雜詠》의 〈석천정사石泉精舍〉詩에서 자신은 석천정이 좋다고 했다.

人言靑巖好　사람들은 청암정이 좋다고 하지만
我獨愛石泉　나는 홀로 석천정을 사랑하네.
兩桃花滿發　양쪽 언덕에 복사꽃이 피었다 지면
川流去杳然　시냇물에 아득히 흘러가네.

1746년 강좌江左 권만權萬이 양산 군수가 되어 부임할 때, 대산大山 이상정李象靖은 '닭 잡는데 소 잡는 칼을 쓴다〔弦歌正屬割雞秋〕.' 고 빗대어서, 인물에 비해서 비록 낮은 관작官爵이나 장한 뜻을 펼치

길 기원했다.

征駒冉冉下梁州　나그네 말 느릿느릿 양주로 내려가니
七點山孤水盡頭　칠점산이 물가에 외로이 섰네.
枳棘還成棲鳳地　가시밭이 도리어 봉황 깃들 땅이 되니
弦歌正屬割雞秋　현가는 참으로 할계 할계*할 때이리.

시냇가 언덕에 비킨 듯이 앉은 석천정사石泉精舍는 솔숲과 너래 반석 위에 흐르는 물과 청아한 바람과 외진 골짜기의 적요寂寥가 어우러져 선경을 느끼게 한다.

석천계곡 초입의 '청하동천青霞洞天' 암각서는 충재의 5대손 권두응權斗應이 쓴 글씨를 바위에 새겨 주사 칠한 것이다. 동천洞天은 속세를 벗어난 지상의 낙원으로 통하는 성스러운 장소를 의미하는데, 옛사람들은 깊은 산속 인적이 닿지 않는 어느 곳에 낙원樂園이 실재로 존재한다고 믿었다.

'청하동천青霞洞天'은 '푸른 노을이 아득한 신선의 마을'이란 뜻이며, 강좌 권만은 〈석천정사石泉精舍〉를 복사꽃이 흘러가는 무릉도원武陵桃源이라 노래했다.

* 할계鶡鷄 : 만주, 동부 시베리아에 분포하는 닭과 비슷하게 생긴 꿩과의 새.

서거정徐居正은 〈봉화제영奉化題詠〉에서 봉화 사람들은 비탈진 숲에 두세 농가가 고작 산나물 캐다가 술안주를 마련하니, 강호江湖의 맛을 모른다고 읊었다.

蒼磴攢空樹木交 푸른 비탈은 하늘 가 닿고 숲은 우거졌는데,
兩三村屋覆黃茅 두세 농가 지붕은 노란 띠풀로 이어졌네.
居民豈識江湖味 이곳의 백성들이 강호의 맛을 어찌 알랴,
採採山蔬具酒肴 고작 산나물 캐다가 술안주를 마련했구나.

강호江湖는 강하호해江河湖海의 세상의 물을 뜻하나 '세상'을 비유적으로 이르는 말이며, 소오강호笑傲江湖는 강호를 웃으며 오시한다는 뜻이다.

현실정치 세계의 고단함을 모르는 봉화 사람들은 소동파의 '여산廬山을 알지 못하고, 산중에 살고 있는〔不識廬山眞面目, 只緣身在此山中〕' 순진무구純眞無垢한 '촌사람'이라고 오시傲視*하였다.

'여산廬山을 알지 못하고, 산중에 살고 있는〔不識廬山眞面目, 只緣身在此山中〕' 순진무구純眞無垢한 '촌사람'은 신선 같은 사람이다.

'청하동천靑霞洞天'은 석천정사뿐 아니라, 문수산에서 시작한 창평천이 석천 계곡에 이르는 산과 들, 계곡과 물야, 상운, 봉성, 법전, 명

* 오시傲視 : 교만한 마음에서 남을 낮추어보거나 업신여기다.

호, 재산, 춘양, 소천, 석포, 내성에 살았던 신선처럼 순후한 봉화 사람들이 사는 세상, 봉화군이 곧 무릉도원武陵桃源이다.

11. 미망未忘

1

원주와 제천역에서 승객이 내린 후 듬성듬성 앉아 있는 승객들은 터널을 들락거리며 치악산 속을 헤매는 열차 창밖 풍경에 심드렁해 졸고 있었다.

열차가 터널 속으로 들어가자, 답답하고 무료해서 차창에 뿌옇게 서린 김을 손으로 문질러 닦아내자 거울이 되었다.

흐릿한 유리창에 열차 안의 군상들이 어슴푸레 비치면서 애니메이션처럼 보이다가 터널을 빠져나오자 애니메이션은 사라지고 창밖 경치가 흘러갔다.

준雋의 건너편에는 의자를 돌려서 마주보게 놓고 삼십 대의 젊은 부부가 세 아이를 데리고 앉아있다. 열두어 살로 보이는 큰 아이와 서너 살 터울의 동생은 사내아이인 것이 분명한데 어머니 품에 안긴 아이는 알 수 없었다.

열차가 다시 터널 속으로 들어가자, 건너편 가족이 애니메이션의 배우로 등장하고 있었다. 어슴푸레하게 비치는 화면 속에 어른 아이 할 것 없이 깡마르고 지쳐 있어 얼핏 보기에도 피난민의 몰골이었다. 해방 후 만주에서 귀국하던 가족처럼 보였는데, 온 가족이 예쁜 꽃신을 신은 것이 특이했다.

준雋은 해방 이듬해 어머니 등에 업혀서 귀국길에 올랐으나, 이미 러시아군이 삼팔선을 가로막고 있었다. 사리원에서 안내원을 앞세우고 삼엄한 삼팔선을 숨죽이고 넘었으나, 초승달은 넘어가고 칠흑같이 캄캄한 밤 예성강이 가로막고 있었다.

3월의 예성강물은 얼음보다 차고 예리한데 강바닥이 미끄러워 세찬 물살에 신체의 균형을 잡지 못하고 기우뚱 거렸다. 큰아이가 강을 건너다 말고 강 가운데 서서 오도가도 못하고 울고 섰다.

미끄러운 강바닥에 어머니가 휘청거리면서 등에 업은 준雋을 잡는 순간, 치마에 싼 신발을 모두 강물에 떠내려 보내고 강을 건넜으나 온 가족이 맨발이었다. 결국 선물로 챙겨오던 꽃신을 꺼내어 신었다고 한다.

열차가 죽령을 오르고 있었다. 소백산 죽령은 단성역 쪽이 지대가 높아서, 단성역과 죽령역 사이는 터널 속에서 4.5km를 360도 회전하는 나선형식 루프 터널이다. 암막을 친 것처럼 캄캄하고 답답한 창과 열차의 소음으로 시끄럽고 숨 막히는 터널 속에 10분이 한 시간같이 느껴졌다가 드디어 죽령 터널을 빠져나오자, 봄옷으로 차려입은 소백산역이 환하게 반겼다.

소백산역에서 희방사喜方寺 오르는 길은 폭포와 골짜기가 소백산의 절경이다. 어느 해 소백산 스케치 여행에서 하루 종일 내린 눈으로 희방사 토방에 갇혔다가, 발이 푹푹 빠지는 눈 속을 걸어서 어둠 속에서 등대처럼 불을 밝히던 동토凍土의 풍기역이 알라딘의 램프에서 빠져나오듯이 기억이 새롭다.

그해 겨울,
희방사 스케치 여행
내리고 또 내리는
소白산 눈꽃

山寺 토방엔 두런두런 얘기꽃
빈 도화지 새하얀 풍경

저무는 하얀 길
미끄러지고 자빠지며
어둠 속 불 밝힌 풍기역 등대

역전 포장마차 가스등 불빛
포장 그림자들

우동 한 그릇 훌훌

소백의 영봉이 둘러쳐진 풍요로운 들판을 인삼밭과 능금밭 사이로 달리던 열차가 어느새 서천강 철교를 철거덕거리면서 건너고 있었다. 시나브로 졸고 있던 승객들이 종착역이 가까워지면서 부산해졌다.

건너편의 그 아이들 가족도 부스스 눈을 뜨고 기지개를 펴면서 이리저리 살폈다. 아기를 남편에게 맡기고 자리에서 일어선 여인은 야위고 수척해 보였으나 훤칠한 키에 표정이 밝았다.

엄마 냄새가 멀어지자, 아빠의 품에서 아기가 슬며시 빠져나와 마른 코를 후비며 통로로 내려섰다. 기저귀도 차지 않은 아랫도리의 비쩍 마른 두 다리 사이에 번데기 하나가 꼬물거렸다.

아기는 주위를 둘러보더니 나에게로 걸어와서 앙증맞게 작고 하얀 앞니를 보이며 생긋이 웃었다. 젖내가 솔솔 났다.

"몇 살?"

나이를 묻자, 두 개는 펴지고 손가락 한 개는 엉거주춤 반쯤 펴보였다.

"세 살? 어이구, 똑똑하네. 이름은?"

이름을 묻는 순간, 아기는 쉬를 쏟아내었다. 아버지와 형들은 난감해 하면서 아기의 자존감이 상하지 않게 배려하는 눈치였다.

"이름은 박대준이고요, 첫돌이 겨우 지나 아직 말을 못해요."

둘째 형이 냉큼 오줌을 닦으면서 속삭이듯 귓속말을 했다.

"그렇구나…"

건성으로 흘려듣다가, 준雋은 자신과 이름이 같다는 사실에,

"뭐, 박대준이라고?"

되묻는 순간 통로 쪽에서 걸어오는 엄마를 본 아기가 오리처럼 뒤뚱뒤뚱 바쁘게 걸어갔다. 넘어질 듯이 다가오는 아기를 두 손으로 들어 올린 엄마는 아기의 볼을 비볐다.

"대준이가 저 아제 앞에 쉬했네."

큰아이가 계면쩍은 표정으로 아기의 실례失禮를 모친에게 알리자, 무언의 목례目禮에서 유가儒家의 정중한 의례儀禮가 엿보였다. 아무리 사소한 과실이라도 건성으로 'I'm Sorry!'나 장황한 변명보다 상대방의 입장에서 진정성을 느낄 수 있어야 한다.

준雋은 괘념치 말라고 손을 저으면서도 그녀의 시선에서 자애로운 모성母性을 느낄 수 있었다.

선반 위에서 짐을 내리거나 자리에서 일어나 통로를 걸어가는 이들로 열차 안은 분주하고 소란해지는 사이에 영주역 플랫폼에 서서히 멈춰 섰다.

건너편 자리의 그 가족들은 짐을 챙기느라 뒤쪽에 처져 있었다. 준雋은 혼자서 플랫폼을 걸어 나오다가 '박대준?' 그 아기의 이름을 떠올리며 뒤를 돌아보았다.

아침 햇살이 그들의 뒤쪽에서 서치라이트처럼 쏘아댔다. 두 아들과 남편 뒤에서 커다란 보따리를 머리에 이고 아기를 등에 업은 여인이 햇빛 속에서 긴 그림자를 밟으며 움직이는 듯 멈춰 선 듯했다.

역광逆光에 비친 실루엣이 회갈색 바탕에 아기를 업은 박수근 화가의 흐릿한 그림 속의 여인과 오버랩되었다. 그 여인은 마치 어머니처럼 느껴진다. 준의 가족이 북만주에서 귀국할 때 첫돌이 막 지난 준을 업고 달빛도 없는 검은 압록강물을 건너고 무장한 러시아 병사의 눈을 피해 칠흑 같은 삼팔선을 넘었다.

토성역에서 온몸에 DDT가 뿌려진 후 겨우 열차에 오를 수 있었다. 그리고 지금 영주역에 내려서 꿈에 그리던 고향 땅을 밟았다. 회갈색 바탕에 아기를 업은 박수근의 흐릿한 그림 속의 여인은 준雋의 어머니요, 윤동주의 어머니였다.

…

어머님,
그리고 당신은 北間島에 계십니다.

나는 무엇인지 그리워
이 많은 별빛이 나린 언덕우에
내 이름자를 써보고,
흙으로 덮어버리었습니다.

따는 밤을 새워 우는 버레는
부끄러운 이름을 슬퍼하는 까닭입니다.

그러나 겨울이 지나고 나의 별에도 봄이 오면
무덤우에 파란 잔디가 피어나듯이
내 이름자 묻힌 언덕우에도 자랑처럼 풀이 무성할게외다.*

2

準의 집에서 골목길을 나서면 정미소집이다. 準은 정미소집 둘레를 꼬불꼬불 돌아가는 밭두렁 길을 달음질쳐서 신작로에 올라서자마자 뒤를 돌아보았다. 정미소집 마당에서 기우(거위) 소리가 새어나왔으나, '흥. 어림도 없지, 퉤!' 침을 뱉았다.

정미소집 마당의 발동기 소리가 '컹컹' 동네의 집집마다 퍼져나갈 때면, 準은 발동기를 보러갔으나 매번 그 집 마당을 고개를 쳐들고 온 종일 돌아다니며 경호하는 거위 한 쌍이 무서워서 그 집 안으로 들어갈 수 없었다.

한 번은 막대기를 들고 거위를 쫒으려다가 도리어 나머지 거위가 뒤에서 덤벼들어서 혼이 난 적이 있었다.

'두 놈이 앞뒤로 공격해? 비겁하게…'

거위 입장에서는 혼자서라도 準을 이길 수 있을 만큼 큰 덩치에 날개가 커서 한 번 펴서 부채처럼 휘두르면 장풍이 일어나서 마당에 널려있던 잡동사니들이 순식간에 날리고 흩어지고 아수라장으로

* 윤동주, 《하늘과 바람과 별과 시》 별 헤는 밤, 1948.

변한다.

거위의 노란 부리는 긴 목을 마음대로 휘둘러서 상하좌우로 공격하는 폼이 독사보다 빠르다. 또 거위 소리는 무엇이 불만인지 악을 써서 부르짖는다. 마치 금관악기의 피스에 엠보션이 삐끌리는 금속성의 삑사리처럼 악에 바친 소리 같았다.

'여기는 내 구역이다. 못 들어와, 알았제!'

덩치가 큰 숫놈이 '끼이욱 끼이욱…삐익' 하면 덩치가 아담한 암거위는 숫놈의 눈치를 봐가면서 '괘골괘골…' 앓는 소리를 하며 따라다닌다.

거위들은 동네 어른들한테는 꼼짝도 못하면서 오직 준雋만 보면 더 큰소리로 질러대면서 달려왔다.

준雋은 신작로 길 부관네 집에 반쯤 열린 듯 닫힌 대문 틈 사이를 흘깃거려 보았다. 인기척이 없이 휑그런 대청마루에 오후의 햇살이 아롱거리고 있었다.

어제 오후에는 부관의 형이 낙동강에서 잡아왔다는 물방개 한 마리와 새끼 다섯 마리를 넓적한 놋대야에 물을 가득 담아 넣고 둘러앉아서 물방개 가족들이 뱅글뱅글 돌아다니는 것을 보면서 해 질 녘까지 놀았었다.

물방개 새끼는 물방개와 비슷하게 생겼으나 물방개 새끼가 아니라 물땡땡이다. 물방개의 뒷다리는 두껍고 힘이 넘치는데, 물땡땡이는 뒷다리가 가늘고 잔털이 많다. 물땡땡이는 물속에 들어가면 배에 투명한 공기막이 보인다. 양 발을 따로따로 움직여 기어다니듯이 이동한다.

물방개가 느릿느릿 어물어물 하는데 물땡땡이는 하루 종일 뱅글뱅글 돌아다녔다. 준雋은 점잖은 물방개보다 초랭이 같이 돌아치는 물땡땡이가 자기편 같았다.

"갈 때 구루마바퀴 누가 돌렸나, 집에 와서 생각하니 내가 돌렸네." 준雋은 '구루마바퀴' 노래를 중얼거리며 신작로를 무작정 걸었다. 신작로 왼편은 안막천 개울이고 오른편은 일제 강점기 때 누에고치를 공출로 받치던 고치공장이었다. 당시에는 고치공장에 방위군(국군의 전신)이 주둔해 있어서 마당 입구에 늘 보초가 서있다.

준雋이 방위군 부대 앞을 지나면서, 고치 공장 쪽을 무심코 바라보았더니 늘 서있어야 할 보초가 보이지 않았다.

'보초가 없으니, 저 마당으로 들어가 볼까…'

호기심이 발동한 준雋이 방위군 쪽으로 바라보고 있는 순간, 대여섯 명의 청년이 방위군 사령부 안마당에서 신작로 쪽으로 후다다닥 뛰어나왔다. 그들은 모두 총을 가슴 앞에 두 손으로 겨눠들고 있었다.

마침, 안막재 쪽에서 맥고모를 쓴 청년이 탄 자전거 한 대가 막 방위군 부대 앞으로 달려오고 있었다. 안막재에서 자전거 페달을 한 번도 안 밟고 낙동강 둑까지 갈 수 있었다. 당시에는 자전거가 귀했으며 자전거 선수 엄복동은 지금의 손흥민만큼 인기가 있었다.

'떳다 보아라 안창남 비행기, 내려다 보아라 엄복동 자전거'

준이 맘속으로 노래를 부르는데, 갑자기 총성이 귀가 찢어지는 듯 했다.

'땅 따~ㅇ', '끼이 익 퍽'

총소리와 동시에 자전거를 탄 젊은이가 신작로 바닥에 내동댕이 치듯 널부러지고 벗어진 맥고모자는 날아가고 자전거는 튕겨서 안 막천 개울로 떨어졌다. 자전거를 타고 달려오던 청년은 동네 지주의 맏아들이었다.

총을 든 괴한들이 어린 준雋을 힐끔 보더니, 길바닥에 선혈이 낭자한 시체 위에 침을 탁 뱉더니 안막재 쪽으로 뛰어올라갔다.

그날 저녁, 밥투정까지 해서 밥을 더 먹는 평소의 그답지 않았다. 꿀 먹은 벙어리처럼 아무 말도 없이 앉았던 준雋은 저녁밥도 먹지 않고 앉은 자리에서 그대로 잠이 들었다. 밤새 헛소리를 하고 땀을 흘렸다.

어떤 사람이 백조와 거위를 함께 길렀다. 백조는 보기에 예쁘고 또 노래를 잘 불렀으므로 노래를 듣기 위해서 기르고, 거위는 잡아 먹기 위해서 길렀다.

하루는 저녁에 귀한 손님이 와서 음식을 대접하려고 거위를 붙들었다. 그런데 캄캄한 밤이라 거위인 줄 알고 붙든 것이 실은 거위가 아니라 백조였다.

주인에게 붙잡힌 백조는 몸부림을 쳐보았지만 아무 소용이 없었다.

3

전쟁이 터졌다. 준雋의 가족은 아버지의 고향 풍호리로 갔다. 북에서 남침을 했으니 남쪽으로 피난 갔어야 하는데, 안동에 살던 준의 가족이 풍호리로 간 것은 어머니가 계신 고향집으로 돌아가는 아버지의 수구초심首丘初心이었다.

풍호리에 있는 동안 밤이면 청량산의 빨갱이가 마을 앞산 꺾굴재를 넘어오기도 하고, 명호면 공산당원이 몇 번 마을을 둘러보고 갔지만 큰 문제가 일어나지 않았다.

북으로 반격했던 국군이 후퇴하여 남북이 38선 부근 전선에서 밀고 당기는 동안 피난민들은 하나 둘 전쟁 전에 살았던 곳으로 복귀하기 시작했다.

준雋의 가족은 풍호리에서 전쟁 전에 살았던 안동으로 돌아가지 못하고 B읍으로 갔다. 준雋의 아버지가 징용을 피해서 만주로 갈 때 집과 살림도구를 처분하고 갔으니, 만주에서 돌아온 난민 신세가 되었다. 셋방살이를 하면서 생활의 터전을 잡으려는 찰나 6·25가 터진 것이다. 안동에 돌아가야 반겨줄 집도 없었으니, 풍호리에서 50여 리 떨어진 군청 소재지로 옮겨왔다.

B군은 태백산맥과 소백산맥이 북서쪽에 병풍처럼 둘러쳐 있고 문수산과 풍락산, 그리고 청량산이 어우러진 골짜기로 낙동강과 내

성천이 흐르는 산과 강이 아름다운 곳이다.

이곳 주민들은 자연을 닮아서 순박하고 부지런하며 어른을 공경하고 인간의 도리를 지키며 관혼상제의 예를 소중히 여겼다.

행정구역의 명칭이 군청 소재지를 중심으로 방위를 구분하는 동면 서면 남면 북면이라 하는데 비해서, B군은 군청 소재지를 내성乃城, 상서로운 상운祥雲, 산물이 풍성한 물야物野, 양지바른 춘양春陽, 현 소재지 봉성鳳城, 첩첩산중 소천부곡小川部曲 소천小川, 낙동강 최상류 석보石浦, 군의 가운데 위치한 법전法田, 낙동강이 호수같이 맑은 명호明湖, 일월산과 청량산의 목재가 많은 재산材山 등 10개 면의 명칭이 각기 그 지역의 자연적 특색에 적합하게 이름 지어졌다.

준雋은 산과 강이 어우러진 아름다운 곳, 순박하고 전통예절을 간직한 고장인 B읍에서 유년 시절을 보냈다. 아버지의 고향 마을 풍호리에서 전쟁을 피했다가 국군이 북한군을 북으로 밀고 올라간 후 B읍으로 갔다. 동네 아이들은 자기들끼리 놀았다. 준雋이 굳이 원하면 가능하겠지만, 적극적으로 끼고 싶지 않았다.

군청의 담장이 측백나무 울타리였다. 저녁 무렵이면 군청 직원들이 하나 둘 퇴근하고 나면, 측백나무는 새들의 보금자리가 된다.

외톨이인 준雋은 그 측백나무 위에 올라가 참새처럼 놀았다. 측백나무는 튼튼한 가지가 이리 저리 뻗어 있어서 내가 올라앉아 놀기에 안성맞춤이었다. 빤질빤질하게 가지들이 윤이 난 것으로 보아 오래 전부터 아이들이 올라간 흔적이 있었다.

준雋이 측백나무 위에 올라 앉아 동네 아이들의 놀이를 환히 볼 수 있지만, 아이들은 측백나무 잎사귀들 사이에 가려있는 준雋을 알지 못한다.

이 동네 아이들은 주로 군청과 양조장 사이의 넓은 골목길에서 놀았다. 아이들은 양조장 담벼락에 붙은 큰 전봇대를 중심으로 술래잡기나 깡통 차기를 하고, 전봇대에 기대어 말 타기를 했는데, 준雋은 그 아이들의 놀이를 내려다보고 혼자서 심판이 되기도 하고 어떨 때는 코치가 되기도 하였다. 그런데, 그가 앉아 있는 나무의 바로 옆 나무에 준雋과 같은 또래의 아이가 앉아 있었다.

어제 올랐던 나무에 오늘도 올라앉아있었다. 아마 내일도 거기에 앉아있을 것 같았다. 짐작대로 그 아이는 그 다음날도 그 나무에 앉아있을 것이다. 그 아이는 언제나 준雋이 먼저 집으로 가고 난 다음에 반대편으로 난 길로 걸어갔다.

며칠도 안 돼서 준雋과 그 아이는 친구가 되었다. 준雋이 누룽지를 가져가서 나눠주었더니 그 아이는 너무나 맛있게 먹었다. 또 다음날은 어머니가 국수를 썰고 남은 국수 꼬리를 불에 구워서 빵처럼 부풀어진 것을 그 아이에게 나눠주었다.

그 아이를 훈이라고 불렀다. 훈이가 살고 있는 큰 집에는 식구들이 많았다. 작은 형이 그 집을 고아원이라 했다.

당시 B읍에는 중앙선 영주역에서 기찻길이 갈라져 나와서 두 번째 정거장이면서 종착역이었다. 기차를 타고 전국에서 몰려 든 피난민들이 고단한 피난살이를 하고 있었다. 피난민들의 판잣집 지붕의 루핑 조각처럼 각 지방의 사투리가 더덕더덕 묻어났다. 피난민들의 말소리만 들어보면 서울에서 피난 온 것인지 전라도 혹은 충청도에서 피난 온 것인지 알 수 있었다.

피난민들은 먹을 것이 부족했다. 그들은 매일 새벽 양조장 후문에 줄을 서서 기다렸다. 양조장 뒤뜰의 크고 깊은 웅덩이에서 아래기(술찌끼미)를 퍼가기 위해서였다. 먹을 것이 부족했던 피난민들은 아래기에 삭카린(사카린나트륨)을 타서 먹기도 하고 물이 오른 소나무 속껍질을 벗겨서 솥에 쪄서 먹기도 했다. 어떤 사람은 굶어서 얼굴에 누렇게 부황이 들기도 했으며, 밥통을 들고 구걸하러 다니기도 했다.

밥 때마다 구걸하는 사람들이 번갈아 찾아왔다. 어머니는 한 번도 그냥 보내지 않고 밥과 반찬을 그들의 밥통이나 주머니에 따로 담아 주었고, 남은 밥이 없을 때는 괜찮겠는지 물어서 어머니가 먹던 밥을 덜어주었다.

준雋이네도 피난민 신세라서 먹거리가 부족하기는 다른 피난민과 다를 바 없었다. 숟가락을 놓자마자 밖으로 뛰어나가는 준雋에게 어머니가 일렀다.

"죽 먹었다고 하지 마라."

"입 닦았는데 뭘 먹었는지 아는가?"

준雋은 군청 울타리로 출근했다. 훈이와 어울리게 된 지 얼마 안

돼서 군청 울타리에서 학교 운동장으로 옮겨갔다.

학교 운동장 철봉에 매달려서 몸을 흔들거나 배를 철봉에 대고 앞으로 한 바퀴 돌았다. 그런데 훈이는 모래판에 주저앉아서 준雋이 철봉에 매달리는 것을 구경만 하였다.

훈이와 준雋은 장날이 오기를 기다렸다. B읍의 5일장은 구경거리가 많기 때문이다. 군청 앞에서 십자 골목까지 장판이 벌어져 발 디딜 틈 없이 인산인해였다.

장판에는 되감고가 주인공이었다. 농사꾼이 가져온 쌀이나 보리를 대신 팔아주는 되감고는 곡식을 멍석에 부어놓고 곡식을 살 사람이 나타나면 되나 말에 담아서 그릇의 위로 올라오는 곡식을 둥근 막대기로 깎은 뒤 인심 쓰는 척하면서 한 줌 더 올려준다. 되감고는 그들이 펼쳐 놓은 멍석 근처에 아이들이 얼씬거리는 것을 별로 좋아하지 않았다.

"아이들은 저리 가라."

되감고가 손사래를 치며 쫓아내면, 준雋이네는 미련없이 다시 약장사판으로 갔다. 약장사는 알이 없는 뿔테 안경을 끼고 커다란 딸기코를 달고 큰 북을 등에 짊어지고 걸으면서 바이올린을 켰다. 발을 옮길 때마다 북소리가 '둥둥'거렸고, 북소리에 맞춰서 경쾌한 바이올린 음률이 퍼져나갔다. 혼자서 북 치고 장구 치고 춤까지 추면서 돌아가자 사람들이 악기 소리를 듣고 몰려들었다.

약장사는 악기를 내려놓고 시퍼렇게 날이 선 칼을 들었다. 약장사는 소매를 걷어 올린 팔뚝에 칼을 대어서 상처를 내자 붉은 피가 뚝뚝 떨어져 흘러내렸다. 그런데 그 손목을 수건으로 닦아내고 조그만 양철통에 든 약을 바르니, 금방 상처가 아물었다.

'아마도 토마토케첩이 아닐까?' 의심이 들었으나 입을 다물어야 구경할 처지이었다.

얼굴에 연지 곤지 찍고 입술을 빨갛게 칠한 젊은 여인이 짧은 치마를 입고 약 상자를 들고 한 바퀴 돌아다니면, 마술에 홀린 사람들이 너도나도 그 약을 사기 시작했다.

"아이들은 저리 가라."

'어른들은 아이들이 노는 꼴을 못 본다니까…'

약장사의 마술을 보고 싶은 미련을 뒤로하고, 후생시장 어물전 골목으로 이동하였다. 입구에서부터 생선 비린내에 코를 잡고 걸어야 하지만, 생선이나 조개, 문어 등의 신기한 모습을 구경하고 다녔다. 생선은 동해 바닷가 어촌에서 첩첩준령을 넘어서 어물전에 도착하면 이미 생선이 아니었다. 소금으로 절인 간고등어나 꽁치 같은 어물이 새우젓과 함께 후생시장 어물전 좌판을 차지하였다.

여름철에는 고등어나 꽁치의 뱃속에 하얀 구더기가 꾸물거렸다. 어물은 주로 제물로 팔렸는데, B읍 사람들은 아무리 가난해도 제사에 어물을 써야 했다.

훈이와 준雋은 후생시장을 한 바퀴 돌아 나와 내성천 둑으로 올라갔다. 시원하게 불어오는 강바람에 생선 비린내가 날아갔다.

천방 둑에는 나무 등거리를 도끼로 쪼갠 장작과 소나무 갈비를 바람맞은 돛배처럼 부풀게 한 짐 가득 잰 지게가 한 줄로 늘어서 있었다.

나무꾼들은 강둑에 둘러앉아서 곰방대를 피우다가 자신의 나뭇짐이 팔리면 그 나뭇짐을 짊어지고 고객의 뒤를 좇아서 집까지 져다 주었다.

훈이와 준雋은 내성천 목조다리를 건넜다. 강을 건너면 시내 구역을 벗어나서 교외가 되는 것이다. 내성천 보밑 마을의 우시장으로 갔다. 우시장은 소와 사람이 섞여서 왁자하였다. 크고 작은 소들이 움직일 때마다 딸랑거리는 워낭소리에 맞추어서 음매하는 소 울음이 합창이 되었다. 누렁소가 일색이던 우시장에 백의에 갓을 쓴 하얀 농부와 농부들 사이에 모자를 눌러 쓴 거간꾼들의 손에는 늘 돈뭉치가 들려있었다.

'나도 커서 저 사람처럼 거간꾼이 될 테야.'

우시장 한 모퉁이에는 닭들이 싸리가 둘러쳐진 울타리 안에 있었고 한쪽에서는 돼지들이 꿀꿀, 귀여운 강아지들이 깽깽거렸다.

우시장을 나와서 내성천 목조다리를 건널 때쯤이면 입안이 바싹 마르고 뱃속에 허기를 느낀다.

그때 '펑' 하는 소리와 동시에 고소한 박상 냄새가 코를 자극하면, 박상 튀우는 곳으로 달려가서 밖으로 멀리 튄 옥수수 박상 알을 주워서 입에 넣고 오물거렸다. 박상이 터질 때쯤 귀를 막고 조마조마 기다리는 긴장된 그 시간이 흐를 때, 갑자기 '펑' 소리와 함께 고소한 박상 냄새가 흰 김을 타고 코 속으로 흠씬 날아든다.

하릴없는 훈이와 준雋에게 닷새마다 돌아오는 장날은 신나는 날로 기다려진다. 그 당시 간식거리로는 단연 엿이 최고였다.

장날이 아니라도 바소가리 지게를 짊어지고 골목을 다니며 헌병과 고무신짝을 싹쓸이 해가는 엿장수가 골목에 나타나서 젓는 가위소리는 말이 필요 없다. 전쟁이 한창인 그 당시 제일 무서운 것이 헌병이었는데, 헌병보다 무서운 것이 헌병 잡아가는 엿장수이다.

엿장수의 가위소리가 골목 안으로 울려 퍼지면 생각만 해도 입안에 달짝지근한 군침이 돌았다.

준雋은 마루 밑 구석 끝까지 기어들어가서 먼지와 거미줄을 머리에 온통 뒤집어쓰거나 뒤 안을 뒤져서 기어코 고무신짝이나 빈병을 찾아들고 엿장수를 놓칠까 냅다 뛰어나가다가 대문 설주에 발이 걸려 넘어져도 금방 일어나서 또 뛰었다. 훈이도 그 뒤를 따랐다. 하여튼 동전 주고 엿을 사먹는 아이는 없던 시절이었다.

시끌벅적하던 장날 다음 날은 심심하였다. 준雋이 들은 군청 측백나무 울타리에 올라갔다.

"나는 커서 엿장수가 될 테야."

훈이는 입맛을 다시면서 말했다.

"나는 우시장 거간꾼이 될 테야."

준雋은 우시장 거간꾼이 들고 있던 두툼한 돈뭉치의 기억을 떨쳐버릴 수 없었다.

그때, B읍의 중심가 십자골목 쪽에서 곡마단의 악극단 소리가 들려왔다. 악극단의 악기 소리에 준雋과 훈이는 측백나무에서 후닥닥 뛰어내려서 십자골목 쪽으로 단숨에 달려갔다.

"준아, 같이 가."

훈이가 뒤에서 소리쳤다. 곡마단 악극단이 벌써 십자골목을 돌아가고 그 뒤를 동네 꼬마들이 졸졸 따라가고 있었다. 피리 부는 사나이(Der Rattenfänger von Hameln)에 홀린 아이들 같았다.

독일 북중부 니더작센 주州에 있는 하멜론은 '하멜른의 피리 부는 사나이'라는 전설의 본향으로 알려져 있다.

하멜른의 쥐들이 고양이도 두려워할 정도로 난동을 피우자, 하멜른 시의 시장은 쥐를 제거한 사람에게 상을 주겠다고 하였다.

피리 부는 사나이가 피리 소리에 홀린 쥐를 조종해서 다른 모든 쥐를 강물로 유인시켜 빠트려 퇴치하였지만 시장은 돈이 아까웠던 나머지 마을 사람들과 짜고서 약속을 지키지 않았다.

피리 부는 사나이는 마을의 아이들을 피리로 현혹해서 함께 자취를 감추었다.

내성천 모래판에 커다란 천막을 설치한 유랑 곡마단이 북을 치고 나팔을 불면서 알록달록한 얼굴에 두툼한 가짜 코를 달고 고깔모자를 눌러 쓴 피에로를 앞세우고 내성천 다리를 건너 시내로 들어온 악극단은 동네 아이들을 줄줄이 몰고 다녔다. 준雋이들도 그 아이들 속으로 들어갔다.

곡마단은 조용한 산촌 마을을 흔들어 놓기도 하지만 전쟁으로 힘들게 살아가는 사람들에게 위안이 되었다.

곡마단은 한번 천막을 치면 보통 한 달포 가량 계속되었는데, 동네 아이들은 그동안 거의 매일 곡마단 구경을 했지만 입장료를 내고 들어간 적은 한 번도 없었다. 경비들이 지키고 있어도 천막 밑으로 숨어들어 갔다. 사실은, 경비들이 고개를 돌려서 아이들을 못 본 척 했다.

훈이는 얼룩덜룩한 원색 옷을 늘 입고 다녔는데 몸에 비해서 치수가 커서 바짓가랑이와 소매를 몇 겹씩 걷어서 입고 다녔다. 아마 몇 년을 입고 나서 헤질 때쯤 되면 몸에 맞을 것 같았다.

훈이는 작고 말랑말랑한 찰고무공이나 양철로 만든 빨간 장난감 자동차를 갖고 있었다. 그것은 크리스마스 선물로 받은 구호물자였다. 찰고무공은 색깔도 예쁘지만 향긋한 냄새가 났다. 준雋은 그 찰고무공 냄새는 아직까지 잊히지 않고 코에 남아 있다. 모두가 신기하고 처음 보는 물건들이었다. 물자가 부족했던 시절에 구호물자 옷이나 장난감은 최고였다. 특히 초콜릿이나 츄잉껌 C레이션은 최상의 간식거리였다.

'나도 고아원에 살면 저런 선물을 받을 수 있을 텐데…'

준雋은 훈이의 장난감이 탐이 나서 나도 고아가 되고 싶었다.

4

B읍의 기차역에는 미군들이 주둔해 있었다. 내성천 다리가 폭격

을 맞아서 부서져 내린 뒤 나무로 가교를 만들어 놓았다. 기차역에 주둔한 미군들이 가끔 내성천 다리를 건너서 읍내에 들어와서 상점을 기웃거리면서 골목을 이리저리 몰려다녔다.

백인과 흑인 병사들이 삼삼오오 몰려다녔다. 미군들이 껌을 질겅질겅 씹으면서 읍내의 중심가인 십자골목에 나타나면, 이 동네 조무래기들은 그들의 뒤를 졸졸 따라다녔다.

백인이든 흑인이든 처음 보는 키다리 양키가 신기하기도 하고, 간식이란 생각도 못하던 배고픈 처지에 아이들에게는 최고의 간식인 초콜릿과 츄잉껌을 얻어먹는 재미가 쏠쏠했다.

"헤이, 초콜릿 김 미!"

준雋의 생애 처음 배운 영어는 제법 혀가 잘 돌아갔다.

준雋과 훈이는 새벽 안갯속을 걸었다. 시내에서 십 리나 떨어진 미군부대에 가기로 일주일 전에 서로 약속하였다. 미군과 영어가 좀 통하는 것 같았고 미군들을 앉아서 기다리기보다는 그들을 직접 찾아가는 적극적인 마케팅을 위해서다.

경쟁자가 없는 곳에서 단독 대시(dash)하게 되면 초콜릿과 츄잉껌뿐 아니라, 운이 좋으면 비스킷·초콜릿·커피·설탕 등 온갖 식품이 들어 있는 C레이션(C Ration)까지 덤으로 생길 수 있어서 큼지막한 주머니도 옆구리에 차고 갔다.

새벽 안갯속을 걷는 것이 신선하였고 '초콜릿과 츄잉껌'의 달콤한 맛을 기대하니 휘파람이 절로 나왔다. 훈이는 걷다가 힘이 드는지 길가에 잠시 앉아서 쉬었다 걸었다.

그날은 마침 일요일이었는지 미군이 주둔한 막사들이 안갯속에 조용히 잠들어 있었다. 훈이들은 막사 사이를 기웃거리며 돌아다니다가 막사에서 따로 떨어진 철길 옆에 설치된 고깔 모양의 구조물 안에 있는 한 흑인 병사를 발견하였다.

빨간 입술 사이로 이빨이 하얀 흑인 병사가 쪼그리고 앉아서 끙끙거리며 용을 쓰고 있었다. 준雋은 그 병사 앞에 다가서서 손을 들어서 유창한 영어로 인사했다.

"하이, 굿모닝, 하와유!"

휴지 뭉치를 손에 든 흑인 병사가 붉은 입술 사이로 하얀 이빨을 보이며 히죽이 웃었다. 훈이들은 고사리 손을 내밀면서 누가 먼저랄 것도 없이 외쳤다.

"헤이, 초콜릿 김 미!"

"하이, 츄잉껌 김 미!"

그 병사는 웅크리고 앉은 채 한 손을 들어 휘저으면서 아직 잠에서 덜 깨어난 듯이 쉰 목소리로 귀찮다는 태도로

"게러웨이!"

아이들은 물러서지 않았다. 절호의 찬스에 물러설 수 없었다.

"초콜릿 김 미!, 초콜릿 김 미!"

"벅@#$%.!!!!! 쏼라쏼라…"

그 병사의 얼굴이 험악해지더니 똥파리 떼 같은 아이들을 향해 크게 고함을 질렀다. 그렇지만 아이들은 사업상 멈출 수 없어서

"헤이, 초콜릿 김 미!"

"하이, 츄잉껌 김 미!"

아이들은 물러서지 않고 계속 대시했다.

"벅@#$%…!!!!! 쏼라쏼라…"

그 병사가 갑자기 큰소리를 지르면서 벌떡 일어섰다. 그는 한 손은 허리춤을 잡고, 한 손으로 아이들을 붙잡으려고 엉거주춤한 자세로 일어섰다.

아이들은 병사가 갑자기 아이들을 납치하는 마왕으로 돌변하자 위험을 감지하고 겁에 질려서 엉겁결에 도망쳤다.

철길을 따라 달렸다. 철길은 끝없이 외길로 뻗어있었다. 마왕이 철길 침목을 두세 칸씩 성큼성큼 건너뛸 때, 준雋은 침목 한 칸씩 종종걸음으로 앞만 보고 뛰었다.

"@#$%…!!!!! 쏼라쏼라…"

마왕이 뒤에서 큰소리로 외쳤는데 무슨 말인지 알지 못했지만 그것은 준雋의 짐작으로 틀림없이

"요녀석들! 게 섰지 못해!"

말뜻을 알았지만 마왕이 원하는 대로 멈출 수 없었다.

"@#$%…!!!!! 쏼라쏼라…"

망왕의 고함소리와 군화 소리가 점점 가까이서 들렸다. 그만큼 마왕과 아이들 사이의 거리가 좁혀진 것이다. 얼마 후 군화 소리는 없어지고 마왕의 고함소리와 훈이의 SOS 코러스(chorus)가 울려 퍼졌다.

"@#$%…!!!!! 쏼라쏼라…"

"준아, 같이 가. 아앙…"

훈이가 준을 부르더니 자지러지듯 단말마로 울음을 터뜨렸다.

준은 도망치면서 훈이를 힐끔 돌아다봤을 때, 마왕이 한 손은 바지 허리춤을 잡고 훈이의 바로 뒤에 지척으로 아슬아슬하게 쫓아가고 있었다.

준雋은 한참을 달리다가 멈추어 서서 뒤로 돌아서서 허리를 굽히고 숨을 몰아쉬면서 헐떡였다. 훈이가 마왕에게 잡혀서 벗어나려고 발버둥치고 있었다.

'훈이가 잡히고 말았구나.'

마왕과 훈이는 준雋에게서 한참 멀어져 있었다. 준雋은 꼬꾸라져서 철길에다 토했다. 토하면서 호흡 조절이 안 되어 숨이 막혀 "꺽꺽" 소리를 했다.

눈물과 콧물과 토가 얼굴과 입가에 범벅이 되었다.

준雋은 온몸에 힘이 빠져서 축 늘어져서 철둑에 주저앉아서 고함만 질렀지만 목이 쉬어서 소리가 제대로 나지 않았다.

"초콜릿, 츄잉껌 다 싫다. 이 나쁜 양키 놈아."

준雋은 그때, 훈이를 두고 혼자 살겠다고 도망친데 대한 죄책감을 지금까지도 떨치지 못하고 있다. 아마 죽을 때까지 그 일을 잊지 못할 것이다.

지금도 절실히 후회하는 것은 자신이 잡혀서 둘이서 함께 벌을 받든지, 기지機智를 발휘하여 함께 위험을 모면하든지, 그렇지 않으면 그 병사의 반쯤 내려온 바지를 잡고 늘어지지 못하고 혼자서 달아난 비겁했던 자신이 부끄럽다.

훈이가 걸을 때는 오른쪽 다리가 절뚝이면 오른쪽 어깨가 기울어져서 몸 전체가 오른쪽으로 쏠렸다가 왼쪽 다리에 힘이 실리면 다시 오른쪽 어깨가 올라오는 것을 반복하면서 걷는다. 그가 급하게 뛸 때는 짧은 다리를 들고 외발뛰기를 한다.

훈이는 피난 때 폭격으로 오른쪽 다리를 다쳤다고 하였다. 그때 훈이 부모님이 돌아가셨다고 한다. 그가 다리를 절지만 않았어도 준雋은 이렇게 후회하지 않을 것이다.

마왕의 굵은 팔뚝에 멱살이 잡혀서 몸이 달랑 들린 채 절규하는 훈이의 처참한 모습이 붉은 아침 햇살에 활활 타고 있었다.

5

준雋이네 반 아이들은 석천정사에 소풍 갔다. 1학년 첫 소풍이었다. 어머니는 보리밥에 쌀을 좀 적게 섞어서 도시락을 싸고 고구마도 한 개도 얹어주었다.

모처럼 별식에 준雋은 "띵호와"를 외쳤다.

며칠 전부터 기다렸던 첫 소풍이었고, 또 생전 처음으로 도시락을 들었으니 신바람이 절로 났다.

그러나 첫 소풍에서 준雋은 평생 잊지 못할 사고를 치고 말았다.

"소풍 재미있었나?"

소풍에서 돌아오는 그를 반기는 어머니의 물음에 들은 척도 하지 않고 도시락 보자기를 마루에 던져놓고 휑하니 밖에 나가서 동네 아이들과 어울렸다.

그날 저녁, 온 식구가 둥근 둘레 상에 둘러앉아서 저녁밥을 먹고 있을 때, 작은형이 속삭이듯 조용히 물었다.

"너, 다친데 없니?"

"없어."

준雋은 밥 먹다가 숟가락을 놓고 마루로 나갔다.

식구들이 그의 행동이 의아해서 무슨 일인지 궁금해 했지만, 작은형은 말하지 않았다.

석천 초입에는 도깨비를 쫓는 부적이 붉은 글씨로 바위에 새겨져 있어서 혼자서 그 앞을 지날 때는 겁이 나서 외면하고 숨도 죽이고 빠른 걸음으로 지나간다. 그날은 뱀 형상으로 구불구불 흘려서 쓴 '靑霞洞天'도 겁나지 않았다. 준雋은 아이들과 합창으로 솔바람에 동요를 흩날렸다.

석천정사 너래 반석은 오랜 세월 물에 닳고 닳아서 경사면에 홈이 파져 있어 천연 미끄럼틀이다. 여름철 하동들은 너나없이 홀랑 벗은 알몸으로 너래 반석에서 물 미끄럼을 탄다.

언덕을 오르자 금강송 붉은 가지 사이로 석천정사가 아침 햇살로 세수하고 내성천 맑은 물에 발을 담근 채 준儁을 반겼다.

준儁은 시선을 석천정사를 향한 채 언덕에서 너래 반석으로 건너뛰다가 발을 헛디뎠다. 생전 처음으로 들고 온 도시락을 든 채 반석 홈통에 빠졌다. 물에 빠진 생쥐 꼴이 되었다.

옷이 마를 때까지 벌거숭이로 정자 축대 밑에 쪼그리고 앉아있어야 했다. 짓궂은 아이들이 다가와서 놀렸다.

"박대준 궁둥이는 빨게, 빨간 건 사과…"

"얼래리 꼴래리, 얼래리 꼴래리…"

코찔찔이 김귀동이 큰소리로 놀리자, 여학생들도 힐끔힐끔 돌아보며 저희들끼리 희죽거렸다.

준儁의 옷은 옆반 여선생님이 헹궈서 볕 바른 너럭바위 위에 널어두었다. 그 옷이 마를 때까지 준儁은 벌거숭이로 웅크리고 앉아 있어야 했다.

봄이긴 하나 5월 초순이라, 아직은 쌀쌀한 날씨에 여름철의 석천과는 다르게 물 미끄럼 타는 아이는 없었다.

여학생들은 둘러앉아서 수건돌리기를 하는데, 남자 아이들은 종아리를 걷어올린 채 송사리와 피라미들을 찾아서 막대기로 바위 밑을 쑤시고 다녔다. 어떤 놈은 바위 위를 건너뛰어 달아나기도 하고, 그 뒤를 좇아가는 어떤 놈은 석천정사 난간에 매달리기도 하고….
도깨비들 난장판이었다.

도깨비 쫓는다는 그 '靑霞洞天' 부적도 영험이 없었다.

"박대준이를 찾아라."

석천정사 돌 축대 밑에 있어야 할 아이가 없어진 것을 알게 된 선생님은 아이들에게 준雋을 찾게 했다. 준雋은 커다란 너럭바위 아래 물속에서 얼굴만 빼꼼 내밀고 있었다.

이튿날, 준雋은 기침이 나고 몸이 불덩이 같았다.

어머니가 한의원에 데려갔다가 누워있는 준雋의 이마에 물수건을 얹어주고 녹두죽을 쑤어 주었다.

준雋은 이불을 머리까지 둘러쓴 채 쉰 목소리로 더듬거렸다.

"소풍날 물속에 숨어…"

"숨바꼭질? 숨을 데가 없어 찬물 속에 숨었나? 너도 참…"

6

외종형은 사범학교 3학년 때 전쟁이 터지자, 3대째 외동인 그를 남쪽으로 피란을 보냈는데, 영천고등학교에서 국군학도병에 지원하였다.

외종형은 A-19 정찰기를 조종하여 적진지를 정찰비행 중에 평강 지역 상공에서 적탄에 엔진이 정지된 채 활공비행(Glide Flight)으로 무사히 부대로 돌아올 수 있었다.

충무무공훈장을 받은 후, 광주 육군 항공대 비행교육대장으로 복무할 때, 한의원을 하는 안동 권 씨대 규수와 영주에서 결혼식을 올렸다.

육군항공대의 한국군·미군 동료 조종사들이 3대의 비행기를 몰고 와서 안동·영주·봉화 상공을 선회 비행한 뒤 영주의 서천 강변에 착륙하였었다.

혼례를 마친 외종형님 내외분이 인사차 왔다. 비행기 조종사 복장에 빨간 마후라와 가슴에는 윙 마크, 어깨에 걸어서 겨드랑이로 걸친 가죽걸이에 권총을 비스듬히 꽂고, 삐딱하게 장교 모자를 눌러 쓴 형님의 모습은 어린 준雋의 눈에는 환상적이었다.

럭비선수 출신의 키가 크고 우람한 덩치에 잘생긴 형님은 전쟁이 나기 전부터 이미 준雋의 로망이었다.

"이게 누구야, 대준이? 많이 컸구나. 너, 내가 석방시켜 준거 기억나지? 하하하…."

형님은 반가워서 무심코 말했지만 '석방'이란 말에 준雋은 새 형수님의 눈치부터 살폈다.

6·25가 발발하기 전에 안동에서 있었던 일이다. 그 당시 여섯 살이던 준雋은 식사 때마다 밥투정을 하는 버릇이 있었다.

"누가 내 밥을 퍼갔어. 내 밥 내놔. 앙앙"

밥 먹다가 뒷간에 갔다 와서 제가 먹어서 움푹 들어간 숟가락 자국을 다른 이가 먹었다고 생트집을 부렸다. 준雋은 너무 일찍 건망증이 온 것 같았다.

'음식에 탐심이 많은 것은 젖배를 곯은 탓이지…'

첫돌이 갓 지난 젖먹이를 업고 만주에서 귀국할 때 압록강을 건너고 삼팔선을 넘으면서 굶기를 부잣집 밥 먹듯 한데다가 지칠 대로 지친 어머니에게서 젖이 잘 나올 수가 없었다.

해방이 되고 귀국했을 때 적어도 할머니의 눈에는 어린 손자가 살모사 같이 보였을 것이다.

"저놈이 애미 죽인데이."

손자가 미워서 한 말은 아니지만, 지쳐서 쓰러질 것 같은 며느리의 절벽 같은 가슴에 매달려 젖을 빨아대는 어린 손자가 곱게는 안 보였을 것이다.

그때 젖배를 곯아서 준雋은 형님들에 비해서 성장 발육이 늦은 편이어서 키도 작았다.

밥투정 때마다 어머니의 밥그릇에서 밥 한 숟가락을 축내고 만다. 그렇지만, 준雋의 고집이 늘 통하는 것은 아니었다.

그날도 또 고집을 부리다가 아버지께 된통 걸렸다. 아버지가 준雋의 고집불통 버릇을 고치기 위해서 집 뒤 언덕의 참나무에 준雋을 매어 놓고 출근하시면서,

"누구든지 절대로 풀어주지 말아라."

아버지의 명이 중하기도 하였지만, 동생의 밥투정에 짜증이 났던 형들은 해가 중천에 떴는데도 풀어주지 않았다.

'이 기회에 동생의 버릇을 고쳐야지.'

준儁은 얼굴에 눈물자국인 채로 기진맥진하여 매달려 있었다.

"고집쟁이 박대준, 너 이번엔 된통 걸렸구나."

그날, 고모 댁에 왔던 외종형님이 참나무에 묶여 린치 당하고 있는 준儁을 풀어주었다.

독자獨子인 형님은 고종 동생들을 친동생으로 여겼다.

형님이 자신을 해방시켜 준 것은 고맙지만, 처음 뵙는 형수 앞에서 자신의 치부를 드러내는 것은 못마땅했다.

그러나 형수가 모를 것이란 것은 오산이었다.

서울에서 학교를 다닌 형수, 그날 형수의 그 서울래기 말은 아직도 귓속에서 사라지지 않고 맴돈다.

"아, 그 고집쟁이 도련님? 생각했던 것보다 참 귀엽네요."

7

준儁이 오후 수업을 마치고 교실 밖으로 나왔을 때, 어머니가 금방 죽을 것 같이 고통스런 얼굴로 기다리고 있었다. 그가 5학년이 되도록 학교로 아들을 찾아온 적이 없는 어머니였다.

"큰집에…, 너 혼자 갈 수 있겠니?"

애간장이 녹는 듯 고통스런 어머니의 그 표정을 준儁은 평생 동안 잊을 수 없다.

엄마가 죽을 것 같다는 생각을 하면서, 준儁은 큰댁이 있는 역개 마을까지 50리 길을 나섰다. 조금이라도 빨리 가기 위해서 지름길인 산길과 철둑길을 마라톤 하듯 쉼 없이 뛰었다.

사그막골 고개를 단숨에 오르고 나서부터 철둑길을 뛰었다. 거촌마을 철교를 건너서 쉼 없이 뛰어서 살인사건이 있었다던 외삼리 터널 속에 들어서자, 눈앞이 캄캄하고 머리끝이 쭈뼛했다. 자갈을 밟는 발자국 소리와 자갈이 튀는 소리의 공명共鳴이 귓속에서 윙윙거리더니 마치 귀신소리처럼 들리면서 모습이 드러나지 않은 귀신이 연기처럼 준雋을 계속 따라왔다.

어릴 때 솔안 역에서 훈이와 도망칠 때, 빨간 입술 사이로 하얀 이빨의 흑인 병사가 달콤하게 유혹하는 '마왕'으로 변하더니,

"귀여운 아가야, 나와 함께 가지 않으련?"

〈마왕〉의 말발굽 소리가 점점 빨라질수록 준雋은 단춧구멍만한 하얀 터널 출구를 향해서 전력을 다해 달렸다. 터널을 빠져나오자, 뒤를 바짝 따라온 듯이 기차의 기적소리와 철거덕거리는 바퀴소리가 점점 가까이 들려왔다.

숨을 헐떡거리며 터널 쪽을 돌아보니, 흑인 마왕의 환상은 사라지고 까만 터널 구멍에서 기차가 튕겨져 나왔다. 마침 봉성으로 가는 신작로가 보였다. 철길에서 도로로 뛰어내리자, 수십 개의 열차가 연달아 먼지바람을 일으키며 머리가 어지러울 정도로 끝없이 지나갔다.

열차의 꽁무니가 다음 터널로 빠져 들어간 뒤에도 한참 동안 얼얼하여 멍하니 그 자리에 서있었다.

고갯길을 넘어서 굽이를 돌아 내려서면 봉성 면소재지 마을 초입에 향교가 있다. 준雋의 증조부님이 전교典校를 지내셨다는 향교는 할아버지처럼 늙어 보였다.

향교를 지나쳐서 봉성면 사무소 앞에서 지름길인 논두렁길로 들어섰다. 좁은 논둑길을 구불구불 한참 오르니, 고갯마루에 돌부처가 세월의 이끼를 버짐처럼 더럭더럭 붙이고 오도카니 앉아 있었다. 오랜 세월 비바람에 앉아서 온몸이 닳도록 도를 닦은 미륵이 틀림없이 영험이 있어 보였다.

준雋은 온몸에 땀을 소낙비처럼 흘리며 미륵 앞에 서서,

"미륵님, 우리 어매 살려 주이소. 나무아미타불관세음보살, 수리수리마하수리…."

하며 빌고 또 빌었다.

준雋이 기침을 하거나 열이 날 때면 어머니는 좁쌀을 담은 종지에 숟가락을 거꾸로 세우며 주문을 외웠다.

"갑신생이… 영금을 내라."

귀신이 주문에 응답하였는지, 신통하게 숟가락이 거꾸로 섰다.

준雋은 그것을 생각하면서 온갖 주문을 떠올렸는데, 심지어 크리스마스 때 예배당에서 따라 외운 주기도문까지 술술 외웠다.

어머니
아무런 일이 있더라도,
가령 땅 위에다

끓는 피로 꽃무늬를 놓더라도,
여기를 떠나지 마시고 앉아 계세요.
…

양명문楊明文 〈어머니〉 中에서

준雋은 미륵불을 힐끔힐끔 돌아보면서 산길로 접어들었다. 미륵불에서부터 키가 큰 소나무들이 빽빽이 모여 서있는 소나무 숲속 길을 지나야 했다. 날씨가 흐린 날은 여우가 힐끔힐끔 돌아보면서 사라지는 곳이다.

산골짜기의 골바람이 불어와서 키 큰 금강송 솔잎과 가지를 뒤흔들었다. '쏴아, 쏴아' 솔바람 소리는 영락없는 귀신소리로 들렸다. 머리끝이 쭈뼛하고 온몸이 오싹하여 귀신으로부터 도망치듯 뛰었다.

산림의 검은 파동우으로부터
어둠은 어린 가슴을 짓밟고…
문득 이파리를 흔드는 저녁 바람이
솨 공포에 떨게 하였다.

윤동주 시인이 〈산림〉에서

미륵재에서 삼거리로 내려가는 길에서 큰형님과 같이 걸었던 지난날이 생각났다.

큰형님이 군 입대를 앞두고 백부님 뵈러 갈 때 준雋은 형님을 따라갔었다. 역개에서 돌아오는 날은 지금까지 준이 겪은 겨울 날씨 중에 가장 추웠던 걸로 기억된다.

명호에서 미륵재까지 불어오는 골짜기의 북풍에 살점을 에는 추위를 참을 수 없어서 준은 길바닥에 서서 울면서 발을 동동 굴렀다. 그러자 형님은 입고 있던 재킷을 벗어서 준에게 입혀주고, 자신은 셔츠 차림으로 준을 업고 걸었다.

그해 겨울이 지나고 큰형님이 군에 입대하던 날 감꽃이 피었고, 감꽃 목걸이를 걸어주던 누님 같던 형수가 그 감나무 아래서 홍시처럼 빨갛게 달아오른 볼로 군사 편지를 읽었는데…

삼거리 마을을 지나서 신작로를 계속 내려가면, 준雋의 고향 역개 마을 입구인 역개 거리가 나온다. 준雋은 삼거리와 고감리 동구를 지나고 나서 조금이라도 빨리 가는 지름길을 택했다. 그 길은 산동네인 메냉이 마을까지 하늘에 매달린 듯 가파른 산길이다.

숲속으로 들어갈수록 낙락한 장송 등걸과 다래 덩쿨 휘감기고 다람쥐가 놀라서 쪼르르 나무를 타고 오르고, 새소리가 나무에서 굴러 떨어지기도 하고 언덕 위에서 갑자기 흙이 뿌려졌다.

어둑한 덤불 속에서 살쾡이가 눈에 불을 흘리면서 흙을 뿌려댔다.

돌멩이를 주워 양손에 들고서 눈을 부라리며 고함쳤다.

"어흥! 나는 호랑이다."

고함소리가 메아리쳐 울리며 숲으로 퍼져나갔다. 조용하던 숲이 갑자기 '웅웅웅웅…' 메아리가 호랑이 울음처럼 울려 퍼지자 새들이 후두둑 날아오르고 놀란 고라니가 껑충껑충 뛰며 내달았다.

가파른 고개를 고라니처럼 헐떡거리며 단숨에 올랐다.

땀이 범벅이 된 준雋이 숨을 몰아쉬며 큰댁에 들어서자, 백모님이 화들짝 놀랐다.

"니가 웬일이고?"

백부님과 종형은 집에 없었다. 준雋은 또 십 리 길을 뛰어갔다.

예고도 없이 갑자기 논에 나타난 준雋을 본 백부님과 종형이 모내기를 하다 말고 엉거주춤 섰다.

"어매가 죽을 것 같아요!"

준雋이 울먹이자,

"작은 어매가 왜?"

종형이 놀라서 물었다.

"아 아니요. 엄마가 그러는데, 아부지가요…."

큰댁으로 다시 돌아가서 행장을 차려입은 백부님을 모시고 동구洞口를 나왔을 때, 이미 검은 차일 같은 풍락산 산그리매가 산골짜기로 덮어 내려오고 있었다.

하얀 신작로를 걸으면서 올 때는 돌아갈 생각을 미처 못했었는데 밤새도록 걸어갈 생각에 마음이 급했다. 엄마의 얼굴이 머릿속에서 사라지지 않았다.

'내가 늦으면 엄마가 죽게 될 거야.'

백부님은 준雋의 애타는 심정을 아는지 모르는지 詩를 흥얼거리면서 느릿느릿 팔자걸음이었다. 한참을 걷고 있을 때 뒤쪽에서 자동차 엔진소리가 웅웅거리더니, 원목을 가득 실은 트럭이 산굽이를 느릿느릿 힘겹게 돌아오고 있었다.

트럭이 저만치 가까워졌을 때, 준儁이 두 팔을 번쩍 들고 길 한가운데 섰다. 제 열정에 못 이겨 타서 죽는 불나비처럼 헤드라이트 불빛 속으로 들어섰다. 백부님의 만류하는 소리와 트럭의 경적 소리가 귓전에 아련한데, 준儁은 눈을 꼭 감았다.

대문 안에 들어섰을 때, 방문 그림자들이 두런두런 거렸다.

"준儁이 지금쯤 큰댁에 갔을까?"

"어린 것이 찾아가기나 했을똥…."

붉은 감잎이 뚝뚝 떨어지던 날, 형의 부대에서 책임감이 매우 투철한 한 전령이 준儁의 아버지를 찾아왔었다.

"참호 안으로 갑자기 수류탄이 날아들었는데, 모두들 어쩔 줄 모르고 있었어요. '꽝' 하며 폭발하더니, 검은 연기와 화약 냄새가 확 퍼지고 피가 사방으로 튀었어요. 소대장님이 수류탄 위에 몸으로 덮친 거지요. 창자가 몸 밖으로 터져 나오고 눈알이 뭉개져서 볼 수도 없으면서, '살려 달라'고 울부짖었어요. 손으로 잡으면 살점이 새카맣게 익어서 떨어져 나갔고, 지 얼굴에 피가 막 튀었구먼요. 소대장님이 자신의 모습을 볼 수 없는 것이 다행이었지요."

그 병사는 손짓 발짓에 눈을 치떴다 깔았다 하면서 침을 튀겼다고 했다.

'진실과 사실은 같아야 할까? 아니, 사실을 말할 때 꼭 진실 그대로 말해야 하나?'

전사자 통보관은 단순한 정보 전달자가 아니다. 유족의 아픔을 위로하고 호국을 위한 값진 희생에 대한 유족의 자부심도 배려해야 한다.

“( )전투에서 장렬히 산화한 호국용사의 유해를 가족의 품에 돌려드리면서 유가족들께 감사와 위로를 드립니다. 국가를 위기에서 구한 고인의 명복을 빕니다.”

아버지는 누구의 말도 들으려 하지 않았으나, 단지 막내아들의 말은 들었다.

수업 중에도 담임교사가 눈짓을 하면, 준雋은 교실 뒷문을 살짝 열고 고양이처럼 빠져나가서 충혼탑으로 달려갔었다.

짐작한 대로 그날도 준雋의 아버지는 충혼탑 앞에 넋이 나간 듯 멍한 표정으로 미망 속에 갇혀있었다.

‘칠흑같이 어두운 밤, 맏아들 화준이 강을 건너다 말고 강물에 서서 울었다. 아들에게 손을 내밀자, 맏아들 화준은 화염 속에 피범벅이 된 얼굴로 변하면서, 살려주세요! 하고 울부짖고 있었다.’

아버지는 환청과 환영으로 괴성을 질렀다. 준雋은 아버지에게 매달려서 울었다. 아버지의 광란이 진정되자, 아버지와 준雋은 말없이 앉아있었다.

충혼탑에 아버지와 둘이 마주앉아 있자니, 준雋은 갑자기 그 생각이 떠올랐던 것이었다.

“밥투정한다고 날 참나무에 매달았제?”

그제야 고개를 돌려 준雋을 멍하니 보더니, 아버지는 준雋의 두 손을 꼭 잡은 채, "니, 내하고 약속할 수 있나?" 무슨 뜻인지 몰라 머뭇거리자, "니는, 군대 갔다 와서 장가가야 한다. 알았제?"

형수 생각이 스쳤다. 준雋이 씩 웃으며 일어나자, 아버지도 일어섰다.

호골산虎骨山 위로 노을이 펼쳐지고 내성천이 붉게 굽이쳤었다.

8

청량산 뒤 골짜기 북곡北谷마을은 청량산과 만리산 사이를 흐르는 강가 언덕의 현대식 펜션들이 줄지어 있는 풍광이 마치 알프스의 산골 마을에 온 느낌이었다. 여름철이면 매호 유원지에서 낙동강물을 타고 내려가는 래프팅이 벌어지는 곳이다.

남애마을에 설치된 청량산 조망대는 강 건너 맞은편의 청량산 서쪽 기슭을 가장 가까이에서 볼 수 있는 곳이다. 강 건너 청량산 아래로 강을 따라서 이어지는 좁을 길을 내려다보면서, 준雋은 고등학생 때 훈이와 또 한 친구랑 그 길을 걸어갔던 기억이 되살아났다.

지금은 관창 1교를 건너서 청량산 건너편 아스팔트 강변길이 생겼지만, 그때 준雋과 친구들은 북곡 마을에서 곧장 청량산 아래 강 기슭을 따라 난 좁은 길을 걸어서 청량산 초입에 도착했을 때는 이미 해가 기울어지고 있었다.

강가 모래톱 위에 군용 A형 텐트를 쳤다. 강 건너 나븐들(廣石, 넓은 돌) 나루터 마을에 저녁연기가 피어오르고 나루터에는 작은 나룻배 한 척이 물결에 일렁이고 있었다. 강물에 쌀을 씻어서 군용 반합을 나무에 걸고, 삭정이 나무를 주워서 불을 붙였다. 세 친구 모두 처음으로 경험하는 캠핑이었다.

강가 모래톱 위에 둘러앉아서 생애 첫 캠핑의 만찬을 즐겼다.

오이와 풋고추, 된장이 전부이었지만 된장에 풋고추를 찍어서 먹으니 입안이 맵싸하였다. 강 건너 나븐들 마을의 초가에 불이 켜지고 마을 뒷산 불티재가 어둠 속에 묻혀갔다.

하늘에 별이 하나둘 반짝이자,
반딧불이 한 쌍이 탱고를 춰댔다.
저녁 강물이 속으로 울음을 삼키며 흘렀다.
강물 위로 퐁퐁퐁 물수제비를 일으키자,
어둠 속에서 하얀 물방울을 튀기면서 퐁퐁퐁 날았다.

물수제비 놀이도 심드렁해지자, 자갈밭에 벌러덩 누웠다. 강물 위로 자욱이 깔린 밤 기운이 잿빛 어둠으로 점차 짙어지면서 강물은 점점 더 하얗게 모습을 드러냈다.

훈이는 저물어가는 강물을 바라보면서, 영화 〈흐르는 강물처럼(River Runs Through It)〉의 노먼 형제의 플라잉 낚시가 생각났다.

"낚시가 있었으면…."

말을 꺼내는 순간, 준雋이 훈이를 돌아보면서,

"너는 학교를 계속 다닐 거지?"

불쑥 던지는 준雋의 한 마디가 무엇을 의미하는지 처음에는 짐작이 안 갔다. 한참 뜸을 들이더니,

"나는 집에서 나올 생각이야…."

준雋은 어머니가 너무 힘들어하는 것이 안타깝다고 했다.

아버지의 발병이 큰형의 귀신에 씐 탓이라고 해서 귀신 쫓는 굿을 해보았지만 아무 소용이 없었다.

어느 날, 어머니는 집안 어른들과 의논한 끝에 고향 마을 '여리고'에 아버지를 데려 가서 무속인의 퇴마 치료를 행했다.

그때 준雋은 동행하지 않아서 자세한 것은 모르지만 고향 사람들 앞에서 망가진 자존감은 증오로 변했다.

"니 어미가 음식에 독약을 넣어서 날 죽이려 한다."

그러나 준의 어머니는 맏아들의 죽음과 지아비의 발병發病, 그리고 경제적 어려움을 당하면서도 병든 남편의 치료에 정성을 다했다.

'부생모육父生母育 신고辛苦하야 이내 몸 길러낼 제 공후배필公侯配匹 못 바라도 군자호구君子好逑 원願하더니 삼생의 원업怨業이오 월하月下의 연분緣分으로 장안유협長安遊俠 경박자를 꿈같이 만나 당시의 용심用心하기 살얼음 디뒤는 듯 … 이 얼골 이 태도로 백년기약하였더니 연광이 훌훌하고 조물이 다정시하여 봄바람 가을 물이 뵈오리 북 지나듯 설빈화안雪鬢花顔 어디 두고 면목가증面目可憎 되거고나, 내 얼골 내 보거니 어느 임이 날 괼소냐, 스스로 참괴慚愧하니 누구를 원망하리…'

어머니는 처녀시절의 〈규원가閨怨歌〉를 잊지 않고 있었다. 북만주 이국 땅에서나 귀국길에서 당한 어떤 어려운 상황에도 다급해하지 않고 중심을 지켰다. 아무리 어려운 일을 당해도 어느 시점에서 반드시 상황의 변화가 생겨 좋은 결과를 얻을 수 있을 것이라는 물극필반物極必反의 신념이 있었다.

준의 어머니의 정성과 시간의 묘약으로 아버지가 심연의 미망迷妄에서 점차 헤어나는 듯했다. 그러나 돌이킬 수 없을 정도로 경제적·정신적으로 피폐해진 가정 파탄에 대한 자괴감을 술로 해소하려는 나약함을 보였다.

준雋은 어머니가 고통스러워할수록 아버지에 대한 반감이 커갔으며, 아버지의 행동이 심하면 심할수록 아버지를 해치고 싶은 충동까지 느낀다고 했다.

"아버지가 없는 곳이면 어디든지…."

자식이 아버지에게 감히 대들 수 없으니, 자기 스스로 어디론가 피하는 도리밖에 없다고 했다. 그러나 어머니의 고통을 생각하면, 이러지도 저러지도 못하는 처지였다. 머리가 터질 것 같아서 학교에서 공부도 집중이 되지 않는데다가 밀린 수업료도 못내는 처지에 학교도 다닐 수 없게 되었으니, 결국 어디든지 떠나야 할 것 같다고 했다.

훈이는 말없이 저녁 강물만 바라보고 있었다. 훈이는 초등학교 4학년 때 고아원에서 양조장집에 위탁되었다가 중학교를 마치면서 그 집에서 나왔었다. 그 양조장집에서 훈이를 정식으로 입양하려 했기 때문이다.

훈이는 피란 도중에 아버지가 죽은 뒤 낙동강 월천 마을의 백부 집에 얹혀살았으나, 백부 집을 빠져나와서 발길 닿는대로 정처없이 걸어서 닿은 곳이 봉화 애육원이었다.

훈이는 생각했다.

'세상 끝까지 가도 나에게는 아버지가 없다.'

쪽배처럼 보이는 하늘에 은하수가 총총하였다.

이튿날, 청량산으로 들어갔다. 자소교와 연화교를 건너면 연화봉과 유리보전으로 오른다.

청량산은 기기묘묘한 암벽으로 이루어진 봉우리들이 제각각 이름을 가지고 있다. 풍기군수 주세붕이 청량산을 유람하며 명명한 12개 봉우리(일명 六六峰)와 12대가 있다. 최고봉인 장인봉丈人峰을 비롯해 외장인外丈人·축융祝融·경일擎日·선학仙鶴·금탑金塔·자소紫宵·자란紫鸞과 연화蓮花·연적硯滴·향로香爐·탁필卓筆 등의 봉우리를 이르는데, 하나하나가 모두 절경이다.

12대는 금탑봉 오른쪽의 어풍대御風臺와 밀성대·풍혈대·학소대·금강대·원효대·반야대·만월대·자비대·청풍대·송풍대·의상대를 일컫는다.

퇴계는 풍기군수를 마지막으로 벼슬을 그만두고 고향으로 돌아가 산림에 묻혀 사는 선비로서 청량산을 찾아 독서하거나 산을 찾아 노닐기를 즐겨했다.

청량산은 퇴계 가문이 나라로부터 받은 봉산이므로, 청량산은 오가산吾家山이라 하였고, 청량정사를 오산당吾山堂이라 하여 청량산은 퇴계의 학문과 사상의 산실이었다. 이곳에서 학문을 심화시켜 독자적인 학문을 완성하였으니, 말년에 자신의 호를 '청량산 노인'으로 삼은 것은, 청량산에 대한 남다른 애정에서 비롯된 것이다.

퇴계의 詩 중에는 청량산을 읊은 시가들이 많은데, 그 가운데 〈청량산가〉는 〈도산십이곡〉과 함께 시조이다.

〈청량산가〉에서, 갈매기는 청량산 육륙봉을 소문내지 않겠지만, 물에 떠 흘러가는 복사꽃은 바깥세상 사람에게 비경을 알려줄 것이니 미덥지 않다는 것이다.

> 청량산淸凉山 육육봉六六峰을 아ᄂᆞ니 나와 백구白鷗,
> 白鷗 ㅣ야, 헌ᄉᆞ ᄒᆞ랴. 못 미들 손 도화桃花(복숭아꽃) ㅣ로다.
> 桃花 ㅣ야, ᄯᅥ나지 마라. 어주자漁舟子(고기잡이) ㅣ 알가 ᄒᆞ노라.

토계에서 청량산까지 낙동강변을 걸어서 청량산을 오가시던 길을 오늘날은 '퇴계 예던 길'이라 한다.

〈도산십이곡陶山十二曲〉을 읊으며 산을 넘고 강을 건너 호젓한 산길을 걷는다면 그윽한 유란幽蘭의 기품을 맛볼 수 있을 것이다.

어떤 이가 도산에 살고 있는 퇴계에게 물었다.

"옛날 산을 사랑하는 사람들은 반드시 명산名山을 얻어 의탁하였거늘, 그대는 왜 청량산에 살지 않고 여기 사는가?"

"청량산은 만 길이나 높이 솟아 까마득하게 깊은 골짜기를 내려다보고 있어서 늙고 병든 사람이 편안히 살 곳이 못 된다.

또 산을 즐기고 물을 즐기려면 어느 하나가 없어도 안 되는데, 지금 낙천洛川이 청량산을 지나기는 하지만 산에서는 그 물이 보이지 않는다. 나도 청량산에서 살기를 진실로 원한다.

그런데도 그 산을 뒤로하고 이곳을 우선으로 하는 것은, 여기는 산과 물을 겸하고 또 늙고 병든 이에게 편하기 때문이다."

청량산은 주위에 웅위한 만리산·풍락산·문명산·일월산과는 산세가 판이하다. 산의 높이나 웅장하기는 일월산에 비할 바 못되지만, 가파른 암벽 봉우리가 중첩되어 주변의 수목과 산 아래의 낙동강과 어우러진 곳에 안개와 구름이 산봉우리를 감돌고 오르면 별유천지가 된다.

퇴계에게 청량산은 유가적 심성도야 공간이었다. 독서하는 것과 산에서 노니는 것이 서로 같은 점을 들어서 독서와 산놀이를 일치시키기도 했는데, 그는 13세 때부터 청량산과 인연을 맺었다.

숙부 송재 공은 자신의 사위와 퇴계의 형제들을 청량산에 보내면서, 〈청량산으로 독서하러 가는 사위와 조카 해瀣를 보내며〔送曺吳兩郎與瀣輩讀書淸凉山〕〉 詩를 적어주었다.

공부하는 것은 산에 오르는 것이라 하지만,
깊고 얕고 넉넉히 익혀가고 오는 것 믿어라.
하물며 청량산은 깊고 경치 좋은 곳이니,
나도 일찍이 십 년간 거기서 공부했느니라.
원효봉은 서쪽에 가로놓이고 치원봉은 동쪽에 있으니,
홀로 와 북쪽을 보니 고운 것은 의상봉이다.
솔발〔鼎〕처럼 셋이 솟은 가운데 골이 열리니,
푸른 벽 낭떠러지 모두 비어 있네. (삼대봉)

천고의 오랜 절이 석굴 앞에 있고,
무지개가 골짜기에 샘을 마신다.
봄에 눈이 녹고 얼음 불어 물거품 많아지니,
누가 대 홈통 가져와 백 길 높이이었는가. (김생굴 폭포)

돌 틈에 졸졸 흐르다가 곁에서 맑게 솟으니,
중이 말하기를, 이 물 마시면 총명이 난다고.
우습다, 그때 나도 천 말이나 마셨는데,
어둠을 깨우치지 못하고 한 늙은이가 되었구나. (총명수)

그날, 청량산 초입의 강변 야영지에서 텐트와 캠핑도구를 챙겨서 일찌감치 청량정사로 올랐었다.

“청량산 육육봉의 암봉이 연꽃잎처럼 절을 둘러 감싸고 있어서, 청량정사는 연꽃의 수술 자리에 앉은 형상이래.”

“유리보전 현판은 공민왕이 썼다면서?”

준儁이 풍월을 읊자, 훈이도 맞장구를 쳤다.

유리보전 서까래 끝에 매달린 외로운 풍경風磬이 청량한 아침 햇살에 요요耀耀할 뿐 절간은 적요寂寥했다. 유리보전琉璃寶殿 기둥의 ‘무無’자 선문답 주련이 가슴을 헤집는다.

一念普觀無量劫　일념으로 무량겁을 관하노니
無去無來亦無住　오고 가는 것 없고 머무름도 없다.
如示了知三世事　이처럼 삼세의 일을 모두 안다면
超諸方便成十力　모든 방편 뛰어넘어 십력을 이루리.

‘유리보전 약사여래는 지불紙佛이라는데….’

열린 문틈으로 삼존불상이 은근한 미소를 짓고 있었다.

“염화시중拈華示衆의 미소인가?”

“아, 하늘에 꽃비가 내리자, 연꽃 한 송이를 들어 보였다는?”

“가섭의 미소를 이심전심이라고….”

준儁이들은 각자 들은 풍월을 읊어대고 있는데, 더벅머리 청년이 한 손에 휴지뭉치, 다른 손에는 담뱃갑을 들고 슬리퍼를 질질 끌면서 다가왔다. 유리보전 앞에 서성이는 준雋이들을 힐끔 보더니, 부스스한 얼굴로 훑어보고는 서울 사투리로 내뱉었다.

"니들 캠핑 왔니?" 준雋이들은 까까머리를 조아려 인사를 올렸다.

"함마슐드 총장이 하필 우리 상공에서 추락할 게 뭐람."

그는 '함마슈울드' 이름을 혀 꼬부라진 소리로 부풀려내면서 가래침을 탁 뱉더니 뒷간으로 사라졌다.

1953년 제2대 유엔 사무총장으로 선임된 스웨덴 출신의 함마슐드(Dag Hjalmar Agne Carl Hammarskjöld, 1905~1961)는 한국전쟁에서 포로로 붙잡힌 미군 병사들의 석방 협상에 직접 나서기도 했으며, 나세르의 수에즈 운하 국유화로 프랑스, 영국, 이스라엘 연합군과의 분쟁에 유엔 평화유지군을 파견하기도 했다.

1960년 벨기에에서 독립하자마자 내전에 휩싸인 콩고에 유엔은 2만 명의 평화유지군을 파견하여 내분을 해결하고자 지원 활동을 펼쳤다. 당시 콩고에서 떨어져 나가는 카탕가주의 엄청난 광물자원을 탐내던 나라들이 콩고가 통일될 경우 콩고 정부가 국유화할 것을 꺼리고 있었다.

이런 상황에서 함마슐드는 1961년 9월 18일 전세기 더글러스 DC-6B를 타고 북로디지아(현, 잠비아)로 가던 도중에 추락사했다.

준雋이들은 의아해서 서로 얼굴을 마주 쳐다봤다.

'공부를 지나치게 한 것이 아닐까…'

그 청년은 한 손에 휴지뭉치, 다른 손에는 담뱃갑을 들고 슬리퍼를 질질 끌면서 해우소로 들어가고 있었다.

9

모교의 '70년사' 원고를 청탁 받고서, 준雋은 오랜만에 고등어처럼 펄떡이던 고등학교 시절로 기억을 돌려보았다.

'무엇을 쓸 것인가'를 생각하면서, 《졸업앨범》을 펼쳤더니, 아슴한 추억의 실타래가 풀려나왔다.

코스모스 반기는 교문을 지나 플라타너스 터널을 싱싱 달리던 자전거 행렬, 아침 등굣길 장면이 아련하다.

"백 년도 잠깐이요 천년도 꿈"이라던 선생님은 시간이 정지된 채 젊음 그대로인데, 여름날 하루해가 그리도 길던 젊은 날의 시간은 한나절처럼 지나버리고 노을 지는 언덕에 서있다.

학급별 앨범을 넘기자, 준雋의 제안으로 탄생한 다이아몬드 명찰이 그를 반겼다. 푸르른 이상, 단가마 같은 열정의 그린비들이 저마다 옛 얘기를 속삭여 온다.

'지금 어디서 나처럼 늙어갈까?'

교장 선생님의 훈화, 전교생 맨 앞의 학생 대표의 구령,

"전체, 차렷!"

목구멍에서 구령이 스멀거렸다.

누구나 마음속 깊은 곳에 자리 잡은 향수에 대한 카텍시스(cathexis)를 지니고 살아간다.

15년 전, 고등학교 동기생의 따님 혼사가 있던 날, 대구의 한 예식장에 막 들어서는데, 식장 입구에서 웅성거리던 하객들 중에서,

"야, 박대준, 대준 맞제?"

반갑게 맞이하는 자가 있었다.

그날 그는 오랜만에 만난 준을 '청포도' 시의 나그네를 맞이하듯 정성으로 대했다.

술잔이 몇 순배 돌았다.

"내사 그때 마, 니 한테 맞아 죽는 줄 알았다 아이가…"

"참, 그때 왜 그랬니?"

"승단昇段했다 카이, 니캉 함 붙어보라 카드라 아이가…"

1962년 사범학교 폐교로 2학년 3개 학급이 인문고로 편입되어 기존 2개 학급과 통합됐으나, 끓는 피를 삭이지 못해 더러는 '찻잔 속의 폭풍'이 일었다. 중학부터 4년 간 정들었던 모교를 떠나온 친구들은 삭막한 타향을 느꼈을 것이다.

'아아, 사범학교 캠퍼스로 고등학교가 옮겨와야 했는데…,'

군사혁명정권의 근시안적 실책이었다.

준雋은 청량산 캠핑을 다녀온 후 결국 집을 나왔다. 입주과외로 겨우 숙식만 해결하고 있었으나 공납금까지 해결할 수 없었다.

아버지는 위토位土와 선산만 남기고 일제의 징용을 피해 일가족이 북만주로 이주하였으나, 광복 이후 모든 것을 버리고 애오라지

목숨만 부지하여 삼팔선을 넘어왔으나, 6·25로 삶의 의지마저 꺾인데다 큰형의 전사와 질병으로 삼각파도의 비극이 겹쳤다.

그날, 서무과에 불려갔다가 교실 창가에 서서 바라본 하늘은 먹구름이 자욱했다.

'셰익스피어는 초등교육만으로 대문호가 되었는데, 학교를 그만두고 나도 글을 쓸까….'

그때, 한 번도 본 적이 없는 덩치 큰 학생이 나타나서, 어깨를 툭 치면서,

"어이, 나 좀 보자."

갑작스런 그의 도전적 행동에 당황하였으나, 준雋은 그의 뒤를 엉거주춤 따라갈 수밖에 없었다.

교사 뒤편의 변소와 창고 건물로 가려진 어수룩한 공간에서 그와 마주섰다. 다윗과 골리앗의 한판 대결이었다.

"왜…" 묻는 순간, 그의 우람한 주먹이 눈앞으로 뻗어왔다.

"어이쿠"

하는 소리와 함께 그가 뒤로 벌렁 나뒹굴었다.

다윗과 골리앗의 싸움에서 다윗이 승리한 것은 종교적 측면에서 해석할 수 있지만, '不義와의 싸움'에서 이순신이 승리하였듯이 싸움의 명분이 승리의 요인으로 작용할 수 있다.

義, 不義의 기분은 호르몬에 크게 영향을 받는다. 토파민이 분비가 잘 되면 의욕과 흥미가 생기고 성취감을 느끼게 되지만, 명분이

약하면 스트레스와 걱정에 예민하게 반응하게 된다.

원균은 가덕도 어민들의 코를 잘라서 선조에게 바쳤고, 선조는 원균을 삼도수군통제사로 승진시키고, 이순신을 원균의 휘하에 백의종군하게 하였으니, 이순신의 명랑해전은 불의와 싸움이었다.

이튿날, 교장실에 불려갈 때 준雋은 자퇴서를 써서 넣고 갔다.

교장 선생님은 뿔테 안경 너머로 준雋을 지긋이 보시더니, 고3 영어책을 펼쳐서 해석하라셨다.

나름대로 본토 발음(?)으로 읽고 해석한 것으로 기억된다.

며칠 후, 담임 선생님이 잔잔한 미소로 준雋을 불러 세웠다.

"공납금 걱정 없으면, 공부에 집중할 수 있제?"

그 다음 주 조례부터 전교생 앞에서 구령을 부르는 학생 대표가 되었다. 근로장학생인 셈이었다. 군사정권 시대이어서 학생 간부를 학생이 직접선거로 뽑지 않고 학교장 직권으로 임명했다.

15년 전 그날, 혼인 잔치에서 40여 년 만에 만났던 그는 아직도 얼얼한 듯 자신의 턱을 만지며,

"니 주먹 함 보자…."

준雋은 손을 움츠리며,

"엉겁결에 헛손질했는데, 발을 헛디딘 거야, 친구야."

"하하하 헛손질에 헛발질, 하하하…"

10

준雋은 병참학교를 졸업할 때, 군수사령부의 예하부대 보급창이나 보급대로 배속될 줄 알았는데, 최전방의 보병사단으로 보내어졌다. 사단에서 다시 연대 본부로 며칠 후 다시 대대로 보내지더니 3중대 2소대 소총수가 되었다.

준雋의 대대는 철원군 갈말읍 강포리에 위치해 있어서, 강포리 대대라고도 하였다. 준雋은 일반 소총수와 달랐다. 개인 화기에 특별한 화기를 하나 더 지급받아서 유탄발사기 사수가 되었다. M60 유탄발사기는 수류탄을 마치 총알처럼 쏘는 총유탄이란다.

"너 그 총이 얼만 지 아니? 트럭 한 대 값이야."

선임 병장이 옆에서 귀띔해주었다. 준雋은 유탄발사기를 분신처럼 매고 다녔다. 유격훈련이나 벙커 작업 현장에도 매고 다니면서 몸에서 한시도 떨어지지 않고 신주 모시 듯했다.

어느 날, 중대 본부의 병기계가 와서 유탄발사기를 보자더니, 이리저리 살핀 후, 가늠쇠가 없다고 하였다.

"너, 이거 빨리 보충해. 알았지!"

병기계가 큰소리로 엄포를 놓고 사라졌다.

'가늠쇠? 그게 어디 붙어 있었는데…'

트럭 한 대 값이라지만, 한 번도 사격을 한 적이 없으니, 총유탄이 어떻게 생겼는지도 몰랐다. 상병이 어쩔 줄 모르는 준雋에게,

"그까짓 거 다른 중대에서 쓱싹해 버려. 뭘 걱정해."

어떤 선임병은 영창보다 더한 남한산성 깜이라고 하였다.

그날부터 보초를 서도 침상에 누워도 유탄발사기 걱정뿐이었다.

며칠 후, 소대원들이 총기를 닦으며 수군거렸다.

“곧 제대할 병장은 제외되고, 상병은 부대에서 필요한 자원이니 지원해도 안될걸…”

그게 무슨 소리냐고 물었더니, 월남파병 지원이라고 하였다.

강포리 대대는 전방으로 행군했다. 그동안 부대가 위치한 강포리의 도로변 언덕에서 탱크 방어 벙커 구축 작업을 했었는데, 그날 강포리에서부터 갈말읍을 지나서 북쪽으로 행군은 처음이었다.

문혜리 사거리에서 북쪽으로 직진하였다. 문혜리는 19연대 본부가 있으며, 넓은 들판은 포병부대들의 포사격장이었다. 문혜리를 지나 북쪽으로 계속 가면 철원평야 끝에 말로만 듣던 백마고지가 있다고 한다.

백마고지는 6·25전쟁 당시 국군 제9보병사단이 중공군 38군 소속 3개 사단을 물리친 395고지이다. 철원 북방의 395고지는 철원평야가 훤히 볼 수 있는 위치에 있었다. 395고지를 적이 차지한다면, 철원 일대의 국군과 유엔군 기지와 보급선을 위협당하게 된다.

395고지를 차지하기 위한 중공군 38군의 공세를 한국군 9사단이 막아서서 열흘 동안 고지를 뺏고 빼앗기는 싸움이 반복되었다고 하여, 후일 백마고지라 불리게 되었다.

미군이 적과 대치했던 서부전선은 38°선 아래로 후퇴하였는데,

한국군이 백마고지를 지켜냄으로써, 총 238km의 동고서저東高西底형形의 비스듬한 군사분계선(휴전선)이 정해지면서 38선 이남 땅이었던 황해도 옹진반도와 경기도 개성시가 휴전선 너머의 북한 땅이 되었고, 38선 이북에 있었던 동해안의 속초와 고성군 일대는 평양에서 가까운 남포시 근처의 위도와 비슷한 위치까지 올라가게 되었다.

'북으로 계속 가면, 밤마다 스피커 소리를 보내는 곳이 아닐까.'

그때, 약 100m 전방의 커브길에 군용 앰블런스가 쾌속으로 달려오더니 핸들을 놓쳤는지 도로를 벗어나 한 바퀴 굴러서 밭 한가운데에 오뚝이처럼 멈췄다. 장난감 자동차나 서커스처럼 보였다.

잠시 후 세 명의 군인이 자동차 밖으로 나와서 옷을 털면서, 우리들을 힐끔 돌아보면서 계면쩍은 듯 뒤로 돌아서서 자기들끼리 낄낄거렸다. 놀란 것은 행군하던 중대원들이었다.

중대원들은 사고 앰블런스를 뒤로하고 묵묵히 행군을 계속했다.

'백마고지까지 행군할 텐가?'

문혜리를 지나서부터는 배낭의 무게가 느껴지고 등에 땀이 차고 다리에 힘이 풀렸는지 먼지가 뽀얀 군화가 땅에 끌렸다.

"힘내!" 소대장이 옆을 지나면서 준雋의 어깨를 툭 치고 아는 척했다. 그 소대장은 육사를 졸업하고 준雋과 비슷한 시기에 중대에 배속된 새내기 소대장이었다. 그는 사단의 사격대회에 출전할 대대의 선수를 지도하였다.

M1(Garand) 소총의 가늠자와 가늠쇠를 까맣게 칠하여 목표물이

잘 보이게 하여, 가늠쇠에 목표물이 자리 잡으면 숨을 멈춘 후 자신도 모르게 방아쇠를 살짝 잡는(당기는) 훈련이었다.

준雋은 소대별 선발 대회에서 대대의 선수로 뽑혀서 훈련 중이었다. 대대 사격수로 선발되어 몇 번의 훈련에 참여하면서 저격수(Sniper)가 된 기분이었다.

그날, 북으로 행군하던 부대는 지경리에서 행군이 멈췄다. 도로 우측은 촌락이었고, 촌락의 맞은편은 잡초가 우거진 들판이었다.

양떼들이 먹을 목초가 무성했으나, 양떼는 보이지 않고 들판에 둥지를 튼 새들이 어지럽게 날아올랐다.

'여호와는 나의 목자시니 내가 부족함이 없으리로다. 그가 나를 푸른 초장에 누이시며 쉴만한 물가로 인도하시는도다.'

대대장은 그 푸른 초장으로 중대원들을 인도하여 몰아넣었다.

벙커 구축 작업에 쓸 돌을 채취採取하러 이곳까지 행군한 것이다. 한여름의 태양 아래 아침 일찍부터 약 15km를 행군하고 아직 점심도 먹기 전이어서 모두가 지쳐 있었다.

군인은 명령에 따를 수밖에 없다. 준雋은 분대원들을 따라서 들판으로 들어갔다. 수풀을 헤치며 이리저리 둘러보다가 혼자 힘으로 들기에는 좀 버거울 정도의 큰 돌을 골랐다. 멀리까지 왔으니 마음먹고 되도록 큰 돌을 골랐다. 겨우 들고 일어서서 들판 바깥의 도로 쪽을 향해서 비틀거리며 뒤뚱뒤뚱 걸었다.

그때, 지축을 흔드는 '펑' 하는 소리와 마치 원자폭탄의 버섯구름처럼 검붉은 연기가 공중으로 치솟았다가 자욱한 하늘에서 천천히 흙먼지가 흩어져 뿌려지고 귀가 먹먹하였다.

흙먼지 속에서 얼굴도 분간할 수 없는 병사들이 우르르 뛰어나왔다. 들판은 지뢰밭이었다. 어느 허약하거나 지쳐있는 병사가 자신에게 버거울 정도로 무거운 돌을 겨우 들고 뒤뚱뒤뚱 이리저리 비틀거리다가, 너무 무거워서 돌을 내려놓는다는 것이 하필 흙 속에 묻혀있는 지뢰 위에 떨어뜨렸을 것이다. 산화한 시체 주위에는 몇 명의 병사들이 쓰러져서 비명을 질렀다.

'지휘관이라면 작업장을 사전에 면밀히 조사해야지, 〈지뢰〉 표지판이 있을 텐데…, 빌어먹을 점심이라도 먹여 보내지…'

어처구니없는 사고에 부대원들은 땅에 털썩 주저앉아 모자를 벗어서 땀과 원망과 공포를 닦아내렸다.

그때, 무전병이 중대장 쪽으로 뛰어가고, 죽을상을 한 중대장이 준儁을 부르더니, 부대로 들어가는 앰블런스에 태웠다.

앰블런스 안으로 들어서자 사고로 숨진 병사의 시체가 하얀 천을 덮어쓰고 있었으며, 갇힌 공간의 열기 속에 알코올 냄새와 비릿한 피 냄새가 얼굴로 덮쳐왔다. 코와 입을 막은 채 하얀 천을 덮어쓴 시체를 힐끔 돌아보았다. 문득 '자신이 그 일 수도 있다'는 생각이 들었다. 시공간의 찰라札刺에서, 누구나 같은 처지이기 때문이다.

중대 본부에 도착하자, 인사계가 기다렸다는 듯이 뛰어나왔다.

'박 일병, 월남 파병이다.'

11

1930년 호찌민은 인도차이나 공산당을 설립하고, 1941년 베트남 독립동맹(월맹)을 중심으로 프랑스로부터 독립운동을 전개했다.

1945년 제2차 세계대전이 끝나자, 호찌민은 베트남민주공화국의 정부 주석이 되었다. 어쩌면 북한의 김일성과 같은 수순을 밟았다.

미국은 베트남, 라오스, 캄보디아, 태국, 미얀마 등 인도차이나 전체가 공산화될 것을 우려하여, 남베트남의 고딘디엠을 지원支援하였다.

1955년 고딘디엠이 베트남공화국(남베트남) 대통령이 되면서 베트남이 북위 17°선에서 분단되었다. 1963년 11월 2일 고딘디엠이 암살되자, 예상대로 소련은 베트남을 자기 세력으로 만들기 위하여 호찌민에게 군사 지원을 하였다.

존슨 대통령은 베트남에 대규모 미군을 파견하여, 미-소 대리전쟁(proxy war)이 시작되었다.

미국 전역에서 베트남 전쟁을 반대하는 분위기가 번져나갔다. 포크 음악가 밥 딜런은 베트남 전쟁을 반대하는 노래, '바람 속에 불고 있네(Blowin' in the Wind)'를 부르며 미국 전역을 돌아다니면서 반전 운동의 기수가 되었다.

얼마나 많은 길을 걸어야
한 인간은 비로소 사람이 될 수 있을까?

그래. 그리고 얼마나 많은 바다 위를 날아야
흰 비둘기는 모래 속에서 잠이 들까?

그래. 그리고 얼마나 많이 하늘 위로 쏘아올려야
포탄은 영영 사라질 수 있을까?
그 대답은, 나의 친구여. 바람 속에 불어오고 있지.
대답은 불어오는 바람 속에 있네.

얼마나 오랜 세월을 버텨야
산은 바다로 씻겨 내려갈까?
그래. 그리고 얼마나 오랜 세월을 버텨야
어떤 이들은 자유를 얻을 수 있을까?
그래. 그리고 한 인간은 모르쇠로 일관하면서
대체 몇 번이나 외면할 수 있을까?
그 대답은, 나의 친구여. 바람 속에 불어오고 있지.
대답은 불어오는 바람 속에 있네.(…)

권투선수 무하마드 알리(Muhammad Ali)는 베트남 전쟁에 반대하여 징병 거부를 하다가 챔피언 자리를 박탈당하고 3년 5개월 간 경기를 치르지 못했다.

"내가 흑인이라는 이유로 내 조국에서도 자유를 누리지 못하는데, 남의 자유를 위해서 싸우라고요? 베트콩들은 흑인이라는 이유로 무시한 적이 없습니다. 그런데 내가 왜 지구 반대편의 이름 모를 사람에게 총부리를 겨눠야 합니까?"

반전운동이 미국과 유럽의 학생들을 움직인 같은 시기에, 아시아에서는 오히려 독재적 성향의 집권자가 자유주의와 민주주의에 역행하는 강제적 조치들을 결정하였다.

1964년 8월 2일, 베트남과 중국 하이난 섬 사이의 통킹만(Gulf of Tonkin) 해상에서 북베트남 해군의 어뢰정 3척이 미 해군 구축함 USS 매독스함(USS Maddox, DD-731)을 선제공격하였다.

다음날 8월 3일 매독스함이 재차 북베트남에 의해 공격당하였다.

8월 7일, 미 의회는 대통령에게 무력행사를 자유롭게 실행할 권한을 부여하는 '통킹만 결의'를 가결하였고, 미국은 본격적으로 베트남전쟁에 개입하였다.

미국 국가안전보장회의에서 베트남민주공화국으로부터 두 차례의 공격이 있었다고 발표하고, 1965년 2월부터는 B-52 폭격기를 동원하여 폭격하고, 지상군도 파견되었다.

남북 베트남 사이의 내전이었던 베트남전쟁은 미국, 호주, 태국, 필리핀, 한국 등 외국 군대가 개입하는 국제전으로 비화했다.

한국군이 파병하지 않으면 주한미군 2사단이나 7사단을 베트남으로 차출해 남북 대치 상황에서 공백이 생길 우려가 있었으며, 한국군이 파월한 1968년부터 1972년까지 미국의 군사원조액은 22억 달러와 팬텀 전투기와 M16 소총 국산화도 지원받았다.

한국군은 1964년 9월, 130명의 이동외과병원과 10명의 태권도교관단 등 140명을 1차로 파병하고, 1964년 8월, '통킹만사건'을 계기로 1965년 3월, 비둘기부대 2천 명의 건설지원단을 2차 파병했다.

훗날 북베트남 당국은 미 구축함을 공격한 이유를 '당시 전쟁 중이던 남베트남 함선으로 오인했기 때문'이며, 미군의 베트남전 개입 빌미로 주장했던 2차 공격은 없었다고 발표하였다.

1971년 다니엘 엘즈버그는 미 국방부 펜타곤 보고서를 공개하며, 북베트남 측의 두 번째 공격은 미국이 베트남전 개입을 위해 조작한 것이라고 폭로하였다.

1965년 3월부터 전황이 더욱 격화되자, 미국은 전투부대 3개 사단을 투입하면서, 그중 1개 사단을 한국이 파병해주도록 요청했다.

1968년 1월 21일 밤, 김신조와 무장공비 30명은 한국군 25사단 마크가 부착된 국군 복장에 개머리판을 접을 수 있는 접철식 AK 소총과 수류탄으로 무장하고 청와대를 습격하려다가 청와대 앞에서 사살되고 유일하게 생포된 김신조는 왜 왔느냐는 질문에 대해,

"박정희 모가지 따러 왔다."

이 사건의 결과로 향토예비군, 육군3사관학교, 전투경찰대, 684

부대가 창설되었으며, 군복무 기간이 36개월까지 연장되었다.

1968년 1월 23일, 미 해군의 정보수집함(AGER-2) USS 푸에블로호(USS Pueblo incident)가 우리나라 동해의 공해상에서 북한군 무장초계정 3척과 2대의 미그기에 포위당하였다.

푸에블로호의 승조원 83명 중에서 나포 도중 총격으로 1명이 사망하였으며, 나머지 82명이 북한에 억류당하였다.

대한민국 정부는 주월한국군사령부를 창설하고 1965년 10월, 제2해병여단(청룡부대)과 수도사단(맹호부대)을 3차로 파병했다.

1966년 9월, 제9사단(백마부대)을 4차로 파병하면서, 부대원의 의사와 관계없이 부대 전체가 월남으로 파병되었다.

TV가 없던 시대, 극장에서 영화 시작 전의 뉴스는 주월 한국군의 소식을 먼저 전했으며, 맹호부대, 백마부대, 청룡부대 노래가 라디오를 통해 퍼지면서 아이 어른 할 것 없이 유행가가 되었다.

자유통일 위해서 조국을 지키시다
조국의 이름으로 님들은 뽑혔으니
그 이름 맹호부대 맹호부대 용사들아!

아느냐 그 이름 무적의 사나이
세운 공도 찬란한 백마고지 용사들

정의의 십자군 깃발을 높이 들고
백마가 가는 곳에 정의가 있다.

귀신 잡던 그 기백 총칼에 담고
붉은 무리 무찔러 자유 지키러
삼군에 앞장서서 청룡은 간다.

서울 한복판에 중무장한 특수부대가 출현하고, 불과 이틀 만에 동해에선 미 해군 함정이 나포당하면서 한반도 주변 정세는 전쟁 전야 같았다.

1960년 12월 월남의 공산당 세력이 중심이 되어 '남베트남 민족해방전선(NLF, 비엣콩)'이 결성하고, 1961년 2월에는 무장조직 '베트남 인민 해방군' 창설하였다.

1964년 8월에 발생한 통킹만 사건의 보복을 명분으로 북베트남에 폭격을 감행하였다. 선전포고 없이 진행된 이 폭격은 대통령 존슨이 동남아시아에 주둔 중인 미군에 직접 명령한 것이다.

1차 파병에 이어 푸에블로호(Pueblo) 납치 사건과 북한군 124군부대의 '청와대 습격 사건'으로 위기를 느낀 우리 국민들의 대공對共 분위기가 고조되면서, 월남 파병도 정당화되어갔다.

12

준雋은 춘천 시외버스정류소에서 오음리행 버스에 올랐다. 한 좌석에 군인이 혼자 앉아 있어서 그 옆자리에 앉았다.

"오음리 가는가 보네요."

그 군인이 반가운 표정으로 먼저 말을 걸어왔다.

"아, 네. 그렇습니다."

그의 명찰과 계급장을 힐끔 보았더니, ○상병이었다.

준雋은 ○상병과 동행이 되어, 날이 어두워서야 오음리(바람버뎅이)에 도착하였다.

다음 날, 아침 햇살에 오음리의 정체가 드러났다.

오음리 훈련소는 주월사를 비롯하여 3개 전투부대(맹호, 백마, 청룡)와 1개 군수 지원부대(십자성), 1개 군사원조단(비둘기), 2개 수송전대(백마, 은마) 등 8개 부대의 장병들이 1개월 동안 유격, 각개전투 등 실전과 같은 훈련을 받고 베트남으로 떠나는 출정 기지이다.

오음리 내무반에서 I상병을 만났다. 그는 사정이 있어서 한 제대 뒤로 미루어졌다고 한다. ○상병과 I상병과 준雋 셋은 그날 이후 귀국 때까지 같은 부대에 근무하면서부터 지금까지 50년 동안 서로 만나는 평생의 친구가 되었다.

○상병은 한국화를 그리는 화가로서 전군에서 차출된 현역병 중에서 그림을 그리는 10여 명의 병사들이 함께 '종군화從軍畵'를 그리러 파병된 것이다.

6·25전쟁 당시에도 화가들이 군에 소속되어 활동하였다. 국방부 정훈국장 이선근과 육군 대위 최일 등의 주선으로 '종군화가단'이 결성되었다. 공군에서는 백문기, 해군에서는 김환기, 윤호중이 화가단을 결성하여 활동하였으나, 당시에 그린 작품이 지금 남아있지 않다.

베트남 종군화는 주월한국군사령부 부사령관 이건영 소장이 주관하여 현역 중에서 ○상병을 비롯해서 L, J 등의 화가들이 전투부대의 전투현장을 시찰하고 스케치한 후 주월사 공보실 강당에 상주하면서 '종군화'를 그렸다.

진중화陣中畵는 전쟁의 정당성을 인식케 하면서 국민들의 지원을 독려하기도 하고 병사들에게는 용감히 싸울 것을 선전 선동하는데 목적이 있었다. 선전전은 무력전에 대한 보조수단이 아니라 문화적 기술로서 전쟁을 수행하는 하나의 독립된 전투수단이 된다.

1972년 12월 8일, 문화공보부 주최로 '월남전기록화전시회'를 국립현대미술관에서 열었다. 그 작품들이 지금 어디에 보관하고 있는지 알 수 없다. 오용길의 작품 '과일 파는 베트남 여인들'이 태릉 육군사관학교 식당에 걸려 있었다고 한다.

1967년 11월, 구상具常 시인은 월남을 시찰하고, 〈월남 기행〉[*]을

* 구상, 《나는 혼자서 알아낸다》, 시인생각, 2013. 7.

썼다. 자유월남 정부군에게 전세가 유리하고 더구나 파월 국군은 승승장구하던 때였지만…

나는 어디서 날아온지 모르는
메시지 한 장을 풀려고
무진 애만 쓰다 돌아왔다.

꾸몽고개 야자수 그늘에서
봉다워 바닷가에서
아니 사이공의 아오자이 낭자娘子와
마주 앉아서도
오직 그것만을 풀려고
애를 태다 돌아왔다.

아마 그것은 비엣꽁이 뿌린
전단傳單인지 모른다.

아마 그것은 나트랑 고아원서 만난
월남 소년의 장난인지 모른다.
아마 그것은 어느 특무기관이
나의 사상을 시험하기 위한
조작인지 모른다.

아마 그것은 로마교황의
평화를 호소하는
포스터인지 모른다.

아니 그것은 우리의 어느 용사가
남겨놓고 간 유서인지 모른다.

마치 그것은
흐르는 눈물 모양을 하고 있었다.

마치 그것은
고랑쇠 같은 모양을 하고 있었다.

마치 그것은
포탄으로 뻥 뚫린
구멍 모양을 하고 있었다.

마치 그것은
사지四肢를 잃은
해골 모양을 하고 있었다.

아니 그것은

눈감지 못한
원혼의 모습을 하고 있었다.

그런데 그것은
월남 이야기인 것도 같고,

그런데 그것은
나 개인의 문제인 것도 같고,

그런데 그것은
우리 민족에 관련한 것도 같고,

아니 그것은 보다 더
인류와 세계에 향한
강렬한 암시 같기도 하였다.

내가 그것으로 말미암아
오직 느낀 것이 있다면
나란 인간이
아니 인류가
아직도 깜깜하다는 것뿐이다.

나는 그 메시지를
풀다 풀다 못하여
이제 고국에 돌아와서까지
이렇듯 광고한다.

백지 위에
선혈로 그려진
의문부
'?'
그게 무엇이겠느냐?

구상具常 시인은 월남을 시찰하고, 그가 보고 들은 월남전은 월남의 정글과 들과 강과 늪을 보고, 초토화된 거리와 피폐한 농촌과 시달릴 대로 시달린 민중들을 보고, 또 산재한 항공기지와 병참기지와 포대와 참호를 보고, 그는 한마디로 멀었다는 느낌을 안고 돌아섰다. 이 멀었다는 느낌 속에는 파병의 목표인 월남의 민주주의적 평화 건설도 포함되지만 더 많이 근원적인 인류 역사에 대한 탄식이 섞여 있다.*

준雋은 오음리 훈련소 뒷산에 올랐었다. 동쪽으로 양구로 넘어가는 산길이 아득히 보이고, 북쪽에는 물을 한가득 담은 화천댐이 산

*박동억, 구상 전쟁기 시·에세이의 애도 양상.

아래에 숲속의 나무 기둥 사이로 내려다 보였다.

적막한 산속에 거대한 화천댐은 호수라기보다 마치 푸른 보석 사파이어를 닮은 산山의 눈〔眼〕 같아서, 강의 원류라는 뜻을 지닌 강원도江原道의 속살을 보는듯했다. 강원도 북서부에 위치한 화천은 북위 38도 이북에 위치하여, 8·15 광복 후 6·25전쟁 이전까지는 북한 땅이었다.

세상에서 멀리 떨어진 강원도 깊숙한 화천 땅의 오음리 훈련소는 수호지의 호걸들의 웅거지雄據地 양산박梁山泊 같았다.

오음리에서 실시하는 훈련은 월남에서 경험하게 될 실전에 대비한 것이었다. 유격훈련은 키 큰 병사가 앞줄에 서서 먼저 훈련을 하게 되고 그들이 차례로 훈련하는 중에 남은 병사들은 PT 체조를 계속하게 된다. 어느 부대에서나 마찬가지로 키가 작은 준雋은 맨 뒤에 서서 PT 체조만 열나게 하다가 다음 코스로 이동하였다. 코스마다 PT 체조를 하였으니, 유격훈련 다음 날은 팔이 아파서 숟가락을 들어 올릴 수 없어서 숟가락에 입을 갖다 대었다.

오음리에서 훈련 중에 땀과 먼지가 범벅이 된 대학동기 엄○○의 얼굴을 겨우 알아볼 수 있었다. 그는 백마부대로 파병하였다. 전장으로 떠나게 될 운명에서 서로가 상대방의 안위安危를 걱정해야 하는 처지이었다.

드디어 훈련이 끝나고 출발의 날이 왔다. 10월 30일, 오음리 월남파병 특수훈련소에서 춘천역으로 출발하는 트럭을 타기 전에 대열에서 벗어나 뒤로 빠져서 흙을 긁어모아 편지봉투에 담아서 배낭에 넣었다. 그 후 베트남에서 고향 생각이 날 때마다 조국의 흙냄새를 흡입했다. 어머니의 냄새와 같았다.

춘천역 특별열차, 날이 어두워지면서 하늘에서 서설이 뿌려졌다. 파월장병을 실은 특별열차는 부산항을 향해 출발했다. 부산항 제3부두를 꽉 채운 산더미 같은 수송선 가이거(GIGER)호에 승선했다.

다음날, 환송식이 시작되자 파월 장병들은 모두 함정의 난간을 잡고 섰다. 환송 인파가 부두를 가득 메웠다. 환송식에서 김 시스터스 세 명이 나와서 '서울의 찬가'를 불렀다.

종이 울리네 꽃이 피네 새들의 노래 웃는 그 얼굴
그리워라 내 사랑아 내 곁을 떠나지 마오.
처음 만나고 사랑을 맺은 정다운 거리 마음의 거리
아름다운 서울에서 서울에서 살으렵니다.

환송 인파는 부산항 인근 학교의 학생들과 파월장병의 부모형제나 친인척들이었다. 부산이 고향인 I군은 난간에 자리잡지 못하고 둘러선 장병들 뒤에서 까치발로 발돋움하여 목을 위로 빼 올렸으나 부두에서 올려다보는 부모형제들과 서로 바라볼 수 없었다.

"내 어깨 위에 올라타면 어떨까."

어차피 환송해 줄 리 없는 준雋은 I군을 자신의 목 뒤로 올려서 무등을 태우고, ○상병이 뒤에서 받쳐주었다. 준雋은 I군을 어깨에 무등을 태우고 고개를 숙인 채 '서울의 찬가'를 듣기만 하였다.

'그리워라 내 사랑아, 내 곁을 떠나지 마오… ♩♬'

눈으로 볼 수 없는 준雋은 '이별가'를 들으며 부산항을 떠났다.

베트남까지 한국군을 수송하는 선박 중에는 1965년 3월 10일 비둘기부대 본진을 인천항에서 베트남으로 수송한 미 수송함 USS General W.A.Mann AP-112함, 1965년 10월 3일 청룡부대 장병을 베트남의 캄란으로 수송한 General LE LOY ELTINGE함, 1965년 10월 24일 맹호 번개부대를 꾸이년 항까지 수송한 USS Paul Revere(APA-248)함이외에 2척의 자매함이 있었다.

1942년 2차대전 당시, 미국이 병력 수송용으로 건조한 1만 4천 톤급의 쌍둥이 자매함 가이거(GIGER)호와 업소(UPSHUR)호는 2차대전 종전 후, 한때는 민간인에게 불하하여 상선으로 개조하여 운항하던 것을 월남전이 터지자, 미국 정부가 임차하여 다시 병력 수송선(승선 인원 3,000명)으로 개조하여 사용하였다고 한다.

월남전이 종전할 때까지 32만여 명의 주월 한국군 병력을 수송하였다.

수송선이 부산항 3부두를 서서히 출발하여 오륙도와 까치섬 사이를 빠져나와 대해로 나아갔다. 태종대를 지나서 다대포 앞에 이르니, 낙동강의 민물과 바닷물이 합수하는 곳은 파도가 일었으나 수송선은 흔들리지 않았다.

제주도가 까마득히 뒤로 멀어지고 우리 영해를 벗어나 중국과 오키나와 사이의 동중국해를 지나면서, 공기와 바닷물색이 달라져 보이고 날치들이 뱃전을 날아다녔다.

준雋의 일행은 백마부대, 청룡부대 파월 장병들이 함께 가이거(GIGER)호에 승선하였다. 매일 1회의 선상 비상훈련 이외는 자유 생활이었다. 특이한 것은 선박의 식당이 한 곳뿐이어서 아침식사 후 돌아서서 점심 식사 줄 서고, 점심 먹고 저녁식사 줄을 서야 했다.

7일간의 항해 끝에 드디어 베트남의 중부의 다낭항에 입항했다.

조국을 떠나오던 날, 서설瑞雪이 뿌리던 춘천의 겨울 경치에서 갑자기 바다와 산 세상천지가 파랗고 싱싱한 여름이었다.

'아, 베트남은 전쟁터가 아니라 낙원이구나…'

그때 대포소리가 쿵쿵 쾅쾅 지축을 울렸다.

청룡부대 귀국 장병들이 승선했다. 대포 소리를 등에 지고 승선한 귀국 장병들의 얼굴에서 귀국의 기쁨을 찾을 수 없을 정도로 모두가 지쳐있었다.

'전투가 치열하였던 모양이다….'

가이거(GIGER)는 다낭에서 나짱으로 향했다. 부산에서 다낭까지 항해는 뱃멀미를 전혀 느끼지 못한 채, 망망대해를 날아다니는 날치들을 바라보면서 쾌적한 여행이었으나, 다낭에서 베트남 내해를 따라가는 나짱(Nha Trang)까지 항해는 좌우로 롤링(橫搖, Rolling)하는 파도로 밤새도록 어지럽고 속이 메스꺼운 뱃멀미에 시달렸다.

나짱 앞바다 한가운데 정박한 선박에서 백마부대 장병들이 하선하였다. 백마 도깨비부대(28연대)에 배속된 대학 동기 엄○○가 손을 흔들며 LST에 앉아있었다. 그가 탄 배가 사라질 때까지 준雋은 뱃전을 떠나지 못하고 바라보았다.

자유보다 더 귀한 것 있으면 말하라.
우리의 적들을 무찌르기 위해서
대한의 아들딸은 바다를 건넜다.
조국의 명을 받아 말없이 떠났다.
싸워라 화랑답게 싸워서 이겨라.
평화의 씨를 심고 돌아오는 그날까지.

파도가 밀려와 부서지는 모래사장을 따라서 도로와 키 큰 야자수가 어우러져서 동양의 나폴리라 불릴 정도로 아름다운 나짱은 본래 베트남 중부지방에 위치해 있던 말레이계의 참족이 세운 왕국이었다.

13

준雋과 주월사 파병단 일행은 나짱의 십자성부대 보충대에서 대기하였다. 십자성부대 보충대에 대기하던 중, 영어를 잘하는 I군은 범죄수사대(CID)에 뽑혀서 먼저 사이공으로 떠났다.

십자성부대 보충대에서 대학 동기 K를 만났었다. 십자성부대 군악대에서 호른을 연주한다고 했다. 아직 전쟁을 실감하지 못한 나에게 베트남 근무에 대한 여러 가지 도움말을 해주었다.

나짱에서 사이공 떤선녓(Tân Sơn Nhất) 국제공항으로 이동한 후, 준雋은 주월사령부 원호근무대(SP SVC UNIT)에 배속되었다. 주월사 원호근무대는 원호보급품, PX 운영, 군예대를 운용하는 비전투부대이며, 나짱(야전사령부, 십자성, 백마), 꾸이년(맹호, 106병원), 호이안(청룡)에 원호근무대 파견대를 두고 있다.

주월 한국군사령부의 현주소는 호치민시 5군, 쩐흥다오 606번지(606 Tran Hung Dao, Quan 5)에 있었다. 사이공이 위치한 베트남 남부는 옛 크메르의 땅이었다. 주월 한국군사령부 자리에는 크메르족의 탑이 있었는데, 1926년 이 탑을 허물고 빌라를 지었다고 한다. 이 빌라는 영세인 지원을 위한 국영 복권 사업 사이공 본부 건물이었는데, 1954년 프랑스가 철수하고 미군사고문단(MAAG)이있었다. 그 후 베트남 주둔 미군사령부(MACV)가 함께 있었다.

1966년 MACV가 탄손녓 공항 내 펜타곤 이스트로 옮겨가고, 그 건물을 주월 한국군사령부가 차지하게 되었다. 한국군이 철수한 후 자동차 회사가 입주했다고 하는데, 지금은 신축 건물을 짓기 위해 이 건물을 모두 허물었다고 한다.

군인은 누구나 부대를 이동하면 새 부대에 전입신고를 치러야 한다. 전입 병사들은 주로 계급이 상병과 병장이었는데, 준雋 혼자만

일등병이었다.

주월 한국군사령부에서 원호근무대 신고식은 엄하기로 소문났었다. 원호근무대 선임병 중에는 준雋의 고등학교 급우였던 K병장이 PX의 수령계를 맡고 있었다. 그는 준雋에게 용돈으로 20$을 주면서 친구인 것을 알게 되면 신고식에서 좋을 게 없다고 하였으나, 선임병들 중에 현지 취업을 대기하고 있어서 신고식은 환송·환영회가 되었다.

준雋은 원호근무대 사무실의 졸병으로서, 제일 먼저 한 일은 생수기 물통(water dispenser) 당번이었다. 생전 처음 보는 정수기 위에 18.9L/20kg 생수통을 거꾸로 꽂는 일이었다.

베트남에서 해바라기를 했다면 곧이듣는 이가 있을까? 교실 크기의 사무실에 RA243K(실내·외 일체형) 컴팩트 에어컨 3대를 하루 동안 쉴 새 없이 틀었으니 냉동실 같았다.

준雋의 주 업무는 원호보급이었다. 이제 병참 주특기가 제자리를 찾은 셈이었다. 위문품 담당이 귀국하고 원호보급품을 맡았던 김 병장은 현지 제대하여 베트남 현지 통신회사 PNA에 입사하여, 두 명이 맡았던 원호보급과 위문품을 통합하여 나 혼자 맡게 되었다.

장병들 생활관의 TV, 라디오, 카세트 등의 비품과 Play Boy잡지, 위문편지, 위문품을 지역별 부대별로 배부하였다. 당시 학교마다 위문편지 쓰기를 하여 국방부로 보내면 그 위문편지가 해군 LST에 실려서 사이공 뉴포트로 들어오면, 준雋이 수송기에 싣고 부대별로 배급하면, 장병들은 무작위로 위문편지를 받았다. 당시 펜팔이 유행이었는데, 주경옥의 편지를 받은 병사는 사랑의 시를 써보냈으나 주경옥은 그 병사에게 자신이 남성이라는 사실을 어떻게 알려야 할지 고민했었다는 일화逸話도 있다.

위문품 중에는 일본, 독일, 미국, 캐나다 등의 교포들이 보내오는 위문품도 있었다. 특히 재일교포들이 정성껏 보내온 위문품은 의약품과 응급처지 세트가 들어 있었다.

원호근무대 PX는 미군 main PX의 물품을 위탁 판매하는 미산 PX와 한국산 맥주와 라면을 국내에서 들여와 판매하는 국산 PX를 운영하였다. 미산 PX 매장은 사령부 중앙에 위치하여 생활용품을 비롯하여 카메라, 카세트 녹음기 등 전자제품을 판매하였다.

한국군 장병이 받는 전투수당은 남베트남군이 미군으로부터 지원받는 전투수당보다도 월등히 적었으며, 필리핀군이나 태국군과 비교해도 터무니없이 낮은 수준이었다.

1970년 미국 의회의 사이밍턴위원회에서 브라운각서 체결 시 공개하지 않았던 한국군에 대한 전투수당 및 전사상자 보상금 조항이 공개되었을 때 한국군이 미국의 용병이라는 논란이 제기되었다.

당시 파병한 국가는 미국·대한민국·태국·호주·뉴질랜드·대만·필리핀 등 8개국이었다. 참전 8개국 중 호주·뉴질랜드·대만·스페인은 해외근수당 등 모든 파병 경비를 자국의 재정으로 파병했다.

대한민국·태국·필리핀은 해외근무수당 등의 파병경비를 미국으로부터 지원받아 파병하였다. 파병 8개 국가 중 전투부대를 파병한 국가는 미국·대한민국·태국이다. 그중 미국과 태국은 각각 자국의 재정부담으로 전투수당을 지급하였다.

1965년 7월 말, 김성은 국방장관은 〈월남 전투부대파병안〉에 대한 국회 동의(승인)을 받아내기 위해 미국정부로부터 약속(전체 10개항 중 8항)을 받아내려고 했다. '주월 한국군에게는 미군에게 지급되는 동일한 율에 따른 전투근무급여금을포함하여 근무 중 사망 또는 상이에 대한 사례금과 보상금을 제공한다.'*

1978년 10월 31일 美 하원의 국제관계위원회에서 발간한 '한·미관계 조사서'(일명 '프레이저' 보고서라고도 함) 54쪽 주요 내용에, 한국 정부는 미국이 한국군에 제공한 고율의 급여(협정의 일부)에서도 이익을 취했다. 그것들은 미군과 근접한 수준으로 지급되었으나 포터 대사는 "그 돈은 한국정부로 송금되었지만 군인들에게 지불된 수준은 상당히 적었다."고 하였다.

당시 파월장병이 PX에서 물품을 구매할 때, 군표와 같은 액수의 쿠폰을 첨부해야 했다. 미군 군표는 공식적으로는 PX에서만 사용할 수 있었지만, 실제로는 본래의 목적과 달리 베트남 시장에서도 통용 되었다. 파월 기간 1년 동안 모은 돈은 귀국 선물을 준비하느라고, 한국군 장병들은 휴양지에서 콜라도 사먹지 않고 수영만 했

* 이용재, 월남전 참전군인 전투근무수당 관련 법률에 대한 공청회, 2022. 1. 5.

다*고 베트남인들이 흉을 봤다.

원호근무대의 숙소는 주월사 장병 식당이 있는 브라이언트 호텔이었다. 브라이언트 호텔은 사령부에서 20분쯤의 거리에 있어서 식사 때마다 하루 세 번 전 장병이 걸어 다녔다. 아침은 신선한 야채와 과일, 계란프라이, 구운 식빵, 우유, 흰죽, 수프 등이었고, 점심에는 쌀밥과 돼지고기 불고기가 주메뉴이었고, 저녁은 한국군 전투식품 K-레이션이었다.

주월 한국군사령부에는 사무실만 있어서, 장병들의 숙소는 사이공 시내에 흩어져 있었다. 본부 중대와 헌병대는 사령부 근처의 호텔, 장교숙소와 보안부대는 차이나타운인 쫄론(Cholon)에 있었으며, 근무중대는 식당이 있는 브라이언트 호텔이었다.

프랑스 식민지 시대에 지어진 브라이언트 호텔은 방마다 천정에 대형 선풍기가 돌아가고 양변기, 1인용 침대와 2층 침대, 라디오, 녹음기 등이 비치된 방에 4~6명의 부대원이 거주하면서, 매일 밤 9시 점호와 토요일마다 내무검열을 받았다. 내무검열을 받는 날은 사무실에 출정하지 않고 내무반을 쓸고 닦고 정돈한 후 근무중대장의 내무반 청소검열을 받았다.

저녁이면 대원들이 모여서 베트남 노래를 연습하였다. 사령부 소속 각 부대의 베트남 노래 경진대회가 열리기 때문이었다.

---

*박태균, 박태균의 베트남전쟁(24) 1970년대의 개막, 한겨레, 2014년 11월 30일자.

Dừng chân trên bến khi chiều nắng chưa phai,

Từ xa thấp thoáng muôn tà áo tung bay

Nếp sống vui tươi nối chân nhau đến nơi này

Saigon đẹp lắm, Sàigòn ơi ! Sàigòn ơi!

석양이 질 무렵 여기 나를 멈추게 하는

바람에 날리는 아름다운 아오자이의 물결

즐거운 인생은 사이공에 스며든다.

사이공, 사이공, 사이공은 아름다워요.

'사이공뎁불람(Saigon đẹp lắm)'은 우리나라 '서울의 찬가'처럼, 베트남인들이 즐겨 부르는 '사이공 찬가'이었다. 부대원들은 러닝샤쓰를 벗은 알몸을 흔들면서 경쾌하게 불렀다. 합창을 연습하는 동안 부대원들과 쉽게 친해졌다.

원호근무대는 사무실 요원과 공연요원, 창고요원, PX 판매요원, 운전요원으로 구성되어 있으며, 휴일은 자유롭게 외출하였다.

첫 공휴일에 친구들과 외출하였다. 사이공에는 시내버스가 없었다. 사이공 시청 앞 광장 도로변에 세워져 있는 단 한 대의 시내버스에는 서울시내 행선지가 그대로 붙어 있는 '서울시내 버스'가 전시되어 있었다. '저 버스를 타면, 서울로 갈 수 있을까?'

베트남에서 오토바이는 중요한 교통수단이긴 하지만, 시가지의 도로가 좁은데 저마다 오토바이를 타고 나와서 사거리에서 신호를 기다리다 서로 먼저 출발하려고 경쟁이 벌어진다. 베트남 사람들은 선두를 남에게 빼앗기는 것을 아주 싫어한다. 조금만 틈이 생기면 오토바이의 앞부분을 먼저 들이민다. 오토바이를 타고 가면서 어깨에 걸고 가는 카메라나 손에 들고 가는 가방을 날치기하는 경우도 있었다.

준雋 일행은 세발 승합차 람브레타를 타고 동물원에 갔다. 영어를 모르는 운전수에게 팔을 코끼리 코처럼 뻗어서 겨우 동물원을 갈 수 있었다.

화교들의 거리 쫄론(Chợ Lớn)은 돼지를 통째로 막대기에 끼워서 숯불 위에 돌려가며 굽는 가게들이 많았다. 잡화점을 들어서면, 어디를 가나 값을 묻기도 전에 점원이 먼저 "진짜"라고 하였다.

'우리 병사들이 얼마나 진짜부터 확인했을까.'

베트남 시장의 물품은 모두가 외제이다. 한국 상품도 베트남에서 외제이므로, 어떤 병사는 한국제 라이터돌을 들여와서 베트남에서 팔고, 베트남에서 미제 라이터돌을 사서 한국에서 팔았다고 한다.

어떤 병사는 달러를 송금 받아서 미제 손톱깎기를 구입하여 귀국 박스에 넣어서 보냈는데, 자체 무게를 견디지 못한 박스가 부산항에서 하역 때 파손되었다.

전쟁터에서도 이재理財에 밝은 사람은 세상을 보는 눈이 달랐다.

원호근무대의 야유회는 사이공 시내의 수영장이었다. 장병들이 물속에서 수영을 하다가 군예대 밴드가 당시 유행하기 시작하던 푸라우드 메리(Proud Mary)를 연주하면, 곡의 후렴구 'Rolling, rolling, rolling on the river'를 반복으로 합창했다.

> Big wheel Keep on turning
> 커다란 바퀴는 쉬지않고 돌아가고,
> Proud Mary Keep on turning.
> 프라우드 메리 호는 항해를 계속하죠.
> Rolling, rolling, rolling on the river.
> 돌고 돌아 계속 강 위를 누비죠.

대원들은 매일 밤 점호가 끝나면, 땀에 젖은 러닝셔츠를 벗어던지고 전기 프라이팬에 라면을 끓였다. 라면과 시원한 캔맥주는 원호근무대 국산 PX가 제공하였으며, 파와 빨간 월남 고추는 호텔 앞 가게에서 구입하고, 김치와 그릇은 식당에서 가져왔다.

전기 프라이팬을 중심으로 둘러서서 뜨거운 라면을 훌훌 불어가면서 맥주를 마셨다. 토요일 내무검열 때, 근무중대장의 내무사열은 식당 그릇 찾기에 중점을 둔 것 같았다.

1966년 월남 전파관리국으로부터 주파수 1,440㎑의 할당을 받아 한국 방송 사상 최초로 해외에 우리말 방송국이 설치되었다. 맹호사단에 이어 사이공에 출력 50W의 '사이공 방송국'을 개국하였다.

밤 12시 정각이 되면, 라디오에서 '멀시 쉐리(Merci Cherie)'곡이 전파를 타고 흘러나왔다. Merci Cherie곡은 훗날 라디오방송 프로그램 '별이 빛나는 밤에'의 오프닝 타이틀 음악이었고, 지금 준雋의 핸드폰 시그널 음악이다.

군부대는 어디서든 경계를 선다. '전투에 실패한 지휘관은 용서해도, 경계에 실패한 지휘관은 용서할 수 없다'는 말이 있다.

브라이언트 호텔 초병은 경비를 맡은 비둘기부대 병사 1명과 근무중대원 1명이 철그물이 둘러쳐진 호텔 정문 안에 보초를 서면서 유사시에 기관총을 발사하여야 한다. 준雋은 M60 유탄발사기 사격을 할 줄 몰랐던 것처럼, 기관총 사격도 할 줄 몰랐다. 베트콩(Việt Cộng)이 알았다면 어땠을까.

원호근무대 이상백 대장은 털털한 이웃집 아저씨 같으면서 장교들에게 엄격하였다. 이상백 대장과 이병호 군예대장 이외 장교들은 모두 전투부대에서 훈장을 받은 육군사관학교 출신 장교들이었다.

준雋의 직속상관 원호보급 과장 J대위는 영어와 베트남어에 능통하여 베트남 노무자와 군무원들이 수시로 찾아와 상담하였다.

PX 관리장교 이 대위는 소대장으로 파월하였다가 전투 중대장으로 재차 파병하여 무공훈장을 받았다. 그는 훗날 중장으로 진급하여 제7기동군단장이 되었으나 헬기사고로 하늘의 별이 되었다. 적이 남침하면 부대가 일단 후퇴하지만, 오직 제7기동군단은 적을 향해

전진하는 한국군 최강의 부대이다.

오작교 작전에서 충무 무공훈장을 받은 김일중 소령은 원호물품 국산 조달 업무를 맡았었다. 국산 LP판을 조변調辨하여 일선 부대에 보급하고 녹음실에서 직접 녹음한 녹음테이프를 배급하였다.

오작교 작전은 1번 국도의 개통을 목적으로 그 주변의 비엣꽁(Việt Cộng) 평정 작전이었다. 꾸이년 일대의 맹호사단과 투이호아의 백마사단이 작전을 수행하여 중간지점인 투이호아 북쪽 18km '호아다 마을'에서 만났다. 춘향과 이도령이 오작교에서 만나듯이 맹호사단과 백마사단이 서로 만남을 '오작교 작전'이라 명명하였다.

오작교 작전으로 1967년 5월 31일부터 남베트남 중부 해안도로가 개통됨으로써 야간에도 버스, 트럭들이 안전하게 운행하게 되었다.

한국군의 월남 파병의 목적은 평화와 건설이었다. 제1차 파병은 제1이동외과병원 130명과 태권도 교관단 10명 등 140명이었다. 제1이동외과병원은 붕타우에 주둔하고, 태권도 교관단은 육·해군 사관학교와 육군 보병 학교에서 남베트남군을 지도하게 되었다.

제2차 파병은 후방지원과 건설 지원 임무를 수행하는 2,000명 규모의 '주월 한국군 군사원조단본부'를 창설하여 평화를 상징하는 뜻의 비둘기부대로 명명하고, 1965년 3월 16일 사이공 동북방 22㎞ 지점의 디안에 주둔하였다.

베트남 전선은 전후방이 없고 비전투 부대도 안전하지 않았다. 준雋이 원호근무대에 배속된 지 정확히 1주일째 되는 날, 저녁 9시

20분 잠자리에 누웠는데, 야간 운행을 마치고 방으로 들어온 운전병이 개인화기를 어깨에서 벗어내리는 순간, '빵' 총알이 준雋의 얼굴 왼쪽 9cm 옆 벽에 박혔다. 룰렛게임 신고식이었다.

준雋은 매주 화·금요일마다 원호보급품과 위문품을 C-46D 항공기에 싣고, 사이공의 떤선녓(Tân Sơn Nhất) 공항을 이륙하여, 나짱, 꾸이년, 다낭 공항까지 800km를 날아다녔다.

공군 은마부대는 C-46D 수송기 2대를 주월사 예하의 공군 지원단에 배속시켜, 원호근무대의 주 2회 정기 비행과 예하부대의 요청에 의한 수시 비행으로 공수 지원을 제공하였다.

1970년 5월 15일, 위문품을 싣고 다낭으로 향하던 C-46D 수송기는 캄란에서 정비 받았다. 호이안 상공을 지날 때 그날 정비를 받았던 오른쪽 프로펠러가 검은 연기와 시뻘건 불꽃을 뿜으며 프로펠러가 멈췄다. 지상이라면 밖으로 탈출할 수 있지만, 낙하산도 없는 하늘에서 할 수 있는 것은 없었다. 준雋은 눈을 감고 죽음의 순간을 기다릴 뿐이었다.

항공기의 프로펠러가 돌면, 프로펠러의 날개(blade)는 공기를 뒤쪽으로 밀어낸다. 프로펠러의 블레이드는 단면이 에어포일(airfoil)이며 비행기의 날개가 회전하는 것과 같은 효과를 주게 된다. 비행기의 날개는 양력을 발생시키고, 블레이드는 추력을 발생시켜서 비행기가 떠서 앞으로 날아가게 된다.

조종사 C소령의 노련한 비행술로 왼쪽 프로펠러와 두 날개만을 이용하여 새처럼 활공滑空하여, 목적지 다낭 공항에 안전하게 착륙할 수 있었다. 1970년 5월 20일, C-46D 항공기는 본국으로 소환되고, 프로펠러가 쌍발이며 고성능 통신장비와 자동 항법 장치를 갖춘 C-54D 수송기로 교체되었다.

당시 한국군 장병들 중에서 PX요원을 선호하였으나, 준雋의 친구 PX 수령계 K병장은 될 수만 있으면 'PX 수령계'를 피하라고 권면했다. 그가 귀국하게 되자, 인사계 H상사가 준雋에게 'PX 수령계'를 권했으나 정중하게 사양하였다. 인사계 홍洪 상사는 준雋의 뜻을 이해하지 못하고 의아하게 여겼다.

마침 군예대 S병장이 귀국하게 되었다. 준雋은 S병장 후임으로 군예대의 기획을 맡게 되었다. 원호근무대 군예대는 부대 자체의 군예대와 국방부에서 수시로 파견하는 특별위문단을 운영하였다.

준雋은 베트남 노동청에 연예인 노동 허가, 공연 스케줄 작성, 공연 상황 보고가 야간에도 계속되었다. 일선 부대에서 야간 공연 중에 적의 공격을 받은 적이 있어서 총탄 소리가 전화에 들려올 때도 있었다.

영화 '지옥의 묵시록'에서, 쇼걸을 동원한 미군 위문공연 장면이 있다. 병사들은 위문공연으로 전장의 공포를 잠시 잊고 헌병들의 제지를 뿌리치며 무대 위로 우루루 몰려가자 헬리콥터는 쇼걸을 싣고 떠난다. 떠들썩했던 공연장은 언제 그랬냐는 듯 공허만 남을 뿐이며, 전장에서는 그 어떤 것도 절대적인 위안이 될 수 없다는 것을 보여준다.

장병들 중에는 군예대 공연 때, 무대 뒤에서 연예인이 벗어놓은 팬티에 관심이 많았다. 여인이 입었던 팬티를 가슴에 넣고 다니면 총알이 피해 간다고 믿었다. 순회공연을 마치고 사이공 숙소에 돌아온 여성 연예인들이 헐렁한 군용 팬티를 입고 있었다. 늘 있는 일이어서 여인들은 그것도 위문공연의 일부분으로 여겼다.

베트남은 남북으로 긴 국토의 특성 때문에 열대, 아열대 및 온대 기후를 두루 갖고 있다. 몬순 기후의 영향이 강해 강우량이 많고 습도가 높다. 평균 태양복사열은 100kcal/cm^{2}이며, 몬순의 영향으로 연평균 기온이 주변 국가에 비해 조금 낮은 약 22~27°C이다.

베트남은 세계적으로 일조량이 높은 국가 중 하나로써 매년 2000~2600시간의 채광률을 기록한다. 사이공은 기온에 비해 태양복사열이 높지만 한낮의 뙤약볕도 나무 그늘에 들어서면 서늘하였다.

북부 베트남 열대기후에 비해 남부베트남 사이공 지역은 열대 사바나 기후로 우기와 건기가 뚜렷한 두 계절로 나뉜다. 5월에 시작하여 10월 말에 끝나는 우기철은 스콜(Squall)이 하루 한 번씩 내린다. 스콜이 지나는 지역에 따라서 종일 비를 맞는 사람이 있는 반면, 사이공 시내를 종일 다녀도 비 한방울 맞지 않는 사람도 있다.

베트남의 3S는 스몰, 섹스, 시에스타 타임의 속설이 있다.

프랑스가 베트남을 식미지로 통치하면서 베트남인을 나약하게 만들기 위하여 운동량을 줄여서 신체를 작게 하고, 섹스를 즐기게 하고 낮잠을 재웠다. 사이공 시내의 학교는 거의 운동장이 없었다.

시에스타(낮잠, 스페인어: la siesta)는 점심을 먹은 뒤 잠깐 자는 낮잠이다. 사이공 거리는 12시부터 2시까지의 시에스타 타임에는 모든 상점이 개점 휴업한 상태가 된다. 결국 한국군도 낮잠을 잘 수밖에 없었다.

베트남은 우리와 너무나 닮았다. 중국 대륙을 중심으로 좌우에 날개처럼 左베트남 右대한민국이 위치해 있다. 중국 한 무제 당시에 한반도에는 한4군, 베트남에는 한9군이 있었으며, 베트남은 대월 1000년 동안 중국의 지배를 받았을 때 중국 한문화의 영향으로 유학이 도입되었다.

유학은 왕조의 세력을 강화하기 위한 통치철학으로 도입하여 과거제도로 관리를 등용하였으며, 대의명분을 중시하였다.

1075년 리 왕조의 4대 인종仁宗(Lý Nhân Tông, 1066~1128)은 유교적 과거제도를 실시하고, 이듬해인 1076년 국자감을 설립, 문관文官을 선발하여 유학을 가르쳤으며, 1086년에는 한림원翰林院을 설립하여 우수한 문사文士에게 한림학사翰林學士를 제수하였다. 고종은 1182년 처음으로 유학자인 이경수李經修를 국사國師로 삼았으며 삼년상三年喪 제도를 공식적으로 도입하였다.*

---

* 최복희, 베트남 儒學思想 形成過程의 特徵 - 麗末鮮初 儒學과의 比較.

베트남은 인도차이나에 있으면서 태국, 캄보디아와 다르게 대승불교, 유교, 도교의 전통에 따라 제례와 명절이 우리와 비슷하였다.

집집마다 집안에 제사상을 설치하여 연중 4대까지 모시고, 설을 앞두고 사이공 시청 앞 광장의 넓은 도로에는 국화꽃, 복숭아꽃, 금귤나무, 매화나무를 사고파는 꽃시장이 열리었다. 꽃 시장에 들어갔다가 길을 잃었을 정도로 인산인해를 이루었었다.

뗏(Tet, 설)을 맞기 전에 집안을 깨끗하게 청소하는 풍습이 있으며 설날 약 2주 동안의 휴일을 보낸다. 설날에 차례상을 차리고 가족과 친지들끼리 세배를 하고 빨간 봉투에 세뱃돈을 넣어서 준다.

16세기 프랑스에 의해 도입된 카톨릭은 18세기에 세 번의 큰 박해가 있었고, 19세기에 들어서도 박해가 더욱 잔인해지자, 프랑스는 이를 막기 위해 1862년에 베트남을 침략했고, 1883년에 베트남을 식민지화함으로써 박해를 종식시켰다.

카톨릭 박해는 우리와 비슷하였다. 신해박해辛亥迫害, 신유박해, 기해박해己亥迫害, 그리고 병인박해丙寅迫害는 조선의 마지막 천주교 박해이지만, 순교한 신자들은 대략 8,000명가량이어서, 역사상 최대 규모이다. 이 박해로 1866년 11월에 프랑스 해군이 보복으로 조선을 침공하는 병인양요가 일어났다.

베트남 농업은 우리나라처럼 벼농사 중심 국가이다. 베트남은 남북으로 ʃ자 형으로 길게 뻗어 있고, 북쪽에는 송꼬이강 델타에 2모작, 남쪽에는 메콩델타에 3모작의 벼농사를 짓는 쌀 수출국이다.

바다와 강의 지류를 이용한 수상교통이 발달되었다.

바오 닌의 소설《전쟁의 슬픔》*은 1969년 17세의 나이로 미국과의 전쟁에 뛰어든 끼엔과 그의 연인이었던 프엉이 겪어야 했던 치명적 사랑의 비가悲歌다. 잔인한 전쟁의 한가운데를 통과한 끼엔과 그 전우들의 비극적 청춘에 대한 송가頌歌이기도 하다.

전쟁의 속성은 어디서나 마찬가지이겠지만, 베트남전쟁은 개인들의 소중한 관계를 파괴하였다.

끼엔은 프엉을 잃고, 전쟁 후 심한 '외상 후 정신적 스트레스 증후군'을 앓는다. 바오 닌은 전쟁의 비극을 말한다.

"이 비극은 모든 베트남인의 운명과 문학에 깊이 각인되어 있다."

준雋은 월남에서 24개월을 근무하고 귀국하였다. 부산 수영의 9보충대에서 8병참기지창으로 전출되어서 잔여 4개월을 근무했다.

귀국한 파월장병의 전입은 어느 부대에서나 반기지 않는 찬밥 신세였다. 누구나 자아自我가 배척당하는 곳에서는 단 하루도 견디기 괴롭다.

마침 8병참기지창 내 부설 '수송센터'가 신설되었다. 지금의 부산 사직야구장 근처에 군사용 철로를 사이에 두고 '의무기지창'과 '병참기지창'이 마주보고 있었다. 부산 시내의 각 군수창軍需倉 자체로 열차를 운송하지만, 소량의 잔여 물동량을 수송센터로 보내면, 이를

*바오 닌, 베트남문인회 최고상, 영국 '인디팬던트지' 최우수 외국소설 선정.

모아서 병참기지창의 군수물자 운송 때 열차에 실어 보낸다.

센터장 중위, 군무원 2명과 병장 1명을 편제로 한 송장送狀 전담은 준雋이 맡았으나, 실제로 준雋이 모든 것을 맡아서 처리했다. 수송센터는 마치 준雋을 위해 마련한 것 같았다.

준雋은 병참학교에서 병참 주특기를 받고도 보병사단에서 소총수가 되었다가 월남에 파병되었고, 월남에서 귀국하여 병참기지창에 돌아왔으니, 제자리에 돌아온 셈이다.

준雋이 병참 교육을 받고 보급창으로 배속되지 못한 이유를 제대 후에 알게 되면서, 월남 파병은 '운명'이라고 여겨졌다.

준雋이 4월에 입영한 뒤, 5월 이후에 입영 영장을 받은 교사는 모두 예비역으로 편입되었다. 산업화가 한국사회에 도시화를 가져오면서 도시의 학급이 갑자기 증설되면서 교사가 부족해지자, 대통령령으로 현직 교사들은 군 입대가 보류되고, 교육대학 재학생은 학교에서 군사훈련을 받은 후 향토예비군에 편입되었다.

병참학교 졸업 당시, 준雋은 현직 교사 입영이어서 곧 제대할 자원으로 분류되었기 때문에 보병사단으로 보내진 것이다.

병참부대에 배속되지 못하고 유탄발사기 사수가 되었으나, 그 유탄발사기로 인하여 월남 파병을 자원하게 되었다.

준雋의 파월 동기動機가 된 M60 유탄발사기 가늠쇠를 구하여 19연대 강포리 대대에 보내려고 하였더니, M60 기관총은 있으나 M60 유탄발사기는 없었다. 중대 병기계가 M79를 M60으로 오인誤認 했을 가능성이 있다.

준雋은 파월 24개월 기간 중에 죽음의 기회를 세 번 겪었다.

첫 번째는 야간 운행한 운전병의 장전된 개인화기에서 발사된 총알이었고,

두 번째는 C-46D 수송기의 다낭 공항 불시착이었으며,

세 번째 찾아온 불행의 실타래는 시지포스에 의해 엉키었다.

베토벤의 'SYMPHONY No. 5', 일명 '운명 교향곡'의 '♫♩𝄐'

단 4개의 음으로 된 '운명의 테마'는 단순하면서도 강렬하다.

베토벤의 제자 안톤 쉰들러(Anton Schindler)는 말했다.

"운명(Schicksal)은 이처럼 문을 두드린다."

운명 교향곡의 모티브(動機, motive)는 쉽게 모습을 드러내지 않고, 주제와 4개의 변주곡으로 구성된 제2악장의 주제 속에 숨어 있다. 후렴 부분이 시작되면, '운명의 모티브'가 나타나고 제1변주가 이어지면, verse(절)와 후렴이 제1악장의 모티브와 연결되어 있는지 알 수 있게 된다.

그리스 로마신화에 운명을 관장하는 세 명의 여신들은 클로토가 실을 잣고, 라케시스가 실을 감으며, 아트로포스가 운명의 실을 가위로 잘라서 생명을 거두는 역할을 한다. 이들이 정하는 운명은 절대적이어서 제우스조차 이들이 정한 운명은 바꾸지 못하였으며, 신들조차도 모이라이(μοῖρα)*가 정한 운명은 거스를 수가 없다.

---

* 모이라이(μοῖρα) : 운명의 여신, '각자가 받은 몫'이란 뜻의 신격화된 이름.

시지포스(Sisyphe)의 계략으로 인해 실타래가 엉키는 경우도 있었다. 시지포스는 신들을 기만한 죄로 산 정상으로 바위를 밀어 올리는 벌을 받게 된다.

준雋은 사이공에서 차로 2시간 거리의 휴양도시 붕타우 바닷가(Vung Tau beach)에 가고 싶었다.

1971년 7월 19일, 그날은 일요일이었다. 민심참모 운전병과 당번병이 붕타우에 함께 가자고 했다. 그날, 준雋은 어쩐지 붕타우에 가고 싶지 않았다. 특별한 일도 없으면서 핑계를 대었다.

붕타우로 통하는 롱빈 고속도로는 고속도로처럼 폭이 넓고 직선도로일 뿐이지, 자동차 전용 고속도로와 개념이 다르다. 신호등이 없는 도로를 차와 오토바이가 갑자기 진입하기도 하고 도로 가장자리에는 구멍가게 같은 간이 주유시설이 있어서 대형 교통사고가 빈번하다.

준雋의 친절한 두 친구는 민심 참모의 지프(jeep)를 타고 롱빈 가도를 달리며, '아름다운 사이공'을 휘파람을 불었다.

150km 이상으로 자동차의 속도를 점차 높이고 있을 때, 오른편 골목길에서 오토바이가 갑자기 달려 나왔다. 그 오토바이를 피해서 왼편으로 핸들을 꺾은 운전병은 지프가 도로 왼쪽 가장자리로 계속 달려가는데도 당황해서 어쩔 줄을 몰랐다. 조수석에 있던 참모의 당번병이 팔을 뻗어서 핸들을 오른쪽으로 되감았다. 운전병은 지프(jeep)의 왼쪽 바깥으로 튕겨져 나가떨어지고, 방향을 바꾼 지프가

도로 가장자리의 오토바이 간이 주유시설 위를 덮쳐지나갈 때 과열된 엔진에 불이 붙었다. 엔진에 불이 붙은 지프가 달려오던 버스와 충돌하였다. 좌충우돌左衝右突의 지프는 불에 타고 찌그러지고, 운전병은 석 달 동안 병원에 입원했다.

준雋이 그들과 동행했다면 어떻게 되었을까? 그날, 세 번째 모이라이(μοῖρα)의 실타래가 엉킨 것이다.

14

준雋은 저녁 강물을 따라서 내성천 강둑으로 자전거 페달을 천천히 밟았다. 들판 저 멀리 영동선 봉화역이 어둠 속에 가물거렸다. 그때 밤기차가 '철거덕 철거덕' 레일 위로 굼실거리고 있었다.

자전거를 멈추고 열차를 지켜보았었다. 열차가 봉화역을 출발하여 바래미〔海底〕마을 앞을 지나 산모롱이를 돌아서 꼬리를 감출 때까지 눈이 시리도록 지켜보았다. 열차는 점점 작아지더니 어둠 속으로 빠져들어 갔다.

시야에서 사라진 열차는 기억 속으로 다시 되돌아왔다.

예천 금당실 초간정에 올라 마루의 뒷문을 열면, 송림 사이로 시원한 바람과 정자를 감돌아 흐르는 맑은 계류는 사심邪心에서 벗어나게 한다.

초간정은 기둥에 '도끼 자국'이 생긴 전설이 있다. 초간정을 100번

돌면 문과에 급제한다는 기묘한 소문을 들은 한 유생이 99번을 돌고서 현기증이나 발을 헛디디는 바람에 난간 밖으로 떨어져 즉사했다. 그 유생의 아내가 도끼를 들고 와서 정자 기둥을 찍었다고 한다.

준雋은 비너스(Venus)와 초간정 난간에서 재회하였다. 남편의 상장喪章을 꽂은 머리 올이 가을 햇살에 하얗게 날리고, 앵두같이 상기하던 볼이 퍼석하니 초간정 나무 기둥 같았다.

50여 년 전, 다정했던 비너스를 생각했다.

준雋은 한때 산에서 지낸 적이 있다. 그가 있었던 곳은 깊은 산속의 폐광촌이었다.

준雋이 군 입대를 앞둔 그해 겨울, 비너스(venus)가 그를 만나러 왔다. 첫날 밤 창밖에 서설瑞雪이 풀풀 내렸다.

그 다음날도, 또 다음 날도 폭설暴雪이 푹푹 쌓였다. 가지 부러지는 소리가 눈발에 날리고, 허기진 노루가 눈 속에 머리만 곧추들고 민가로 내려왔다.

푸르른 달빛에 부엉이가 울었으나, 20리 산길을 걸어서 찻길에 닿는데, 찻길이 뚫리려면 또 며칠을 기다려야 한단다.

눈 속을 헤치고 온 비너스(venus)의 오래비는 세상 끝에 온 것 같았다. 오래비를 따라 나선 그녀는 추회追懷의 입김을 뽀얗게 날리며 응달진 산모롱이를 돌아갔다.

준雋은 비너스(Venus)와 내성천 강둑길을 걸었다. 눈 내리던 날 입대한 후 첫 만남이었으니, 그는 객지를 떠돌다 회귀回歸한 한 마리 외로운 연어요, 그네는 연어를 품어주는 포근한 모천母川이었다.

달빛을 머금은 물결이 잔잔히 흐르고, 가슴에는 은하수가 강물처럼 흘렀다. 그저 강둑을 함께 걷는 것만으로도 좋았다.

비너스의 숨결이 귓가에 느껴졌다. 달빛에 새하얀 비너스의 얼굴에 호골산 그림자가 푸르스름 다가왔다.

'철거덕 철거덕' 철교 위를 건너는 열차가 천둥소리로 들리는 순간, 가슴에 흐르던 은하수는 산산이 부서져 파편이 되어 흩어졌다.

신병훈련에서 단련된 준雋은 강둑에서 논바닥으로 펄쩍 뛰어내렸고, 어둠 속에 반짝이는 봉화역 시그널을 향해 들판을 노루처럼 겅충겅충 뛰었다.

열차는 레일 위를 달리고 준雋은 장애물이 질펀한 논바닥을 헤치며 달렸다. 준雋과 열차가 공격할 고지는 봉화역이었다.

신병新兵에게 주어진 외출은 순간瞬間이었고, 부대까지 너무 멀었으며, 열차만이 내일을 보장할 수 있었다.

갑자기 귀가 멍해지면서 온 사방이 조용해졌다. 호골산도 숨을 죽이고 강물도 흐름을 멈추는 순간, 봉화역이 준雋에게로 다가왔다.

영화 애수哀愁(Waterloo Bridge)*, 제1차 세계대전이 한창이던 때 안개 낀 워터루 다리(Waterloo Bridge)를 건너던 청년 장교 로이(Roy) 대

* Waterloo Bridge, 1940.

위는 공습경보로 우연히 만난 발레리나 마이라(Myra)와 함께 지하철로 피신하였다. 이를 계기로 두 사람은 급속도로 가까워지고 로이는 마이라에게 청혼하게 된다.

두 사람이 결혼식을 올리려던 날, 로이는 급히 전방으로 떠날 수밖에 없었다. 전쟁은 치열했고 로이의 생사를 알 수 없었다. 로이의 실종 기사를 읽은 마이라는 삶의 의지를 잃고 방황하였다.

50여 년 전, 매정했던 비너스를 생각했다.

시간은 강물처럼 흘러갔다. 격정의 강물은 과거에 이어져 있으면서 미래로 흐른다. 내성천은 이미 어제의 강이 아니다.

준雋이 베트남 전장에서 돌아왔을 때, 비너스(Venus)는 황혼이 물든 산 너머로 사라지고 저녁 강물은 숨을 죽이고 안으로 흘렀다.

세상에서 변하지 않는 것이 있을까. 변화가 쌓이면 역사가 된다.

준雋이 탑승한 C-46 수송기가 다낭 부근의 정글(jungle) 위를 비행하던 중 오른쪽 프로펠러가 검은 연기를 뿜으며 추락할 때, 그네의 기도가 통했으리라 믿었다.

'차라리 전장戰場에서 돌아오지 않기를 바랐겠지.'

생피 비릿한 증오로 '순淳'이를 'sun escape vamp'라 저주하였다. 'sun escape vamp'의 약자인 'sunev'의 거꾸로는 'venus'이다.

비너스(venus)는 로마신화에서 미와 사랑의 여신이다. 크로노스가 낫으로 잘라 던진 우라노스의 생식기가 바다에 떨어졌고, 그 정액이 바닷물에 섞여 거품이 만들어졌다.

비너스는 그 거품에서 태어났다고 하여, 거품을 뜻하는 아프로디테(Aphrodite)로 불리기도 한다. 아프로디테는 인간 '아도니스'를 열렬히 사랑하였으나 정신적인 측면보다, 성적 욕망을 상징하여 쾌락의 여신, 매춘부들의 수호신으로 여겨지기도 했다.

강화도 전등사 대웅전 지붕을 떠받치고 있는 벌거벗은 목각상은 여인의 나부상裸婦像이라고 한다. 대웅전 중수를 맡은 도편수가 달아난 여인에 대한 배반감으로 조각했다는 전설이 있다.

'venus'는 준雋이 거꾸로 매단 매춘부의 나부상裸婦像이다.

천상병千祥炳 시인의 〈강물〉*에는 인생이 있고 우주가 있다.

첫째 연과 마지막 연이 서로 바뀐 것처럼 뒤집혀 있는 것은 인생의 아이러니(irony)이다.

> 강물이 모두 바다로 흐르는 그 까닭은
> 언덕에 서서
> 내가 온종일 울었다는 그 까닭은 아니다.
>
> 밤새

* 천상병, 《요놈 요놈 요 이쁜놈》, 도서출판 답게, 1998.

언덕에 서서
해바라기처럼 그리움에 피던
그 까닭만은 아니다.
언덕에 서서
내가
짐승처럼 서러움에 울고 있는 그 까닭은
강물이 모두 바다로만 흐르는 그 까닭만은 아니다.

시인이 짐승처럼 서러움에 울고 있는 그 까닭은 알 수 없지만, 그가 언덕에 서서 온종일 울었다는 것만은 확실하다.

예천 금당실 마을 사람들은 여름철 계곡을 거세게 흐르는 홍수와 산골짜기에서 불어오는 차가운 북풍을 막기 위해서 일찍이 마을 앞에 소나무를 심어서 숲을 조성하였다.

초간정은 금당실 수림 사이로 흐르는 금곡천 시냇가 거대한 암반 위에 지어져서 정자 아래 흐르는 계곡물이 흐르고 있다.

초간정 정자 난간에 올라서면 물 위에 떠있는 듯하고 숲에서 불어오는 솔바람 소리가 청량하다. 초간정은 숲과 시냇물이 인간과 자연의 정적情的 교감과 지리의 이적利的 상교相交를 갖춘 걸작이다.

초간정은 푸른 초장의 쉴만한 물가에 있어, 정자 난간에 오르면 누구나 사심邪心에서 벗어나게 한다.

비너스는 남편 '아도니스'가 죽은 후 그를 성당에 맡긴 징표로 십자가 목걸이를 목에 걸었다. 신神과의 약속이었을 게다.

준雋은 초간정 난간에 서서 비너스의 십자가 목걸이를 보는 순간, 미망未忘에서 헤어나지 못하는 쪼잔한 자신을 발견했다.

'배반의 거꾸로는 증오가 아니라 망각이 아닌가?'

영화 '워터루 다리(Waterloo Bridge)'에서, 로이와 함께할 수 없음을 깨닫게 된 '아이라'는 결국 그 두 사람이 처음 만났던 '워터루 다리'에 돌아와 안갯속으로 사라졌다.

'사랑은 의무가 아니다. 아이라에게 사라질 자유가 있듯이, 비너스도 선택의 권리가 있지 않은가.'

> 우리들의 사랑은 한날 벙어리었다.*
> 聖스런 촛대에 熱한 불이 꺼지기 前
> 순아 너는 앞문으로 내달려라.
>
> 어둠과 바람이 우리 窓에 부닥치기 前
> 나는 永遠한 사랑을 안은 채 뒷문으로 멀리 사라지련다.
>
> 이제 네게는 森林 속의 아늑한 湖水가 있고
> 내게는 峻險한 山脈이 있다.

---

* 윤동주, 《사랑의 殿堂》, 1938.

청하만필

사이공의 추억

초판 인쇄 2023년 7월 20일
초판 발행 2023년 7월 26일

지은이 | 박대우
발행자 | 김동구
편　집 | 이명숙
발행처 | 명문당(1923. 10. 1 창립)
주　소 | 서울시 종로구 윤보선길 61(안국동)
국민은행 006-01-0483-171
전　화 | 02)733-3039, 734-4798, 733-4748(영)
팩　스 | 02)734-9209
Homepage | www.myungmundang.net
E-mail | mmdbook1@hanmail.net
등　록 | 1977. 11. 19. 제1~148호

ISBN 979-11-91757-85-9 (03810)

18,000원

* 낙장 및 파본은 교환해 드립니다.